おっさんたちの黄昏商店街

それぞれの恋路

池永 陽

潮文庫

目次

装幀　高柳雅人
装画　前田なんとか

真白な豆腐

夜の八時ちょっと。

裕三《ゆうぞう》たちは駅裏にある『志《し》の田《だ》』の小あがりに陣取っていた。

集まっているのは、昭和ときめき商店街・町おこし推進委員会の面々で通称を『独り身会』。それぞれの前には湯気の立つ、おでんを盛った皿が並んでいる。

「今夜は俺の快気祝いというか、何というか。わざわざこんな席を設けてもらい、まことに申しわけない。おかげさまで傷のほうも……」

と今夜の主役ともいえる裕三が礼の言葉を述べようとすると、

「固い話はなしだ、裕さん。いつものように、ざっくばらんにいこうじゃないか。要するに快気祝いにかこつけて、みんなで集まって飲んで食べて喋《しゃべ》りたいだけなんだからよ。しゃっちょこ張った挨拶は抜きにして、いつものようによ」

笑いながら洞口《ほらぐち》がいった。

洞口修司《しゅうじ》は喫茶店『エデン』のマスターで、町おこし運動の委員長でもある。

「そうそう。私たちに、しゃっちょこ張った話は似合わない。ぶらぶらと残り少ない余生を楽しむ、年寄りばかりの独り身会でもあるんですから。みんな、気のおけない同級生でもありますし」

役所を定年退職して年金暮しの川辺《かわべ》が、すぐに同意の言葉を出すと、

「ちょっと待ってよ」

対面に座る桐子《きりこ》が声をあげた。傍《かたわ》らの冴子《さえこ》と成宮《なりみや》の顔に、まず視線を走らせてから、

「私たちは年寄りでもないし、みんなの同級生でもないし——だけど、いちおう、ちゃんとしたメンバーでもあるんだから、そこのところを忘れないでほしいんだけど。なあ、翔太《しょうた》」

隣の翔太に同意を求めるが、何となく桐子の主張は難癖じみているようにも。

「それは、まあ」

それを察してか、翔太は曖昧な返事をする。

五十嵐《いがらし》翔太と桐子は幼馴染《おさななじ》みで、同じ高校に通う二年生だった。洞口の孫娘でもある桐子は誰に対しても単純明快で、いいたいことはずばずばいう性格で通っている。

じろりと桐子が洞口と川辺を睨《にら》んだ。

「裕さんの快気祝いはいいとしても、それをなんで、おでん屋でやるのよ。いつものように居酒屋の『のんべ』でやれば、焼き物だって揚げ物だって、肉だって魚だってデザートだって、何でもあるし。だけどここは、おでんだけ。年寄りにはいいかもしれないけど、私たちには」

そういうことなのだ。桐子は、これが不満だったのだ。

「それは、お前。ここは川辺が選んだ店であって、俺たちには、そういうことは、まったくわからねえが」

洞口が慌てて小声でいった。

「じゃあ、川辺のおっさん。これっていったい、どういうことよ」

桐子の目が真直《まっす》ぐ川辺を見た。

「それは何といったらいいのか。この店の売り上げが少しでも伸びれば、里美《さとみ》さんも喜ぶというか何というか」

しどろもどろで川辺が里美の名前を口にしたとたん、みんなの目が一斉にカウンターに向かった。

「あら、どうかしました、茂《しげる》さん」

「大体ねえ——」

カウンターのなかで、鍋の様子を見ていた里美がこちらを見た。

「あっ、いえ、何でもありません。この店のおでんは、やっぱりおいしいなという話で盛りあがっていて」

疳《かん》高い声を川辺があげた。

「それはありがとうございます」

里美はみんなに向かって頭を下げ、ふわっと笑った。

綺麗《きれい》だった。里美は誰が見ても美人だった。それに里美は独り身だった。以前は夫婦二人で店をやっていたのだが五年ほど前に心筋梗塞の発作で旦那が倒れて、そのまま亡くなり、あとを里美が引き継いだ。里美の年は四十代のなかばで子供はいなかった。

「この店の売り上げって、ここはみんな里美さん目当ての客で大繁盛《はんじょう》してるんだろう」

裕三が思わず声をあげると、

「そう、去年あたりまでは――でも里美さんの身持ちが固くて誰にもなびかないというのを客が悟って、今はかなり下降ぎみ。だから少しでも店に貢献しようと思って」

申しわけなさそうに川辺がいった。

「店にじゃなくて、里美さん本人にだろ」

ぼそっと裕三は口に出す。

「大体、川辺さんじゃなく、茂さんって何だよ。お前、相当この店に入れこんでるな」

洞口も皮肉っぽくいう。

「要するに、川辺さんは里美さんが好きなんですね」

それまで黙っていた翔太が、みんなの代弁をするようにさりげなくいった。

「あっ、それは、まあ、何というか」

耳のつけ根を赤らめる川辺に、

「そういうことなら、まっ、いいか」

思いがけなく、いい出しっぺの桐子が肯定の言葉を出した。

「人の恋路を邪魔するやつは、馬に蹴られて何とやらという諺《ことわざ》もあるくらいだからな……これはまあ、しようがねえな。ちょっと悔しいけどよ」

洞口が本音じみたことをいって、この件はこれで落着ということに。

「しかしまあ、裕さんの傷が長引かないで完治してよかった。あのときは本当に肝を冷やした。何しろ、辺りは血の海で俺はもう、これは駄目なんじゃねえかと」

溜息《ためいき》をつくようにいう洞口の言葉を受けて、

「助かりました、本当に助かりました。あのとき小堀《こぼり》さんが私の前に飛びこんでくれなかったら……」

成宮が裕三に向かって深く頭を下げた。小堀は裕三の姓である。

「そうだよ。あんたが今ここに座っていられるのも、みんな小堀さんのおかげ。この恩は死んでも忘れないようにね、透《とおる》さん」

今度は冴子が頭を下げた。

冴子は町内に事務所を構えるテキヤの山城組《やましろぐみ》の長であり、成宮透は若頭だった。テキヤとはいえ、山城組は律義《りちぎ》な一家として町内に貢献していた。

「よかったです。あのとき、もし小堀さんが……そんなことになったら本当に僕は」

いつも冷静な翔太が珍しく、感極まったような声をあげた。

二週間ほど前のことだった。

裕三たち八人は、商店街を食い物にしようとしていた総勢三十人ほどの半グレ集団と真正面から衝突した。

事の起こりは山城組の冴子に対する、ちょっかいだったが――その後、半グレ集団の山城組への行為は段々とエスカレートして商店街にまで及び、ついには各店舗へのミカジメ料の徴収というところにまでいった。これを止めるため八人は、乱闘も辞さずの覚悟で半グレ集団のアジトに乗りこんだ。

結果は八人の勝利に終ったが――最後に半グレの一人がナイフを手にして、頭の菱川《ひしかわ》と闘っている成宮につっかかった。とっさにそれを阻止しようと裕三が成宮をかばい、ナイフは裕三の脇腹をえぐった。

周りは血の海だった。すぐに救急車が呼ばれ裕三は病院に搬送された。一時は出血多量ということで一命も危まれたが、何とか手術は成功した。ナイフの刃は肝臓にまで届いていた。

「しかし肝臓にまで及んでいた傷が、二週間ほどで退院とはよ。今の医学は凄《すご》いというか、何というか」

洞口が感嘆したようにいうと、

「今の医療は昔と違って、患者を甘やかさない早期退院が一般的ですから。だから患部のほうはまだ、相当痛むんじゃないですか」

翔太が裕三に問いかけた。

「痛い、相当痛い。だから酒も控えて、おでんだけを食べてるよ」

確かに裕三のコップのビールは、ほとんど減っていない。

「あのあと、ナイフを手にした男はもちろんですが、菱川も殺人未遂やら暴行罪やらで逮捕されて、これでもうひと安心ですね」

ほっとした顔で冴子がいう。

「でもよ、あれからが大変だったよな。マスコミの事件の取りあげ方がよ」

うんざりした顔を洞口が、みんなに向ける。

この事件のあと、全国各紙の新聞や週刊誌はこの騒動を大々的に取りあげた。

『古武道の達人、半グレ相手に大暴れ！』

大体がこんな見出しで、事件の大筋とその場の様子を面白おかしく報道した。古武道の達人とは、この場には参加していないが鍼灸《しんきゅう》師の羽生源次《はぶげんじ》のことで、大半の半グレたちを倒したのはこの源次だった。

「源次さん、今頃ほっとした顔で温泉に浸っているんでしょうね」

ぽつりと翔太がいう。

源次が姿を消したのは四日前。

「これじゃあ、たまらん。わしは温泉にでも行って身を隠す」

こういって、みんなの前から姿を消した。

事件後数日——源次は『二十一世紀の武芸者』と持ちあげられて、マスコミ各誌から追い回されていた。何とか最初はそれに応じていたものの、表に出るのが嫌いな源次はついに精根つき果てて、逃げるが勝ちとばかりにさっさと商店街から姿を消した。源次らしいといえば源次らしかった。

「忍びは闇に潜むが本分——この言葉が源ジイの口癖でしたからね。あまりに質問攻めにされて、自分の素性がばれるのを恐れたんじゃないですか」

川辺がいうように源次は単に古武術の達人ではなく、木曾《きそ》流忍法の後継者だった。ただ、源次が忍者であるということは、ここにいる七人以外は誰も知らない。

自分がもし忍者だということが知れれば、この商店街ともども脚光を浴びることに間違いはない。しかし自分が死ねばその熱も急速に冷めて、商店街に目を向ける者もなくなる。これでは困る。町おこしにならない。だから自分が忍者であることを表にすることはできない。これが源次の持論だった。

源次は胃癌《いがん》を煩っていた。

「まあ、あと二、三日もすれば、あの雀《すずめ》の巣のようなもじゃもじゃ頭を掻《か》きながら帰ってくるんじゃないか」

笑いながら裕三がそういうと、

「早く見たいですね、あの武骨な顔を」

しみじみとした口調で翔太がいった。

東大現役合格確実といわれる翔太は、源次のファンだった。

「みなさん、おでんの追加いかがですか」

そんなところへ里美の声が飛んだ。

「あっ、私、ハンペン。ここのハンペン、やっぱりおいしい」

と声をあげる桐子を手で制して、

「見つくろってお願いします、里美さん。特にハンペンは大盛りで、里美さん」

里美の名前を二度も連呼しながら、川辺が大声をあげた。

すぐに大皿に盛ったおでんを手にして、里美が小あがりにくる。

「分けるのも何ですから、このままここに置いときましょうね」

にこやかにいう里美の顔は、やっぱり綺麗だった。どこからどう眺めても、十歳ほどは若く見える。そんな里美の横顔をうっとりした様子で川辺は眺めているが、裕三はその端整な横顔にどことなく憂いのようなものを感じた。勘違いかもしれなかったが。

「じゃあ、失礼します。ごゆっくりと」

愛想《あいそ》のいい声を残して戻っていく後ろ姿を、川辺が名残《なご》り惜《お》しそうに見ている。

ひとしきりみんなは、おでんを食べながら酒を飲む。翔太と桐子はむろん、ウーロン茶である。

「この間の、あの事件ですが」

箸を止めて、翔太がふいに声をあげた。

「いちばんの功労者は、やっぱり桐ちゃんだと思うんですが」

はっきりした口調でいった。

「偉い、翔太。さすがにみんなから、天才少年だといわれていることはある。私はいつ、その言葉が出るか出るかと待ってたんだけど、ようやく」

いいながら、桐子の両目は左右に忙しく動いている。どうやら桐子は、翔太がなぜ自分を誉《ほ》めたのか、よくわからないようだ。

「もし桐ちゃんが、あれは殴りこみじゃなく、半グレたちとの話し合いにすべきだと主張しなかったら。そして、女の自分を一緒に連れていけば、その証拠になると主張しなかったら、僕たちの立場は――事実をいえば、あれは正真正銘、殴りこみでしたから」

「そう、それよ」

桐子が大声をあげた。ようやく翔太の言葉の意味がわかったような勢いだ。

「もし私を連れていかなかったら、あれは殴りこみと見なされて、じっちゃんたちは今頃どうなっていたか。それを忘れてもらっては大いに困るから、私としては」

薄い胸を張るが、桐子のいうことはもっともだった。

初めから一戦を交えるつもりなら、桐子のような女子や、翔太のような少年を同行するはずがない。話し合いの末の乱闘。それも仕掛けたのは半グレたちのほうで、裕三たちは防御のためにそれを迎え討っただけ。警察はそう解釈した。そういうこともあるかと、武器を持っていかなかったのも幸いした。

「過激な行為は厳に慎むように」

裕三たちは警察から、こう厳重注意されただけで、それ以上の咎《とが》めはなかった。

「そう、本当にそう。もし桐子さんがあの殴りこみに同行しなかったら、私たちは今頃、とんでもないことになってたかもしれない」

冴子が感心したようにいった。

とたんに桐子が両手を腰に当てて、「はっはっはっ」と豪快に笑った。

「私は控えめなたちだから、なかなか自分の口からはいい出せなかったけど、翔太のおかげでやっと胸のつかえが、おりたかんじ」

　みんなを睥睨《へいげい》するようにいう桐子に、

「そうそう、お前は、どうやら控えめらしいからな。よくわかったから座れ。ほれ、これでも飲んで、頭をよ……」

　最後の言葉をむにゃむにゃと濁し、洞口はウーロン茶を取って酌をするように桐子のコップに注ぐ。

「ところで、裕さんが入院している間に、ひとつ問題が起きた」

　大きな溜息をもらしてから、真面目な顔つきで洞口がいった。

「俺たちが町おこしのために最初に手がけた、大竹《おおたけ》豆腐店のことだよ。あそこの仙市《せんいち》さんから連絡があった」

　三日前のことだと洞口はいった。

　大竹豆腐店には後継者がいなかった。

　今年古稀《こき》を迎える仙市は、水仕事と力仕事がメインの豆腐づくりに体が悲鳴をあげていると裕三にいった。そして、何とか頑張ってみても、あと三年ほど。それを機に廃業するつもりだとも。

裕三はこれに対し、外部の若者を店に入れることを提案した。探せば真面目に豆腐づくりに取り組んでくれる若者が必ずいるはずだと、仙市を説得したのだが返ってきたのは、

「もし、そんな若いのがいたとしても、そこは、やっぱり他人だからよ」

どこの商店街でも問題になる、血筋と土地家屋に関わる言葉だった。

しかし、ある事件があって裕三はこの問題を何とか仙市に納得させ、外部の血を入れることを承諾させた。

ネットを使って募集をかけ、その結果八人の若者がこの話に乗ってきた。裕三は八人すべての若者と面接して真意を探り、最終的に一人の女性を選び出した。

千葉に住む山根香織《やまねかおり》という十九歳の女性で、高校を卒業してからは職につかず、ほとんど自宅に引きこもりの状態だったというが、豆腐づくりに関しての情熱は半端《はんぱ》ではなかった。豆腐の味はもちろん、歴史、製造法についてはネットで勉強したといって熟知しており、

「何よりもとにかく、お豆腐が好きなんです。そこに理屈はありません」

その熱い思いを香織は裕三に訴えた。

なぜ引きこもりになったか、その理由を訊《き》くと、

「対人恐怖症です」

と香織は一言だけいい、それ以上は何もいおうとしなかった。

「豆腐屋はつくるだけでなく、お客さん相手に売らなければならないが、その点は大丈

夫ですか」

さらに肝心な部分を質問すると、

「お豆腐のためなら、何でもやります」

そういって香織は、膝の上に置いた両手をぎゅっと握りしめた。

この子に決めよう。心配な点は多々あったが、とにかく豆腐に対する情熱は本物に思えた。この子に懸けてみようと心に決めたものの、問題がもうひとつあった。

化粧だった。

香織は化粧が濃かった。顔の色も目の周りも、そして唇も……香織の顔は派手な化粧におおわれていた。顔のつくりは清楚《せいそ》で可愛《かわい》いかんじだったが、せっかくのその顔は化粧のなかに埋もれて表には出てこない。

だが、化粧は個人の趣味嗜好《しこう》の問題なので、そこまで口を挟むのは越権のような気がした。他人の心のなかに土足で踏みこむようなものだと、これには目をつぶることにしたが、問題は手だった。十本の爪全部に、裕三には理解不能な絵柄が極彩色で描かれていた。まずかった。厚化粧は仙市に何とか納得させることができたとしても、このネイルのほうを納得させるのは無理な気がした。

豆腐づくりは水との闘いだった。何度も何度も水のなかに手を入れて様々な作業をしなければならない。この派手なネイルをした手でその作業をすれば――おそらく仙市は激怒するに違いない。そのことを丁寧に香織に説明すると初めは渋っていたが、最終的にはネイルをしないことに同意した。そのとき思いきって、

「ネイルが好きなのかな」

と香織に訊いてみると意外な言葉が返ってきた。

「特に好きではないけど、顔の化粧が濃いので、その上下のバランスを取るために派手なネイルをしています」

上下のバランスのためだと、香織はいった。一理あるといえばそうともいえるが、男の裕三にはなかなか全部は理解できない理屈だった。

とにかくネイルはしないことを約束させ、裕三は香織を仙市の許《もと》に連れていった。厚化粧の件は事前に話をして了解をとっていたものの、実際に香織の顔を見た仙市は低い唸《うな》り声をあげた。が、それ以上は何もいわなかった。香織は大竹豆腐店の二階のひと間を与えられて店に住みこみ、豆腐づくりの修業をすることになった。

半月ほどして裕三が大竹豆腐店を訪れて様子を訊くと、

「早寝早起きも苦にせず、力仕事や水仕事にも音をあげず、一生懸命やってくれているよ。作業を間違えて叱りつけても、めげるようなこともないし。いや、いい人を小堀さんは見つけてきてくれたよ。今や職人の世界も、男より女なのかもしれんなあ」

仙市はこんなことを口にして、手放しで喜んでいたのだが。

「それで何だ。仙市さんは、香織さんの何が問題だといってるんだ」

裕三が洞口に問《と》い質《ただ》すと、

「さあ、そこだ。仙市さんは裕さんに直《じか》に話すからといって何が問題なのか、まったく教えてくれない。だから退院したばかりで申しわけないが、そこんところを」

拝むような仕草を洞口はした。

「わかった。近いうちに必ず、行ってみることにするから――で、その他に何か問題点はどこからか出ているのか」

心配そうな口ぶりで裕三は訊く。

「鈴蘭《すずらん》シネマは、例の吉永小百合《よしながさゆり》特集でまあまあの観客動員があったものの、平日はやっぱり入りが悪いらしい。それで、年末年始にかける作品の、セレクションをやってほしいというのがあったが」

「そうか――それなら、吉永小百合特集をセレクトした、昭和大好き人間の翔太君に次の作品の選択もやってもらうのがいいな。どうだ、翔太君」

「喜んで、やらせてもらいます」

笑いながら声をかける裕三に、打てば響くような言葉が返ってきた。

「じゃあ、気の重い話はこれで終りということで」

洞口がほっとしたような声でいうと、思いがけず、成宮が手を挙げた。

「この店のさらに裏手にあるマンションですが、近頃やたら若い男女の出入りがあって、自分はそれが妙に気になるというか、訳がわからないというか。みんな背広を着こんだ、ちゃんとした格好はしてますけど」

喧嘩《けんか》師の異名を持つ成宮にはそぐわない、恥ずかしそうな素振りでいった。

「それはあれだよ、婚活。今、若い連中が集まるといえばそれしかないじゃんね」

すぐに桐子が答えを出した。

「ああ、なるほど、婚活ですか」

ぼそっという成宮に、諭すような言葉を桐子が投げかけた。

「透さんは冴子さんとラブラブだろうから、そんなことはまったく考えたこともないだろうけど、世の中には淋《さび》しい男女がいっぱいいるんだよ」

とたんに成宮の顔は赤く染まり、冴子は視線を膝に落してうつむいた。

「こら桐子、大人をからかうんじゃねえ」

すぐに洞口の一喝が飛ぶが、

「からかってなんか、ないよ。私もそろそろ、婚活というのを前向きに考えようとしてるところだから。どうだ翔太、私と一緒にどこかの婚活にでも、もぐりこんでみるか」

嘘《うそ》か本当かわからないことを、桐子はいった。

洞口が両肩をがくっと落した。

「それから、川辺のおっさん。志の田はいいとして、何でこんな小あがりを予約したんだよ。ここのテーブルは六人座るのが精々で、七人は狭すぎるよ」

「それは桐ちゃんのいう通りだ。ここは七人には狭い。源ジイがいなくて八人じゃなかっただけ、ましではあるがな」

桐子の疑問に、裕三はすぐに同意する。

「あのね、川辺のおっさん。この小あがりの突き当たりには、六畳の小部屋があることを知らなかったの、それとも知ってたの。どっちよ」

妙な訊き方を桐子はした。

「知ってましたけど、おでんを食べるにはやっぱり、狭くても小あがりのほうがと」

蚊の鳴くような声で川辺が答えた。

「小部屋に入ると、里美さんの顔が見えないからですか」

何気なく冴子が口走った。

ふいに桐子がしょげた。どうやらそれがいいたくて、うずうずしていたらしい。そんな桐子の様子にはお構いなく、洞口が濁声《だみごえ》をあげた。

「川辺、おめえよ――」

とあとをつづけようとしたとき、裕三のスマホが音を立てた。すぐにポケットからスマホを取り出し裕三は耳にあてる。

雲隠れした源次からだった。

裕三は音声をスピーカーに変えて、テーブルに置く。

「退院はいつじゃ。快気祝いをやらねえといけねえから、そろそろ帰ろうと思ってるところだがよ」

源次の野太い声がいった。

「退院は今日だよ。今みんなで志の田に集まって、快気祝いをやっているところだ」

「ええっ、今日なのか」

気の抜けた声がスマホから聞こえた。

「何はともあれ、明日帰る。そろそろ金がつきる」

それだけいって電話は切れた。同時に、翔太が拍手をした。

「翔太君はやっぱり、源ジイが大好きなんだな。それだけ喜ぶところを見ると」

口元を綻ばして裕三がいうと、

「それもありますけど、別の思惑もあります」

妙なことを口にした。

「マスコミの攻勢はひと段落つきそうですけど、次にやってくるのは」

言葉を切る翔太に、

「いったい何がくるっていうのよ。何かとんでもないものがくるっていうのか」

興味津々《きょうみしんしん》の表情で桐子が訊いた。

「次にくるのは源次さんに教えを乞おうという者と、源次さんと勝負がしたいという腕自慢……だから、また源次さんの不思議な術が見られるかもしれないと思って」

目を輝かせて、翔太はいった。

「源ジイの不思議な術か。それなら私も絶対見たい、ねえ若頭」

冴子も目を輝かせて、隣の成宮の顔に視線を走らせる。

「自分も見たいです。あの人の術を見ると、何となく胸がすかっとしますから」

弾んだ声で成宮も答えた。

「そうですか、腕自慢ですか。半グレたちがいなくなってから、源ジイの出番も消えて淋しくなったと思ってたんですけど、これで楽しみがひとつ増えました——不謹慎ですけど、半グレたちとやり合ってたときは怖い反面、少年のような胸のワクワク感がありましたから」

川辺が本音じみたことを口にした。

実をいえば裕三自身も同じ思いだったが、洞口だけは普段のままの口振りで、

「ところで裕さん。塾のほうは、いつから開くんだ」

至極まっとうなことを訊いてきた。

「一週間ほどのんびり体を休めて、それから開こうと思っている」

裕三は、いわゆる落ちこぼれといわれる子供たちを対象にした『小堀塾』という私塾

を開いていた。口の悪い連中は名前をもじって『こぼれ塾』などと呼んでいたが。

「なら、大竹豆腐店のほうは……」

これがどうにも気になるらしい。

「なるべく明日あたり、行くようにするよ。しっかり話を聞いて対応を考えるよ」

裕三は洞口に向かって大きくうなずく。しかし、いったい香織は何をやらかしたのか……いくら考えても、出るはずのない答えといえた。


商店街の真中《まんなか》にあるのんべに向かって、裕三はゆっくりと歩く。

夕方の商店街は人通りが多い。しかも以前に較《くら》べて、数がぐんと増えている。あのせいに違いない。半グレ連中との乱闘をマスコミが大々的に報じた結果だ。好奇心が人を呼びよせ、この町の様子を実際に自分の目で確かめるために、各所から人がやってくる。

好奇心であれ、野次馬であれ、町に人が集まるのはいいことだった。しかし問題は、この現象がいつまでつづくかということだ。一通りの好奇心が収まれば、人の数は波が引くように減少する。だが、なかにはこの町の昭和レトロな雰囲気に心を打たれ、何度も足を運んでくれる人も……。

裕三はそんなことを考えながら、のんべに向かう。雲隠れした源次が戻ったということで連絡を取り、のんべで待ち合せることにした。昨日の今日のことなのでみんなを呼ぶのはやめにして、源次のファンである翔太にだけ声をかけた。香織の件で、翔太の知恵を借りたいという思いもあった。

裕三は『大竹豆腐店』の仙市に会った帰りだった。のんべの戸を開けると、奥の小あがりに源次はすでにきており、その隣には翔太の姿もあって、二人で料理をつつきながら話をしていた。

裕三もその席に加わり、早速ビールで乾杯をする。むろん、翔太はウーロン茶だが。

「どうだ、源ジイ。少しはのんびりしたか」

と笑いながらいってやると、

「体のほうはのんびりしたが、心のほうがちょっとの」

イミシンな言葉が返ってきた。何となく覇気がないようにも感じる。

「どうしたんだ。心のほうが、どうしたっていうんだ」

裕三は怪訝《けげん》な表情を源次に向ける。

「いや、これは贅沢《ぜいたく》すぎる悩みというか、何というか……」

むにゃむにゃと、源次は言葉を濁した。

「つまり、こういうことなんです」

助け船を出すように翔太が口を開いた。

「半グレの一件が片づいてしまって、この商店街も平和そのものになり、源次さんの出る幕がなくなってしまった——それが源次さんには物足りないんですよ」

源次と翔太は裕三が顔を見せるまで、そんな話をしていたのだ。

「商店街が平和になれば、それはそれでけっこうなことだと喜ばなけりゃいかんのじゃが。しかし、わしは、やっぱり乱世の人間だからの、忍びの末裔《まつえい》だからの」

やはり源次は暴れたいのだ。病んだ自分の命のつきる、その瞬間まで闘いたいのだ。

「当面の敵はいなくなったけど。昨日の翔太君の話では、この後、源ジイと勝負がしたいという腕自慢が現れるんじゃないかということでもあるし」

慰めるようにいうと、すぐに掠れた声が返ってきた。

「それはさっき翔太からも聞いたが。今時、そんな物好きな人間がいるのかのう。いれば、大いに有難いことなんじゃが」

「います。少数ですが、そういう人間は必ずいます。たとえ、こんな時代でも」

ふいに翔太が吼《ほ》えるようにいった。

「そうだ。頭のいい翔太君が太鼓判を押すんだから間違いない。源ジイが持てあますほどの、とんでもなく強い人間が挑んでくるかもしれんぞ」

「そういうことなら、嬉《うれ》しい限りだが、そんな物騒な人間が今時のう」

秋刀魚《さんま》の塩焼きを乱暴にむしって、源次は口に放りこむ。もごもごと咀嚼《そしゃく》する。

が、突然源次の口の動きがぴたっと止まった。一点を凝視している。視線の先には……。

一人の男が源次を見ていた。

異様に皺《しわ》の多い顔の男で、そのせいなのか年のほどはよくわからない。大雑把にいえば四十代の後半から六十代……髪は裕三と同じような長髪だが、白髪は目立っていない。顔の皺さえ除けば、それほど変った人物には見えないようにも――。

男の目が、すっと源次の顔から外れた。

テーブルの上のコップを手にして、口に流しこんだ。飲んでいるのは日本酒だ。一気に飲んで、静かにテーブルに戻した。

「どうした、源ジイ。あの男が、どうかしたのか」

裕三の言葉に源次の喉が、ごくりと動いた。

「剣呑《けんのん》……」

低すぎるほどの声でいう源次の顔には、覇気が戻っていた。両目が輝いていた。獲物を見つけた、狩人《かりゅうど》の顔だ。

「強いんですか、あの人。知っている人なんですか」

声をひそめて翔太がいった。

「知らねえ人間じゃが、只者《ただもの》じゃねえ。何の遣い手かは知れねえが、尋常じゃねえことは確かだ」

「ということは、翔太君のいっていた、源ジイに勝負を挑もうという腕自慢の一人か」

裕三も声をひそめていう。

「違う。そんな生易しい相手じゃねえと、わしの全神経はいっている。ひょっとしたら、わしより強いかも……」

嗄《しゃが》れた声を出した。

「源次さんより強い人間って。そんな人が、いるとは……」

泣き出しそうな声を、翔太が出した。

「源ジイの勘違いじゃないのか。大体、一目見ただけで、そんなことがわかるのか。すぐそばでもないのに」

「鳥肌が立つような何かを感じた気がしたのは確かじゃが、さて。勘違いといわれれば、それを否定することものう」

いいながら、源次は再び男の席に目を向ける。裕三と翔太も同じように目を向けるが、その席に男の姿はなかった。

「帰ったようだな」

何となくほっとした気分で裕三がいうと、

「そのようだ――しかし、勘違いにしろ何にしろ、わしの体中に気力が蘇《よみがえ》ってきたのは確かじゃな」

凜《りん》とした声を出して源次は顔を綻ばせた。

「それはいい。気力が蘇ったところで、あの話だが」

裕三は串カツに手を伸ばして口に運ぶ。

「そろそろ、道場を開く件を承諾してくれてもいいころじゃないか。以前、源ジイにも会わせた、うちの塾の不良候補生である弘樹《ひろき》と隆之《たかゆき》も首を長くして待っていることだしな」

笑みを浮べて裕三はいう。

「ああ、それは」と、くぐもった声を源次は出した。

源次は信州木曾谷《きそだに》の生まれで、中学一年のときにこの町に越してきた。木曾流忍法の師は、この町に一緒に住みついた祖父の要蔵《ようぞう》で、源次はこの祖父から役小角《えんのおづぬ》を起源とする忍法と共に、京八《きょうはち》流の剣技を物心のついたころから叩《たた》きこまれてきた。

京八流の祖といわれる鬼一法眼《きいちほうげん》は源平から鎌倉時代の人で、加持祈禱《かじきとう》を司《つかさど》る陰陽師《おんみょうじ》だった。京都一条堀川に住み、陰陽道の他に兵法にも卓越した才を持ち一流を起こしたと伝えられるが、一方ではその異彩から天狗《てんぐ》の化身だったともいわれる謎多き人物である。

「当分は鬼一法眼流を名乗れば、源ジイが忍者だということもバレないし――これなら源ジイが納得したところで、木曾流忍法の看板を出せばいい」

嚙《か》んで含めるように裕三はいう。

「もう少し時間をな。何分、慣れないことではあるからよ。だからよ」

源次は言葉を濁すようにいい、

「ところで、仙市じいさんのいう問題点というのは、いったい何だったんだ」

話題を変えるように口にした。

つい、さっきのことだった。

大竹豆腐店に顔を出すと、奥さんの鈴子《すずこ》は油揚げをつくっている最中で、香織は客用の豆腐を包丁で切っていた。

裕三の顔を見たとたん、香織は包丁の手を止めてぺこりと頭を下げてきた。顔は相変らずの厚化粧だったが、大きな前掛けに長グツ姿だった。鈴子が大声をあげて裕三の訪問を告げると、すぐに前掛けで手を拭きながら仙市が奥から出てきた。

「病みあがりだというのに、わざわざ悪いなあ、小堀さん」

仙市は容体をざっと訊いてから、裕三を近所の喫茶店に誘った。やはり、同じ家のなかでは話がしづらいようだ。

店を出る仙市に「大将、いってらっしゃい」と、香織が声をかけてきた。どうやら香織は仙市のことを、大将と呼んでいるようだ。

近くの喫茶店に入って裕三は、仙市と向かい合う。

「実は、香織のことなんだがよ」

コーヒーを一口すすってから、仙市が切り出した。

「あの厚化粧だよ、あれがよ」

仙市の話によると、店に豆腐を買いにくる一部の女性客から、香織の厚化粧への批判が出てきているという。

「いくら何でも食べ物商売なんだから、あの厚化粧は行きすぎ。見ているとケバすぎて、ぞっとする」

これが女性客たちの大体の言い分だと、仙市は裕三に話して頭を振った。

「お客さんからの、クレームですか」

そこまでは裕三も考えていなかった。客商売は難しいと、つくづく感じた。特に女性客ということになると、裕三には埒外《らちがい》の問題だった。

「そのことを、香織さんは」

低い声で訊くと、

「面と向かっていわれてはいねえはずだが、薄々はよ。それであるとき、香織のやつにいってみたんだ。その厚化粧、何とかならねえかって。そしたら――」

仙市はごくりと唾を飲みこむ。

「いくら大将の命令でも、これぱっかりは駄目ですと首を振りやがった。何となく両目が潤んでいるようにも見えてよ。いくら俺でも、それ以上はよ。いつもは素直なんだが、この件に関しては妙に意地っ張りというか、頑《かたくな》というか。だから、どうしたらいいかよ」

「元々素直で素朴な顔立ちなんだから、あんな厚化粧はかえって逆効果のような気がするんですけど、本人には本人なりの考えがあるんでしょうね」

肩を落す仙市に、溜息まじりで裕三はいう。

「そうなんだ。顔も素直なんだが、あいつは心のほうも真正直で素直なんだ。根は暗えが、いい娘だと俺は思うよ。何だか急に娘ができたようで、俺も女房《にょうぼう》も毎日にハリが出てきたというかよ」

しんみりした口調でいった。

「だけどよ。これ以上あいつにとやかくいって、じゃあ辞めますといわれるのが、正直なところ怖くってよ。とはいっても、お客さんあっての豆腐づくりというのも、やっぱり事実だからよ」

どうやら仙市は本気で香織のことを気に入っているようだ。それだけに、仙市にとって事態は、より深刻なのだろう。

「話はよく、わかりました。しかし、化粧というのは本人の領分で、あまり強くいえばパワハラにとられるというのが現状ですけど、私なりに誠心誠意、香織さんに話してみることにします。ただ、わかってもらえるかどうか、そのあたりは……」

裕三の声は段々細くなる。正直、香織を確実に説得できるかと問われれば、そんな自信はなかった。ただ、誠心誠意話すのみ。それしか考えつかなかった。

このあと裕三は、このまま店に戻って香織に話をするのも強引な気がするので、二、三日中に説得するからといって仙市とは別れてきたのだが。

「女の厚化粧か……」

話を聞き終えた源次が、ぼそりといった。

「あの子にゃ、あの子の言い分があるじゃろうし、難しいのう、これは。あんまり強要すりゃあ、裕さんのいうようにパパハラになるじゃろうしよ」

太い腕をくんで天井を仰いだ。

「あの子って。源ジイ、お前。香織さんを見たことがあるのか」

パパハラの言葉には触れず、気になったことだけを裕三は訊いた。

「何度もあるさ。わしも裕さんと一緒で自炊生活をしている身、大竹豆腐店にはしょっちゅう通ってるからよ。しかしまあ、いわれてみるまで、厚化粧云々《うんぬん》には気づかなかったけどよ」

「源ジイのように、みんなが気づかなければ、それですんなり、すんでいくんだが。化粧というのは女性にとって、見過ごすことのできない領分のようだから難しい――だが香織さんに限っていえば、薄化粧のほうが断然似合うと俺は思うんだがな。素朴で素直で可愛い顔立ちの子なんだから。しかし、頑に拒絶しているようだし」

裕三は独り言のようにいい、矛先を翔太に向けた。

「翔太君は、香織さんを見たことは？」

「何度もありますよ。僕も小堀さんのいうように香織さんの顔には薄化粧のほうが似合う気がしますが、そこはやっぱり、本人の思いこみの世界ですから」

やや湿った声で翔太はいった。

「そうだな。化粧というのは思いこみの世界だから、他人が入りこむ余地など、なかなかかな。それにしても」

裕三はちょっと言葉を切ってから、

「香織さんの、あの頑さは何だろうな。仙市さんが頼んでも首を縦に振らないというのは、よほどの何かがあるんだろうが。そのあたりの理由が俺には、さっぱりわからない。どうだ、天才少年の翔太君には、この香織さんの心持ちというか理由というか。それがわかるのかな」

まったく期待しないで訊いてみた。すると、

「わかりますよ」

こんな答えが返ってきた。

「えっ、わかるのか、翔太君には」

驚いた声を裕三はあげた。

源次の秋刀魚をむしる手も止まっている。

「今までの話を総合して考えてみれば、大体のところは想像できます」

抑揚のない声で翔太はいった。

「それなら教えてほしい。なぜ香織さんがこの問題に関して頑なのか。その理由が、ぜひ知りたい」

思わず身を乗り出す裕三に、

「それは……」

翔太は言葉をつまらせた。

ほんの少し、沈黙が流れた。

「それは、できません」

はっきりとした口調で、翔太が口を開いた。

「できないって、なぜ。そんなにこれは重要なことなのか」

呆気《あっけ》にとられた表情で、裕三はいう。

「翔太、おめえ。勿体《もったい》振らねえで、ちゃんと裕さんに教えてやれよ。教えたって減るもんじゃねえだろうに」

源次が翔太の肩を、ぽんと叩いた。

「この問題に関しては、減るんです。だから話すわけにはいかないんです」

きっぱりと翔太はいい切る。

「減るのか。なるほど、そういうことか。頭のいいおめえが、そういうんなら、そういうことなんだろうな」

あっさりと源次は追及を引っこめたが裕三は、そうはいかない。なおも食い下がる。

「減るっていうのは、どういうことなんだろうか。そこのところをわかるように、説明してほしいんだが」

「個人的すぎる問題なんです。答えは香織さん本人の口から。この答えは他人である僕の口からいうわけにはいかないんです。答えは香織さん本人の口から。それしか方法はないと思います」

沈んだ声で翔太はいって、唇をぎゅっと引き結んだ。もうこれ以上は絶対に喋らないというように。翔太にしたら珍しい素振りだった。何かがあるのだ、きっと。翔太ではなく、香織本人から答えてもらわなければいけない理由が。

「わかった。しつっこく訊いてすまない。その点は香織さん本人から、直に聞くことにするよ。答えが出れば、対応のしようも何か出てくるかもしれない」

「すみません、わがままをいって」

翔太は頭を下げてから、

「それから、対応の仕方なんですが、できる限り優しく接してあげてください。香織さんにしたら、あっちこっちで拒否されて、ようやく大竹豆腐店という自分の居場所を見つけたんだと思いますから」

また意味不明なことを口にするが、これ以上何を訊いても喋ることはないだろうと裕三は諦める。

「よし、じゃあこの件は、これで打ち止めということで終了だ。あとは大いに食べて、大いに飲もう。むろん、翔太君はウーロン茶だけどな」

裕三はこういい、店の女の子に向かって右手をあげた。


居間の掛時計を見ると、三時を少し回っている。三時半には仕事場兼自宅のここを出て、大竹豆腐店に行くつもりだった。いよいよ、香織との対決だ。それまでは体を休めるつもりで、裕三はソファーに横になって時間のくるのをゆっくりと待っていた。

チャイムが鳴った。

はて誰だろうと裕三は体を起こし、玄関に向かって歩く。ドアを開けると、塾生の弘樹と隆之が立っていた。

「何だ、お前たち。どうしたんだ」

一週間ほど休むことは、塾生の保護者に連絡して伝えてあった。

「先生が退院したって聞いて、それでわざわざ顔を見にきてやったんだよ」

仏頂面《ぶっちょうづら》で弘樹がいい、後ろで隆之が盛んにうなずいている。

「そうか、そうか。まあ上がれ。俺は三時半にはここを出て、用事のために大竹豆腐店にまで行かなきゃならん。時間はそれほどないが、少しぐらいなら話はできる」

裕三は二人を教室ではなく、居間のほうに招き入れ、ジュースをテーブルの上に置いてすすめる。

「で、調子はどうなんだ、先生」

隆之が大人ぶった調子で訊いてきた。

「まだ大丈夫だとはいえんが、確実に体のほうはいい方向にすすんでいる。もう少しすれば塾のほうも開ける」

裕三の言葉に、安堵《あんど》の表情が二人の顔に浮ぶ。

「それを聞いて安心した。何たって、ここがなくなったら、俺たちの居場所もなくなってしまうもんな」

弘樹の言葉に隆之が大きくうなずく。

「居場所か……」

裕三はぽつりと呟《つぶや》き、改めて二人の顔を正面から見据える。

弘樹は中学二年生で、現在進行形の不良学生。ただ弘樹は群れを嫌って、学校の不良グループには入っていない。隆之は小学六年生で突っ張ってはいるが、まだまだ不良予備軍といったところだ。二人とも普通のサラリーマン家庭だったが家では持てあましぎみで、一年ほど前に揃《そろ》ってこの塾に参加することになった。

年は違っても同じ要素を持つ二人は反発しあい、塾内では睨み合ってるだけで、これまでは口も利《き》かなかったが、ここのところ様子が違ってすこぶる仲がいい。

理由は源次だった。

不良の要素を持った人間は強い人間に憧れる。それを見越した裕三は二人に源次を会わせた。源次の繰り出す技に二人はドギモを抜かれ、すっかりその虜《とりこ》となって心酔した。そして、源次の遣うその不思議な術を習いたいと裕三にせがんだ。二人の仲の良さはその共同戦線の表れだった。

「行方不明になった羽生さんは、帰ってきたのか」

心配そうな面持ちで弘樹が訊いてきた。

「源ジイは帰ってきた。お前らのためにも、早く道場を開けと尻を叩いておいた」

とたんに二人から歓声があがった。

「いつごろなんだろう、先生」

隆之が目を輝かせていう。

「そうだな、遅くとも来年の春――俺はそう踏んでいるがな」

「来年の春か。まだまだ、時間がかかるなあ」

溜息まじりにいう弘樹に、

「待っている間は楽しいものだ。それだけ、夢も希望も倍増するということだ」

たしなめるように裕三はいう。

「それはそうだけど……でも座ったまま、俺を片手で投げ飛ばした技は凄かったなあ。あんなことができるなんて夢にも思わなかった。早く、ああいう技を教えてほしいな」

弘樹のうっとりした言葉に追従するように、

「それから、あの十円玉を指で折り曲げた技、あんなのは、人間ができることじゃないよ。羽生さんは人間以上だよ」

上ずった声を隆之が出した。

「お前たち、よく聞け」

凜とした声を裕三はあげた。

「座ったまま、片手で人を投げ飛ばす技や、十円硬貨を指で折り曲げる技は、とても三年や五年でできる技じゃないぞ。まず基本をじっくり覚えて、そこから地道な技をこつこつ積みあげていく。その集大成が、今お前たちがいった、凄い技につながるんだ。そのところを忘れるんじゃないぞ」

じろりと二人を睨みつけた。

「わかってるよ、そんなこと。俺たちだってそんなに馬鹿《ばか》じゃねえから。血の滲《にじ》むような稽古をつづけなければ、ちゃんとした技なんか覚えられねえことぐらいは。なあ、隆之」

やけに真面目な顔で弘樹はいい、呼びかけられた隆之も「うん」と大声で答える。

「それから源ジイは、二十歳過ぎても不良やってるやつは馬鹿だっていってたから、お前たちも、ちゃんとした仕事につかないと、源ジイの道場からは追い出されることになるぞ」

今度は威《おど》し文句を口にした。

「俺は落ちこぼれだから、ちゃんとした仕事にはつけないかもしれねえけど、それでもバイトでもハケンでも何でもやって道場に通うつもりだから。そしてどこかに、羽生さんから習った、鬼一法眼流の道場を開こうと思ってるから。それが俺の夢なんだ」

えらく筋の通ったことを弘樹はいい、

「隆之、お前は落ちこぼれといっても俺より頭はいい。ちゃんとした仕事について、羽生さんの道場に通いつづけろ。そして、その気があったら、道場を開け」

今度は隆之に助言をした。

「うん、わかった。とにかく頑張る」

隆之が元気のいい声をあげた。

弘樹と隆之の決意と意志がどこまでつづくか今の時点ではわからなかったが、それでも二人の様子を見ていて裕三は胸の奥に温かなものが湧いてくるのを感じた。

「よし、それならもう帰れ。俺はそろそろ出かけなくちゃならん。弘樹と隆之の思いは、しっかり源ジイに伝えておくから」

といってから裕三は首を傾《かし》げ、二人をじろりと睨んだ。

「お前たち、学校はどうしたんだ。またさぼったのか」

「やだなあ、入院ボケだよ先生。今日は土曜日で学校は休みだよ」

二人は顔をくしゃくしゃにして笑いながら、部屋を出ていった。


三十分後、裕三は大竹豆腐店の前にいた。

大きく息を吸いこみ、声をかけて店のなかに入りこんだ。

仕事場には人気はなく、それにつづく和室の障子が開いて仙市が顔を覗《のぞ》かせた。

「おや、小堀さん。ひょっとして、例の香織の件で……」

声をひそめていう仙市に、裕三は小さくうなずき返す。

「ちょうどこの時間は豆腐屋の中休みでよ。俺はここで昼寝で、香織のやつは二階の自分の部屋。女房は食材やら何やらの買出しに出かけて留守にしてる」

二階を気にしてか、仙市はぼそぼそという。

「鈴子さんは留守ですか。そんなときに、例の話をしてもいいんでしょうか」

気になったことを訊いた。

「いいさ。俺と女房は一心同体だからよ。そんなこと、気にする必要はねえよ」

仙市はさらっといってのけて、

「で、俺はやっぱり席を外したほうが、いいんだろうね、小堀さん」

不安げな目で見つめてきた。

「いえ。大事な話ですから、仙市さんも同席してもらえると有難いんですが、私一人では対処できない場合があるかもしれませんので、お願いします」

「そうかい。ちょっと怖いが、それじゃあ同席させてもらうよ。それで場所は、ここでいいのかい」

「ええ、ここで大丈夫です。ここに香織さんを呼んでもらえれば」

「じゃあ、まず上がんなよ、小堀さん」

いわれるままに、大竹家の居間である八畳の和室に裕三は上がりこむ。部屋の真中には小さな卓袱台《ちゃぶだい》が置かれていて、おそらくここは三人の食事の場でもあるに違いない。

裕三が卓袱台の前にそっと正座すると、

「何だか胸が嫌な騒ぎ方をするなあ。緊張するなあ、小堀さん」

嗄れた声で仙市がいった。

「私も緊張してますよ。とにかくこれは微妙な件なので、誠心誠意――これを肝に銘じてお願いします」

裕三は仙市に頭を下げる。

「わかった。肝に銘じてという言葉は、しっかり肝に銘じておくよ」

妙な言い回しを仙市はした。どうやら仙市も、かなり切羽つまった状態のようだ。

「それから、もし私が言葉につまるようなことになったら、フォローのほうをよろしくお願いします」

そういってから、裕三は香織を呼んでくれるように仙市に頼んだ。

「香織っ、お前に話があるといって小堀さんがきてるから、下におりてきてくれ」

階段につづく障子を開けて首を出し、仙市は大声で怒鳴った。すぐに「はあい」という声が下に聞こえてくる。

しばらくして香織が階段をおりてくる音が聞こえ、障子ががらりと開いた。

「こんにちは——」という声とともに、香織は八畳の和室に入ってきた。セーターにジーンズという格好は普通だったが、顔の化粧はやっぱり濃いものだった。香織は仙市にいわれるままに、裕三の正面に座った。ちゃんと正座をしている。仙市自身は裕三の後ろに控えるようにして、座りこんだ。

「話というのは……」

といったきり、裕三は後の言葉がなかなか出てこない。

「ひじょうに微妙な問題というか、個人的な嗜好の問題というか」

ようやくこれだけ口にして、裕三は大きな吐息をもらし「誠心誠意、誠心誠意」と胸の奥で自分にいい聞かす。

「こんなことは強要することでもないし、強要されることでもないけど、そこは話し合いというか、お願いというか——つまり、何のことかというと」

ここで裕三の言葉が途切れた。何といっても、あの翔太が、口に出すことはできないと断言した事柄なのだ。そう簡単に訊《たず》ねることは……。

周りを嫌な沈黙がつつみこんだ。

「化粧のことですよね」

ふいに香織が言葉を発した。それも問題になっている言葉を。掠れた声だった。

「お客さんが、私の化粧のことをあれこれいっているのは、耳にしています。このお店に迷惑をかけていることも、よく知っています。でも、私」

「わかっています。化粧というのは極めて個人的なもので、他人がとやかくいえるものではないことは。しかし、豆腐づくりとはいっても店売りがある限り、客商売です。そのところを考えてもらって、ほんの少し薄化粧というか、何というか」

脇腹を嫌な汗が流れていた。

「薄化粧では駄目なんです……」

ぽつりと香織はいった。

「実は……」

裕三は一瞬いい淀《よど》んでから、

「この件に関して、私は若い友人に相談して意見を仰ぎました。まだ高校生ですが極めて頭のいい、母一人子一人の家で育った、新聞配達をしている翔太という名前の少年です」

大きく肩で息をした。

「その翔太君が、こんなことをいいました。厚化粧をするなら、それなりの理由がある。しかし、その理由は自分の口からはいえませんと。翔太君はその理由を察しているようでしたが、それは他人の口からではなく、香織さん自身の口から話してもらうより方法はないとも。だからもし、理由があるのなら話してもらえれば、それなりの対応が……」

一気にいった。一気でなければ言葉が逃げてしまうような気がした。

「翔太君っていう子が、そんなことを。自分の口からは話せない、私自身の口から話してもらうより方法はないと……」

独り言のようにいう香織に、追いすがるように裕三は言葉を出した。

「そして、香織さんには、できる限り優しく接してやってくださいと。こんなこともいっていました」

「何でも、お見通しなんですね。その翔太君っていう子は。そんな優しい子が友達にいたら、私の人生も――」

そういいながら、香織はふらりと立ちあがった。

「化粧、落してきます」

低すぎるほどの声でいって、こそりと部屋を出ていった。

このときになって裕三はようやく、翔太のいっていた言葉の意味につきあたった。そして、香織が厚化粧に固執していた理由も。冷静になってよく考えれば、すぐにわかることだった。だが、もしそうだとしたら、どうすればいいのか。

「おい、小堀さん。いったい何がどうなってるんだ。化粧を落してくるといって、あいつは出ていったけど、化粧を落せばどうなるっていうんだ。俺には何がどうなってるのか、さっぱり、わからねえよ」

おろおろ声で仙市はまくしたてた。

答えられなかった。翔太のいうように、他人の口からいえることではなかった。香織自身の口からでないと。

どれだけの時間が過ぎたのか。

障子の外で人の気配がした。

香織が戻ってきたのだ。

ゆっくりと障子が開いて、部屋のなかに香織が入ってきた。すうっと裕三の正面に歩いて正座した。思った通りだった。

香織の顔の左の頬の部分が青かった。

痣《あざ》だった。

香織は、これを見られるのが嫌で厚化粧でおおい隠していたのだ。無理もなかった。痣がなければ、香織の顔は素直で素朴で、かなり可愛かった。それが……。

その結果、香織は痣を封じこんだ。綺麗に見せるためでもなく、格好よく見せるためでもなく、香織の化粧の目的は、たったひとつだけ。痣を完璧に隠すため。そのためには何をいわれようとも、我慢。香織は、痣を憎みきっていたのだ。

「私のこれまでは、この痣との闘いでした」

香織が口を開いた。

「この痣のために、小中高と学生時代は、毎日苛《いじ》められていました。級友からは『汚物』とか『痣エモン』とかいわれ、何も悪いことはしていないのに小突き回されたり、のけ者にされたり。でも化粧することは許されませんでしたから、私は毎日、この痣の顔を表に出して学校に通いました。悲しかったです、本当に悲しかったです。死んでしまいたいほど、嫌な毎日でした」

高校になってから苛めはさらにエスカレートし、香織は女子の不良グループに目をつけられ、そのメンバーたちの鬱憤の捌《は》け口《ぐち》にされたという。

「毎日、チョークで顔を塗りたくられました。汚物を隠して綺麗に化粧してやる。そんなことをいって、不良グループはチョークで私の顔を真白にして喜んでいました。かばってくれる人は誰も……私はそのグループの、オモチャでした」

香織の声は震えていた。

両肩が尖っていた。

「本当は高校なんて辞めたかったけど、私の家は父も母も変に厳しくて、高校ぐらい出ておかないと将来に差し支えると……私に将来なんか、まったくないのに。でもその反動のようなもので、高校を卒業しても私はどこにも就職せず、家のなかに引きこもりました。そんななかで、今回のお豆腐屋さんの募集をネットで見て……」

卓袱台の上に何かが落ちた。

香織の目から涙があふれていた。

「私は小さいころから、お豆腐が大好きで。風味も食感も繊細さも……でもそのころは、お豆腐の上に醬油《しょうゆ》をかけるのが嫌で嫌で。あの白い表面に醬油がかかって色が着くのが、自分の痣を連想させて。だから、醬油をかけたら、すぐにお豆腐をぐちゃぐちゃに崩して食べていました……でも本当は、あの真白で綺麗な豆腐の肌に、私は憧れを持っていたのかもしれません」

いい終えたとたん、香織は肩を大きく震わせた。声をひそめて泣き出した。大粒の涙が次から次へと卓袱台の上にこぼれて落ちた。

「香織、おめえ」

仙市が泣き出しそうな声をあげた。

「でも私、変ろうと思います」

強い口調で香織はいった。

「さっき、小堀さんから翔太って子の話を聞いて、私の身体《からだ》のなかの何かが外れたような気がしました。もう逃げるのはよそう。隠すのはよそう。痣があろうと何があろうと、私は私。すべてをさらけ出して、これからは生きていこうと決めました」

香織は涙でくしゃくしゃになった顔で仙市を見つめ、

「大将。私、明日からスッピンで店に出ますから」

叫んだ。

「そんな、香織。そんなことは……」

おろおろ声でいう仙市の言葉にかぶせるように、裕三が叫んだ。

「そんなことしなくても、薄化粧にすれば。痣は隠れないけど、目立たなくなるのは確かだから。薄い色ぐらいなら、香織さんの顔は充分すぎるほど可愛いから。元々、素直で可愛い顔立ちなんだから」

ようやくこれだけ、いえた。

「嫌です。私はもう逃げない。スッピンで店に出て、堂々とお豆腐を売ります。もう、誰にも文句はいわせない」

香織は声を震わせて泣き出した。

思いっきり泣いていた。

裕三の胸も軋《きし》んでいた。香織の言葉は本物だと思った。香織はもう逃げない。少なくとも、厚化粧はもうしない。薄化粧か、スッピンか。どちらにするかはわからなかったが、自分を隠さず、前向きに生きていこうという決心は本当のような気がした。正直いって裕三は嬉しかった。香織には幸せになってほしかった。

「駄目だっ」

そのとき誰かが怒鳴り声をあげた。

仙市の声だ。

「駄目だ、許さん」

仙市がまた怒鳴った。

「お前は今まで通り、厚化粧でいい。スッピンになどなることは、俺が許さん。これ以上もう、悲しい思いなどすることはない」

突拍子もないことをいい出した。

「嫌です。スッピンになります。そうすれば、誰からも文句は出ません。それに、それが私自身のためにもなるんです、大将」

香織が怒鳴り返した。

「厚化粧がどうとかいう客なんぞ、ほっておけばいい。そんなやつは、うちの客でも何でもねえ。うちの豆腐を買ってもらう必要はねえ。よそへ行けばいい」

さらに怒鳴り声をあげる仙市も、泣いていた。

鼻水と涙で、ぐしゃぐしゃの顔だ。

「お前はうちの家族だ。お前を苛めるやつは俺が許さん。そんな客は、こっちからお断りだ。クソ食らえだ」

二人のやりとりを聞きながら、裕三はそっと立ちあがった。心配ない、これは親子喧嘩だ。それも、飛びっきり仲のいい親子の。

裕三は怒鳴りあう二人のそばからゆっくりと離れて、靴をはく。何があろうと、この二人なら大丈夫だ。乱暴ではあるが、非の打ち所のない、最高の家族だ。静かに戸を開けて外に出ると、かなり凍えていた。

あんな家族がほしい。

裕三の胸をそんな思いが、ふっとよぎった。

怒鳴りあいは、まだつづいていた。

美顔パンをどうぞ

裕三《ゆうぞう》の目が腕時計に走る。

時間は八時十分を回っている。

「おい、どうしたんじゃ、裕さん。さっきから時計ばっかり気にしてよ」

源次《げんじ》が野太い声をあげた。

「そうですよ。独り身会のメンバーは全員揃《そろ》っているんですから、そろそろ今夜の集まりの主旨を話してくれても、罰は当たらないんじゃないですか」

声をあげたのは川辺《かわべ》だったが、言葉の端々が少し尖《とが》っている。これはおそらく、集まりの場所が川辺ご贔屓《ひいき》の『志の田《しのだ》』ではなく、商店街の中央にある居酒屋『のんべ』の小あがりになったからに違いない。

「ひょっとして、今夜の集まりには他にも誰かが参加することになっているんですか」

翔太《しょうた》の声に隣の桐子《きりこ》が賛同するように、盛んにうなずく。

「翔太君のいう通り、実は今夜は我々の他にもう一人、ここに参加する人がいるんだが。その人がいないと話が始まらないので――そろそろくるとは思うんだが」

ちょっと困ったような声をあげたのは、洞口《ほらぐち》だ。どうやら洞口は裕三同様、今夜の集まりの主旨を知っているようだ。

「誰なのよ。そのもう一人っていうのは、じっちゃん」

興味津々《きょうみしんしん》の声を桐子があげたところで、

「すみません。少し遅くなってしまいました。お客さんがなかなか、帰ってくれませんでしたので、それで」

いかにも申しわけなさそうな声が聞こえた。

「七海《ななみ》さん！」と上ずった声を翔太があげた。

みんなのいる小あがりの前に立っているのは『小泉《こいずみ》レコード』の七海だった。

「忙しいところを呼びたてて、こちらこそ申しわけない。さあ、こっちへ上がって」

裕三はできる限り優しい声でいって、七海を小あがりに招きいれる。ちらっと翔太の顔を見ると、ほんの少しだったが体を硬くしているのがわかった。そんな様子を目の端でとらえながら、七海が洞口と川辺との間の席に座ったのを見定めて裕三は声を張りあげた。

「じゃあ、全員が揃ったところで、いちおう、いつものように乾杯をしようか」

裕三たちと七海はビール、翔太と桐子はウーロン茶のコップを手にして「乾杯」と小さく叫ぶ。

「まずはみんな、好きな物でも食べてくれ。今夜の主旨は、おいおいと話すからよ」

洞口がこういって、それぞれがテーブルの上の好きな料理に箸を伸ばす。

しばらくの間、食べたり飲んだりしたあと、豆腐の味噌《みそ》田楽をごくりとのみこんで源次が声を出した。

「そろそろ、話をしてくれてもいいんじゃねえか、裕さん」

この一言でみんなの箸が止まり、視線が裕三の顔に集まる。

「実は、ちょっとした事件が起きた」

裕三は手にしていた串カツを皿の上に戻して、低い声でいった。

「これは修《しゅう》ちゃんと七海さんにはすでに連絡ずみのことだが——丈文《たけふみ》君が店から消えていなくなった」

みんなの間から騒《ざわ》めきがあがった。

「丈文君が消えたって……店の開店は、あと十日ほどですよ。大事件ですよ」

川辺が叫ぶようにいった。

「そうだ。改装工事が、あと四、五日で終り、新生・宝パン工房は十日後に開店ということになっている。その土壇場《どたんば》で、店の主人になるはずの丈文君がいなくなってしまった。これをどうしたらいいのかというのが、今夜の集まりの主旨だ」

困りきった顔の洞口に、珍しく川辺が興奮ぎみにいった。

「どうしたらいいって、修ちゃん。丈文君がいなけりゃ、パンが焼けないじゃないですか。誰か代りのパン職人を見つけてこない限り、無理じゃないですか。それに、いったいどんな理由で、どこへ行ってしまったんですか、丈文君は」

「そのことだが――」

裕三が、みんなの顔を見回して口を開いた。

今朝のことだった。

改装工事の進捗状況を見るために、裕三は『宝パン工房』の現場を訪れ、そのついでに話でもしようと丈文が寝起きをしている二階にあがってみた。が、そこには丈文の姿はなく、部屋の隅にある小机に一枚のメモが置いてあった。

『すみません。訳あって姿を消します。でも、必ず帰ってくるつもりです。必ず……』

メモには走り書きで、これだけ書かれてあった。

裕三は何度も丈文のケータイに電話を入れたが出る気配はなく、このあとすぐに洞口に会い、そしてこの状況を七海に伝えて今夜の集まりになった。

「七海さん。丈文さんの実家は確か隣町だと聞いていましたけど、そこには」

翔太がおずおずと声をあげた。

「このことを聞いて、私も丈ちゃんと連絡をとろうとしましたが、ケータイもラインもまったく駄目でした。それで、すぐに隣町にある丈ちゃんの実家の杉本《すぎもと》ベーカリーに行って、お母さんと話をしてきたんですけど、丈ちゃんからは、ここのところ何の連絡もないということでした」

七海は高校のときの丈文のクラスメイトであり、今回の事業に丈文を推薦した当事者でもあった。

「杉本ベーカリーは確か七年前に店をたたんで、廃業しているということだったね」

裕三が確かめるようにいうと、

「七年前にお父さんが心筋梗塞の発作でそのまま亡《な》くなり、店が立ちゆかなくなって止《や》むなくやめることに——丈ちゃんは一人息子で兄弟もいませんでしたし。そのとき丈ちゃんは高校二年でしたけど、これを境に学校を中退して働くことに。知り合いのパン屋さんで修業をして、いずれは自分の店を開くのが夢だと当時もいってたのをよく覚えています」

申しわけなさそうにいって、七海は肩を落してうつむいた。

「メモには必ず帰ってくると書いてあったんじゃろうが、それなら帰ってくるんじゃねえのか。開店の直前ぐらいに、けろっとした顔をしてよ」

何でもないことのようにいう源次に、

「帰ってくればいいですけど、もし帰らなければ大事ですよ。商店街の資金を使って改装までした店が、いざ蓋を開けたらパン職人がいなくなって開店休業では。私たち推進委員会の者は商店街のみんなから袋叩《ふくろだた》きですよ。表を歩けなくなりますよ」

志の田の件が頭にあるのか、今日の川辺はいつになく攻撃的である。

「それは、そうなんだが……この丈文君の書き残したメモを見て、翔太君はどう思う。何を感じ取ったか率直に教えてくれないか」

翔太に意見を求めた。いつもの、苦しいときの翔太頼みである。

「率直にいえば――」

ごくりと翔太は唾を飲みこんだ。

「メモに走り書きという点を考えれば、この文章には嘘《うそ》も技巧もないと思います。すべてが丈文さんの本音で、すべてが事実に違いありません。特に気になるのが――」

言葉を切る翔太を、みんなが凝視する。

「みなさんも感じていると思いますが、必ず帰りますではなく、帰ってくるつもりですという言葉――これは、ひょっとしたら帰れないという意味を含んでいるようにも。そして、もっと気になるのが、姿を消しますというところです、用事ができて、どこそこに行ってきますではなく、姿を消しますという言葉。僕はここに怖さを感じます。この文面には、切羽つまった怖さがあふれています」

「怖さって何じゃ。命の危険か」

すぐに源次が身を乗り出してきた。

「少なくとも丈文さんは、そう感じているように……詳細はむろん、わかりませんけど」

「そんな、ヤバい話なのか」

翔太の言葉に、洞口が吼《ほ》えるような声を出した。

「確か丈文君は一時、悪い連中とつきあっていたと裕三さん、いってませんでしたか。彼からそう聞いたと」

川辺がたたみかけるようにいった。

「詳細は語らなかったが、面接のとき、確かにそう聞いた。しかし、丈文君はそれを悔いていて、ここで念願だったパン屋をやって生まれ変りたいともいっていた。俺はその言葉を信じた。いや、この若者をここで生まれ変らせてやりたいと思った。それぐらい丈文君の態度は真剣そのもので、真情にあふれていた。俺はこの言葉は本物だと信じた」

「こぼれ塾をやっているだけあって、裕さんは落ちこぼれに甘いから」

「川辺、言葉がすぎるぞ」

源次のドスの利《き》いた声に川辺は首を竦《すく》めてうつむいた。

「要するにじゃ――」と、源次がみんなの顔を見回した。

「丈文はどこか怖いところから追いこみをかけられて姿を消した。怖いところの追いこみなら理由は金――丈文は金策に走り回ってるんじゃねえか。金策が成れば丈文は帰ってくるし、成らなければどこか遠いところへ逃げ去る。そういうことなんじゃねえのか。どうだ翔太、わしの推理は」

ちょっと心配そうに、源次は翔太の顔を窺《うかが》う。

「おそらく、源次さんの推察通りだと思います。いったい、どれほどの額かはわかりませんが。身の危険を感じるほどの額となれば……」

翔太の言葉に源次は太い腕をくんで、何度も大きくうなずく。

「丈文君は商店街の金を三十万ほど持っていた。俺が渡した」

ぽつりと洞口がいい、首をたれて後をつづけた。

「パン造りに必要な細々とした物と、皿やらトレイやら、そんな物を揃える資金が必要ということだったので、一週間ほど前に町内会の資金のなかから俺が渡した」

「持ち逃げですか。それなら帰ってきませんよ。借金はおそらく数百万ほどでしょうから三十万は逃走資金で、このままトンズラですよ。警察にまず通報して、早急に新しいパン職人を探したほうが無難ですよ。といっても、たやすく見つかるとは思えませんが」

どうも今日の川辺は、かなり気が立っているようだ。

「おい川辺。おめえ、今日の会合の場所が志の田じゃなかったからといって、子供のように拗《す》ねたことをいうんじゃねえよ」

そのままずばりと源次がいった。

「いや、私は、そんなことは……」

とたんに川辺の顔が真赤《まっか》に染まった。

「すみません、大人げないことを並べたてて。いいすぎました、謝ります」

蚊の鳴くような声を出して頭を下げた。

「どうか、待ってやってください。ぎりぎりまで、待ってやってください」

ふいに翔太が叫ぶようにいった。

「たとえ金策ができなくても、丈文さんは必ずこの町に帰ってきます。僕は丈文さんを信じたいです。ですから、ぎりぎりまで。ぎりぎりまで、待ってやって……」

翔太も丈文同様、親一人子一人の家庭だった。それに、ひょっとしたら七海のことを慮《おもんぱか》って……。

「俺も丈文君を信じたい。彼のこれからの芽を俺はつみたくない。だから待ってやってほしい。丈文君を信じて、ここは待ってやるのが筋だと俺も思う」

翔太の言葉に呼応するように裕三はいい、みんなに頭を下げた。

「私からも、お願いします」と今度は七海が声をあげた。

「一時は横道にそれたこともありましたが、根はいい子なんです、丈ちゃんは。私も必ず丈ちゃんは帰ってくると信じています。あの子は死んでも帰ってきます。そういう子なんです、あの子は。お借りしたお金は――」

といいかけたところで、洞口が声をあげた。

「よし、待とう。甘いかもしれんが、いざとなったら、みんなで責任を取ればいい。そういうことだ」

拍手があがった。

桐子だ。ついで源次がそれに加わり、最後に川辺が盛大な拍手をつけ加えた。

「元々は空き家問題が解決して、万々歳だったんだからね」

大声で桐子はいってから、首を傾《かし》げて呟《つぶや》いた。

「でも、これって――国語の教科書に載ってた、『走れメロス』にそっくり」

桐子のいう通り、事の発端は商店街の空き家問題だった。
長引く景気の悪さと消費者の嗜好《しこう》の変化が重なって、どこの商店街でも店を閉めるところが多くなり『昭和ときめき商店街』もその例からもれることはなかった。
表通りだけでも十八軒――活気を取り戻すためにも、これを何とかできないかという声が商店街のなかから出始めて、空き家の活用に推進委員会が動くことになった。
再生するなら若い血の投入――裕三は商店街の集会で持論を展開して商店主たちもこれに同意し、その結果白羽の矢が立ったのが三年前に廃業した宝パン工房だった。

年老いた夫婦二人でやっていた宝パン工房は、三年前に奥さんが脳出血を起こして急死。これで仕事をする意欲を失ったご主人は、店を閉めることにした。ここ十年ほど客足が落ちているというのも、大きな原因のひとつのようだった。ご主人は、家を出て町田市で住居を構えている息子の家に引き取られ、宝パン工房は無人の店舗になった。

無人ではあったが、廃業してまだ三年。そのままになっている、パンを焼く設備は充分に使えるはず——これに目をつけた裕三は、すぐに町田にいる老主人の元を訪れて、店を貸してもらえるよう掛け合った。

「ほっておいても、朽ちて崩れるだけ。有難《ありがた》い話です」

と老主人は設備の点検と調整を早急にしてくれることを約束して、快く裕三の提案を受け入れた。むろん無料ではなく、なにがしかの賃貸料を払うという正式な契約だった。これでひとつの難関は突破したが、いくら廃業してまだ三年といっても内装は煤《すす》けていた。食べ物商売でこれはまずかった。

裕三たちはこれを商店街の集会にかけ、内装と表回りを新しくすることを提案して意見を聞いた。

「一度閉めた店を、形ばかり新しくしても客がくるはずがない」

こういう商店主もいたが決を取って何とか承認を得、その結果、百五十万円の資金が出ることになった。内装は商店街の裏通りにある内装業者に頼みこみ、何とか百万円内で工事をしてもらえるよう話をまとめ、あとの五十万円は予備費に回すことにした。残るのがパン職人の確保だった。

これが難航した。

ネット募集をかけても応募してくるのは職人見習い志望で、プロは皆無だった。裕三たちが欲しいのは見習いではなく、即戦力だった。推進委員会は頭を抱えた。そんなところへ朗報を持ってきたのが七海だった。

「私の高校時代のクラスメイトに杉本丈文君というのがいるんですけど、この通称、丈ちゃんの実家がパン屋さんだったんです」

と七海はいい、『杉本ベーカリー』が店を閉じた顚末《てんまつ》と、高校中退後、丈文がパン職人になるため都内のパン屋で修業をしていたが、今はそこをやめてぶらぶらしているということを裕三に話した。

渡りに船と裕三が身を乗り出すと、

「ただひとつ、心配な部分があります」

七海はこういって顔を曇らせた。

「丈ちゃんが店をやめた理由がよくわからないんです。友達の間の噂《うわさ》では、店の金を遣いこんで首になり、その後は悪い連中とつきあっているというのがもっぱらですが、真偽のほどはわかりません」

七海は肩を落した。

「いいことも悪いことも若いうちには、いろいろあるさ。馬鹿をやるのが、若さという名の代名詞ともいえるしね。悪いことをするのは若者の特権というと語弊があるけれど、そんな境遇から抜け出せるというのも、俺は若者の特権だと思っているよ」

裕三はここで一息いれ、

「もし、その丈文君という子にやる気があれば、一度会わせてもらえないかな。会って話をして、その上できてもらうかどうかを判断してみたいから。だから、紹介してもらえれば有難いんだけどね」

丁寧にいって頭を下げた。

「わかりました。実家に連絡をとって話をしてみます。まだ家で、ぶらぶらしているはずですから」

こうして三日後、裕三は商店街の外れの『ジロー』という名の喫茶店で丈文に会った。驚いたことに七海も一緒で、二人は店の奥の席に並んで座っていた。丈文は素朴な顔の持主で体型も中肉中背――地味なかんじの若者だった。

「七海ちゃんが一緒にくるとは、思わなかった」

笑いながら裕三がいうと、

「ちゃんとした場所に一人では心細くて。それで頼みこんで……七海さんは高校時代から、しっかり者で通っていましたし」

ちゃんとした場所と、丈文はいった。

「そうか、七海ちゃんは高校時代から、しっかり者だったか」

コーヒーカップを手にして、裕三は嬉しそうな声をあげる。

「それに七海さんは、僕の初恋の人ですから……ふられましたけど」

恥ずかしそうに、それでも意を決したように丈文はいった。両肩が尖っていた。

「えっ、私って丈ちゃんの初恋の相手なの。そんなこと全然知らなかった」

七海が驚いたような声をあげた。

「あのころは遠くから見ていただけで、意思表示はしなかったから。しても、どうせ駄目だということはわかっていたし。七海さん、けっこう、もててたから」

ちらっと丈文は、七海の横顔に目を走らせる。微《かす》かな期待感を滲《にじ》ませるように。

「それはまあ、何ともいえないけど――何にしても知らなかったことは確か」

特段の反応を見せない七海を見て、丈文の顔に落胆の表情が浮ぶのがわかった。

「初恋なんてのは、そんなもんだよ。うまくいかないのが初恋というシロモノで、うまくいったら面白くも何ともない」

口にする裕三の脳裏に、七海の母親である恵子《けいこ》の端整な顔が浮んだ。恵子は裕三を始め、独り身会の面々の初恋の相手でもあった。そして、あのとき裕三は……。

「で、丈文君は初恋の相手で、しっかり者の七海ちゃんを用心棒代りにしてここにきた。そういうことなのかな」

裕三は挑発的な言葉を、あえて口にした。

「いえ、それは違います」

即座に丈文の口から否定の言葉が出た。

「僕が七海さんに一緒にきてもらったのは、証人になってもらうためです。これ以上、道を踏み外さないための」

「道を踏み外すというのは、噂になっている店の金を遣いこんで云々《うんぬん》という……」

「はい。でも僕は店の金は遣いこんではいません。僕がやったのは、ギャンブルにのめりこんだことです。それで深みにはまったことです」

パン職人の修業を始めて、五年目のことだと丈文はいった。

パン造りの技術のほとんどを身につけた丈文に、気の緩みが出た。一息いれるために、府中の競馬場へ出かけたのが始まりだった。面白かった。スリリングだった。勝っても負けても体中の血が騒いで、胸が締めつけられた。実際に目にした疾走する馬の姿は、力強かったし美しかった。丈文は休日のたびに府中の競馬場へ出かけるようになった。

「そこで悪い友達もできて、深みに……」

ぼそっと丈文はいった。

「その深みというのは？」

「恐喝やら暴行やら……でも僕は気が弱いため荒事はまったく駄目で、連中について回ってウロウロと……こんなことをいうと、弁解になってしまいますけど」

丈文は肩を落とした。正直といえば正直な人間に見えた。

「わかった。とにかく、そういうことをしていたんだな――それでその、悪い友達というのは縁が切れたんだろうか。それだけは、はっきり知りたいんだが」

訊かないわけにはいかなかった。

「切れたはずです。一年ほど家でぶらぶらしてましたけど、今はケータイにも連絡は何もありませんし」

「その連中は、丈文君の実家の住所は知ってるんだろうか」

気になったことを口にした。

「知らないはずです。知っているのはこの沿線の町だということだけで、それ以外は」

小さな声で丈文はいった。

「そうしたことも含めて、丈文君は七海ちゃんに証人になってほしかった。そういうことでいいのかな」

「はい。七海さんに立ち会ってもらって証人になってもらえば、もう馬鹿《ばか》なこともしないだろうと思って。多分僕にも、男としてのプライドというものがあるはずですから。

いくら弱い心の僕だって。いえ、弱い人間だからこそ、七海さんに立ち会ってもらったんだと思います」

一気に丈文はいった。

「心が弱いというより、丈ちゃんは心が優しいんです。私はそう思っています」

七海の一言で、丈文の表情が和らぐのがわかった。

「それからもうひとつ、七海さんの前で、パン造りに対する僕の情熱を話したかったんです。駄目な部分だけではなく、僕のいい部分も知ってほしいというか……僕はこの町でパン屋をやって、生まれ変りたいんです。それで、七海さんに立ち会ってもらいたかったんです」

どうやら丈文はまだ、七海のことを忘れることができず、初恋の残滓《ざんし》を引きずっているようだ。

「僕には造りたい、パンがあります」

突然丈文が、はっきりした口調でいった。

「体にもよく、美容にもいいパンで、僕はこれを健康美顔パンと密《ひそ》かに名づけてみました。もちろんこれは仮の名前で、実際に売り出すときは、変えてもらってけっこうです」

幾分胸を張っていった。

「健康美顔パン――それは何とも魅力的なパンというか」

裕三は思わず身を乗り出す。

いくらパン屋を開業しても、目玉になる商品がなければ客はこない。丈文の口にした健康美顔パンは、その目玉商品になり得るような気がした。

「素材は玄米で、これをベースにした食パンなんですが、僕はこのなかに雑穀の鳩麦《はとむぎ》と黒米を加えて、パンを焼きあげたいと思っています」

力強い口調でいった。

「玄米が体にいいのはわかるけど、鳩麦と黒米の働きがよくわからない。そこのところを、ざっとでいいから教えてもらえないか」

正直なところを口にした。

「簡単にいえば、鳩麦は皮膚の栄養であるコラーゲンを増やす働きがあることがわかっていますし、黒米は成分のポリフェノールが活性酸素の働きを抑え、肌の老化を防いでくれます。だから、この二つの雑穀と玄米を合せれば、健康と美しさの二つが手に入る――そういうことになるはずです」

「それは凄《すご》いな。で、そういうパンを売り出しているところは今現在、他には」

「残念ながらあります。が、まだ浸透はしていませんし、値段も高めです。僕はこれをもっと安い値段で、お客さんに提供したいんです。そして浸透させたいんです。さらに、こうした雑穀というのは……」

こんなことを身振り手振りを交えて、丈文は目を輝かせて懸命に裕三に訴えた。

これは紛れもなく、パン職人の目だ。

裕三はそう思った。丈文のパンに対する情熱は本物だ。

「キヌアやアマランサス、粟《あわ》や稗《ひえ》を始め、雑穀には沢山の種類があります。そして、それぞれが体によく、美容にいいことは今までの研究でわかっています。ゆくゆくは、こうした様々な雑穀を用いたパンを僕は造っていきたいんです。それがパン修業をしてきた結果といいますか、僕の夢なんです」

「味のほうは、どうなんだろうね」

気になっていたことを訊いてみた。

「正直いって、あまりおいしくはないです。これを口あたりのいいものにするためには大量の砂糖が必要ですが、それでは糖分の取りすぎになってしまいます。だから僕は、わざと素朴な塩味にしたいと考えています。雑穀に合うのは砂糖より塩——嚙《か》めば嚙むほど、おいしさが口中に広がっていくはずです」

丈文のパン談議は、これから一時間近くつづいた。パンの話をしている丈文の顔は生き生きとしていた。嬉《うれ》しそうだった。両目が熱をもって輝いていた。

この若者に懸けてみよう。裕三はそう思った。

少々危ない部分もあったが、パンに対する情熱は本物のように思えた。健康美顔パン——これを宝パンの目玉商品にすれば、あるいは。というより、裕三はこのパンがむしょうに食べたかった。これがこのときの、正直な裕三の思いだった。

ふと隣に目をやると、七海も丈文の話を真剣に聞いているのがわかった。丈文の素朴な横顔を凝視しながら、両手を膝に置いておとなしく。

似合い……こんな言葉が裕三の胸を掠《かす》めた。七海は、妻子のある中年男と泥沼のあやまちを犯した。あの中年男との出来事に、七海がどう折り合いをつけたのかは裕三にはわからなかったが、少なくとも七海には幸せになってほしかった。それも、年相応の男と……。

これが今から一カ月ほど前の、出来事だった。

そして、丈文はこの町から消えた。

丈文がいなくなって三日が過ぎた。

依然何の連絡もなく、ケータイに電話を入れてもまったく通じない。いったい丈文は、どこで何をしているのか。店の開店まで、あと六日。少なくとも開店の前日には戻っていないと仕込みができなくなって次の朝、商品を店頭に並べることが不可能になる。

昼食をすました裕三は板敷《いたじき》の塾の真中《まんなか》に座りこみ、頭を抱える。

みんなの前で、あいつは必ず戻ってくる、だからぎりぎりまで待ってみようと声を張りあげたものの、その自信が徐々に薄らいできているのも事実だった。そろそろ、塾を再開しなければならないのだが、とてもそんな心の余裕はなかった。

「帰ってくればいいですけど、もし帰らなかったら大事ですよ——私たち推進委員会の者は商店街のみんなから袋叩きですよ」

川辺はこんなことを口にしたが、その通りだと裕三も思う。もしそんなことになったら、その先、宝パンをどうすれば。

そのとき、ポケットのケータイが音をたてた。慌てて取り出して画面を見ると、丈文ではなく源次だった。

「どうじゃ、丈文から連絡はあったか」

源次の野太い、それでも心配そうな声に、

「ない。まったくない。一人で部屋の真中に座りこんで、頭を抱えているところだ」

裕三は情けない声を口から出す。

「そうか——一人で頭を抱えているのか。ということは、まだ塾は開けてないということなんじゃろうな」

源次は独り言のようにいってから、申しわけなさそうな声を出した。

「そんなときに悪いんじゃが、裕さんの塾をちょっと貸してくれねえかな」

「塾を？」と理由を訊いてみると、

「翔太のいっていた通り、腕自慢の男が勝負を挑んできてよ。だから、その場所をよ、貸してほしいと思ってよ」

野太い声、そのままで源次はいった。

今朝のことだという。

『羽生鍼灸院《はぶしんきゅう》』に丁寧な口調で電話が入った。

男は梁瀬守《やなせまもる》と名乗り、マスコミの記事を読んで源次の活躍に感動した。ついては、一手御教授を願いたいがいかがなものかと訊いてきたという。道場破りの決まり文句ではあるが、いきなりの押しかけではなく、電話でまず承諾を得てくるところが律義《りちぎ》といえば律義、現代的といえばそうともいえた。

さらに梁瀬は、まだリングには立っていないが自分は総合格闘技のプロであるため、一切の手加減は無用と口にし、源次の古武術と思う存分に闘いたいというのが本心で他意はないともいった。源次はこれを承諾した。

「それでな。多分塾は開いてねえだろうと勝手に決めて、裕さんのところでやることにしたんだが、迷惑だったら……」

語尾を、むにゃむにゃと濁した。

「迷惑じゃないさ。前からここを使って道場を開けとすすめていたくらいだからな。それに、丈文君のことで気が滅入《めい》っていたところだから、気分直しにもいいかもしれん」

裕三の本音だった。

「そういってくれるだろうと、その男には四時にそこへ行くようにいってあるから、よろしくな」

ほっとした口調でいう源次に、

「わかった。しかし大丈夫なのか。そんな総合格闘技のプロだという男とやりあって、勝てるのか。何たって相手はプロなんだろう」

心配そうな口振りで裕三はいう。

「相手が総合格闘技のプロなら、わしは殺しのプロじゃからよ」

ドスの利いた声で、物騒な言葉を源次は口にした。

「そうか。それなら、腕自慢がくるのを楽しみにしていた翔太君と、これも源ジイの大ファンの弘樹《ひろき》と隆之《たかゆき》を同席させてもいいか。いろんな意味で勉強になるだろう」

弘樹と隆之が同席すれば、源次自身にも刺激になるはずだ。裕三は一刻も早く、源次に道場を開いてもらいたかった。

「いいべ。それなら、あとでな」

それだけいって電話は切れた。

あとは弘樹と隆之、それに翔太への連絡だ。三人とも喜び勇んでやってくるだろう。

四時ちょっと前――いつもの作務衣《さむえ》姿で源次は現れた。

塾内に入ったとたん、拍手が鳴り響いた。弘樹と隆之、それに翔太までが盛大に手を

「拍手で出迎えとは、何とのう気恥ずかしくなるのう」

本当に恥ずかしそうに、源次は雀《すずめ》の巣のような髪の毛を掻《か》きまわして裕三たちの前に座りこんで胡座《あぐら》をかく。

「先生、大丈夫なのか。相手は総合格闘技のプロだって聞いたけど」

身を乗り出すようにして弘樹がいうと、ついで隆之がまくしたてた。

「そうだよ。相手は多分、熊みたいに頑丈なやつに決まってるから。そんなやつと闘って本当に勝てるのか、先生」

いつのまにか二人は、源次のことを先生と呼んでいる。

「さあ、どうなんじゃろうなあ」

源次は太い首を左右に振って、

「勝負は時の運じゃからの――運がよければ勝てるが、悪ければ」

ぷつんと言葉を切った。

「負けるんですか、源次さんが」

腰を浮しぎみにして翔太が口を開いた。

「負けるなあ……そして、負ければ、ここで道場を開くというのも駄目になるなあ」

「そんなの、嫌だよ」

叫ぶように隆之がいった。

「そうだよ。勝っても負けても、道場は開いてくれないと、俺たちこれから生きる望みがなくなっちゃうよ」

大袈裟《おおげさ》なことを弘樹が口にしたが、両目が潤んでいるのがわかった。隆之にしても同様だ。今にも泣き出しそうな顔だ。そんな二人を、驚きの表情で源次が見ていた。どうやら二人の本気度を、ようやく思い知らされたようだ。

「そりゃあ、まあ、とにかく。わしも勝つようには頑張ってみるから、そこんとこはよ」

源次には珍しく、しどろもどろになって答えた。

そんなやりとりをしていると、玄関のチャイムが音をたてた。

「丈文君の代りに道場破りか……」

裕三はこう呟いて立ちあがり、来訪者を塾内に招き入れるため玄関口に向かった。

大きな男だった。身長は百八十センチをこえ、体重のほうも相当あるような体形だったが、全身は筋肉質で硬く締まっているように見えた。これが梁瀬だ。年はまだ若いようで、二十代後半に見えた。

男は板敷の真中に正座する源次の小柄な体にちょっと驚いたようだったが、それでも緊張した面持ちでこれも対面に正座をし、きちんと両手をついて頭を下げる。翔太たちはすでに、壁際《かべぎわ》に下がっている。

「梁瀬といいます。本日は羽生先生に教えを乞うためにやって参りました。ご多忙中とは存じますが、何とぞよろしくお願いいたします」

まるで時代劇のワンシーンのような口調でいった。

「これはご丁寧に。当方こそ、よろしゅうに、お願い申しあげる」

源次も格式張った物言いで答え、

「ところであんた。えらく礼儀作法に厳しい人のようじゃが、何か武道でもやってたんかいの」

いつものように、ざっくばらんな口調に戻していった。

「小学生のころから柔道をやってきました。インターハイ、国体にも出場して、何とかこの道で身を立てたいと思い、総合格闘技の門を叩いて今に至り、段位は講道館五段をいただいております」

緊張した表情が幾分柔らかくなり、恥ずかしそうな口振りで梁瀬は答えた。どうやら源次同様に武術馬鹿の類いのようだが、根はおとなしそうだ。顔は丸顔で普通だったが激しい寝技のせいなのだろう、両耳がみごとにつぶれていた。

「ほう、小学生のころから柔道を。道理で礼儀正しいはずじゃの。しかも高段位の五段とは、これはなかなか侮《あなど》り難《がた》い、お人がきたもんじゃのう」

「自分の得意技は投げなんですが、近頃の柔道は、なかなか容易に組ませてはもらえません。が、しかし組んでしまえば」

梁瀬の眼光が、ふいに鋭くなった。

「必ずや、投げ落してみせます。得意の山嵐で」

凛《りん》とした声でいった。

「ほうっ、西郷四郎が遣ったいう、あの……」

と源次は感嘆の声を出し、神妙な口調であとをつづけた。

「なら、わしも組打ちで、お相手しようかの」

五分後――柔道衣に着がえ、両側がすり切れた黒帯を締めた梁瀬と、作務衣姿の源次は板敷の中央で対峙《たいじ》した。

「いざ、組打って候《そうろ》う」

古風な言葉を源次は口にし、両手を広げて梁瀬に近づいた。梁瀬も両手を広げ、源次を迎えるように前に進む。

両者が、がっちりと組んだ。梁瀬の右手は源次の左襟、左手は右袖――むろん、源次の両手も同様だが、見る者にしたら、大人と子供の勝負のようにも映る。源次は百六十センチそこそこの小兵だった。

鋭い気合が響いた。体を密着させた梁瀬の右足が、源次の足に飛んだ。

足を跳ねあげての背負い投げだ。山嵐だ。

が、奇妙なことが起こった。

宙に浮くはずの源次の体は、石になって固まったように動かない。びくともしない。突っ立ったままだ。

梁瀬の顔に驚きの表情が浮び、そしてそれは朱に染まった。そこから二度三度と、梁瀬は足を跳ねあげたが、やはり源次の体は動かない。まるで根が生えたように。

「参る――」

そのとき源次が低く叫んだ。

襟を握っていた源次の右手が開いて、すうっと下がった。水月の位置で掌《て》はぴたりと止まった。同時に源次の体がわずかに撓《しな》った。

瞬間、梁瀬の大きな体が崩れ落ちた。

失神した。

裕三たちの間から、どよめきがあがった。

「源次さん、いったい何が起きたの！」

翔太が立ちあがって叫んだ。

みんなが源次のそばに駆けよった。

「まずは、手当てをの」

源次は崩れ落ちた梁瀬を抱え起こして後ろにまわり、掌でどんと背活を入れた。梁瀬は三度目の背活で目を覚ました。

「あっ、自分は、自分は……」

周りをきょろきょろと窺う。

「当て身を、ちょっと入れてみた」

ぼそっと源次はいった。

「当て身って——そんな様子はまるで」

狐《きつね》につままれたような顔をする梁瀬に、

「わしの右の掌が梁瀬さんの水月の部分にぴたっと張りついてな。そこで全身を撓わせて、生の力を梁瀬さんの体に注ぎこんだんじゃよ」

源次は嚙んで含めるようにいう。

「掌を体に張りつけたまま、相手を倒すほどの強い力を注ぎこむって、そんなこと物理的には……」

翔太が素頓狂な声をあげるが、

「まあいいのか。源次さんのやることだから、どんな奇妙なことが起きたとしても」

何とか納得したようで、小さくうなずく。

「不思議な術じゃが、全身を脂肪でおおわれた人間や、梁瀬さんのように筋肉の鎧《よろい》をかぶった者には打撃技の当て身は撥《は》ね返されて、効かんこともあるからの。そういうときにこの技なら、力が脂肪や筋肉に浸透して入っていくから、まさに効果はてきめん——これを押し殺しの術という」

源次の言葉にみんなの口から「押し殺し！」という言葉が同時にあがる。

「鬼一法眼《きいちほうげん》流の古武術には、そんな技も伝わっているんですか」

週刊誌ででも読んだのか、梁瀬はこんなことを口にするが、源次の技は鬼一法眼流に木曾《きそ》流の忍法を加えたものである。

「それからもうひとつ、自分には理解できないことが」

梁瀬は不思議そうにいう。

「自分は何度も羽生さんの足をすくいあげたんですが、羽生さんはまるで石になったかのようにまったく動きませんでした。あれは……」

「あれは、わしが四《よ》つん這《ば》いになってたからじゃよ。だからな」

妙なことを源次は口にした。

「つまりじゃな。あのときわしは両手で梁瀬さんの襟と袖をつかみ、両の足で板敷を踏んでおった。梁瀬さんの体はそのとき、わしから見て板敷に同化したんじゃよ」

ぐるりと周りを見回した。

「要するに、わしは腰を少し落して体の芯を垂直に保って固定させ、両手は力を抜いて梁瀬さんの体にゆだねた。その結果、板敷と梁瀬さんの体はわしにとって水平同然となり、わしは四つん這いの姿であの場に立っていたということにの。いくら攻撃しても四つん這いの人間を倒すことはな。最初から倒れているも同然の格好なんじゃからよ」

源次は、わかるような、わからないようなことを口にしてから、

「梁瀬さん。柔道の投げ技と、古武術の投げ技の一番の違いは何かわかるかの」

ぎろりと目を剝《む》くが「それは」と梁瀬は首を左右に振る。

「柔道は相手を背中から落すが、古武術は頭から落す。それが根本的な違いじゃよ――つまりは死物狂い。もっとも今ではそんなことはせんがな」

穏やかな顔に戻して源次はいった。

瞬間、「ああっ」と梁瀬はうめいて、その場から飛び退《すさ》った。額を床にすりつけた。

「自分を、羽生先生の弟子にしてくれませんか。お願いします。どうか……」

絞り出すような声を出した。

「いや、それは、何といったらいいのか、わしはその、弟子はまだというか」

とたんに源次がうろたえた。

「俺たちも、お願いします」

今度は弘樹と隆之が額を床にこすりつけた。

「あっ、それはどうしたもんじゃろうか、なあ、裕さん」

おろおろ声でいって、源次は裕三に助けを求めた。

「そうだなあ」と裕三はひとつ空咳《からせき》をしてから、

「俺も塾の終ったあと、ここを使って道場を開けと口が酸《す》っぱくなるほどいってるんだが、なかなかこのジイサンは人づきあいが苦手というか。しかし、近頃では徐々に源ジイの気持も道場を開くという方向へ傾いているようだから、近い将来、必ずな」

にまっと笑った。

「おい、裕さん、おい……」

すがるような声を追いやるように、

「その節は、何とぞよろしくお願いします」

怒鳴るような梁瀬の声が響き渡って再び額を床にこすりつけた。すぐに弘樹と隆之の二人がそれに倣《なら》う。

「そういうことだ、源ジイ」

「それはまあ、そういうものというか……」

蚊の鳴くような源次の声に、

「よし、一件落着――まずはめでたい」

大時代的ないい方で裕三は膝を両手で叩き、この場はこれで収まった。

しばらくして梁瀬は帰り、弘樹と隆之にも「これから、大事な話があるから」といってその場を立たせ、塾内は裕三、源次、翔太の三人だけになった。

「道場破りというから、どんな怖い男がくるかと心配したが、素直な人間でよかった」

笑いながら裕三がいうと、

「確かに、あの梁瀬という若者は素直だの。何とのう、わしの若いころを思い出させるというか――世間からはちょっと外れた、武術馬鹿というか何というか」

嬉しそうに源次は答えた。

「まさに、源ジイの後継者にはうってつけ。そうじゃないか、なあ、源ジイ」

「それはまあ、うってつけといえば、そうではあるけどが――そんなことより、問題は丈文じゃ。今になっても何の音沙汰もないということは」

話題を変えるようにいうが、それはそれで源次のいう通り大変な問題ではあった。

「そうだな。何といってもあの店には、町内会から改装用にと百五十万の金が出ている。今更、パン職人がいなくなったではすまない。このまま丈文君が戻らないようであれば、早急に替りのパン職人を探さないと」

吐息をもらすように、裕三はいう。

「もし、替りのパン職人が、見つからなかったら」

ぼそっと源次がいった。

「丈文君を、宝パンに引き入れたのは俺だ。だから、町内からの百五十万は俺が肩代りするつもりだ」

「馬鹿なことをいうな。その場合は推進委員会の連帯責任じゃ。みんなで等分に分割して払えばいい」

怒鳴り声を源次があげた。

「しかし、丈文君は俺が……」

「しかしも、へったくれもねえ。それとも、裕さんところは、百五十万をぽんと払えるほど儲《もう》かってるのか」

じろりと睨《にら》みつけた。

「儲かってはいない。食べていくのが、ぎりぎりの毎日だ」

「なら、連帯責任でいい。というより、それが筋というもんじゃ。そのための推進委員会であり、独り身会でもあるはずじゃ」

源次の手が裕三の肩をそっと叩いた。同時に翔太が声をあげた。

「あの、僕はいくらほど……」

「何を馬鹿なことを」

今度は裕三が怒鳴った。

「翔太君はまだ、未成年なんだから。金のことを心配する必要なんぞない。それを考えるのは俺たち大人の役目であって、そのために俺たちはいるんだから」

「すみません。いつも甘えっぱなしで」

弱々しい声を出す翔太に、

「頭のいいおめえに甘えているのは、頭の固いわしたちのほうで、おめえじゃねえ。まったくおめえは抜群の頭をもっているくせに、情に弱いというか優しすぎるというか――もっともそういうところが、おめえの最大の長所だとわしは思っているんだけどよ」

発破をかけるように源次はいって、翔太の肩を軽く叩いた。

「ところで、裕さんは丈文が帰ってくるかどうか――本当のところは、どう思っているんかのう」

覗《のぞ》きこむように裕三の顔を見た。

「正直、近頃になって心が揺らいできていることは確かだが……しかし、帰ってきてほしい。俺の今の心は、この一言につきる。そういう源ジイのほうはどうなんだ」

「わしは頭が悪いから、はっきりいってようわからん。だが心情のほうは裕さんと同じで、帰ってきてほしい。帰ってこんと収拾のつかんことになる。そういうことじゃな」

「よくわからんんか。じゃあ、翔太君はどうだ。これで三日が経って連絡なしの状態だけど、どう思ってるんだ」

裕三は何かにすがりたい思いだった。このままでは大変なことになってしまう。へたをすれば、推進委員会は解散ということにもなりかねない。そして、その多くの責任は丈文を起用した裕三にあるのだ。

「僕は——」

やけに澄んだ声を翔太は出した。

「きっと帰ってくると信じています。でもこれは残念ながら理屈ではなく、みなさんの話をいろいろ聞いたあげくの絞りカス——いえ、エキスのようなものです。はなはだ心《こころ》許《もと》ないものですけど、僕のなかではそれが妙に光って残っていますから」

「心許ないエキスのようなものか。しかし、それは光っているのか。いや、嬉しい言葉だな。これで胸のつかえが少しは、おりたような気がするよ」

正直な気持だった。それほど裕三の気持は、切羽つまっているといってもよかった。

「いずれにしても明日が内装工事の終りの日で、午後には引き渡しということになるんじゃろう。いうなれば、明日は大きな節目ということで、ひょっとしたら丈文のやつも帰ってくるかもしれん……」

低い声で一気にいう源次に、

「そういうことだ。明日は俺たちにとっても丈文君にとっても、大きな節目であることは間違いない。それに期待しよう。引き渡しは午後の四時になっている。もちろん、源ジイも翔太君もくるんだろう」

「もちろん、行くくさ」

源次が野太い声をあげ、翔太もそれに大きくうなずいた。が、そのあと、

「あの、ちょっとというか、かなりというか。僕には気になることがあって」

神妙な顔をして二人を見た。

「チラシの件です。五日ほど前に新聞折りこみで、この辺り一帯に二千枚ばらまいた開店セールの」

「ああっ——」と、翔太の言葉に、裕三は絶望的な声をあげた。

そうだった。新生・宝パン工房の開店売り出しセールで、当日の先着百名に『健康美顔パン』を一斤無料贈呈するという——これは丈文のアイデアで、翔太がデザインとコピーを担当して、割安料金で近所の印刷屋に二千枚刷ってもらい、それを新聞販売店に持ちこんで朝刊に入れてもらった。

「これを、どう処理したら……」

掠れ声でいう翔太に、

「逆に翔太君は、どうしたらいいと思うんだ」

裕三は胸騒ぎを覚えつつ訊いた。

「僕はもう、どうしようもできないと——数が多すぎますから、一軒一軒まわるわけにもいきませんし。かといって、丈文さんが帰ってくるかもしれないということで、訂正のチラシを作って入れるわけにもいきません。正直いって打つ手は……すみません」

翔太は裕三と源次に向かって頭を下げた。

「そうか。そういうことだな。打つ手はないな。残念だけど、そういうことだな」

溜息まじりに裕三がいうと、

「謝ればいいんじゃよ。もし丈文が帰ってこなかったら当日の朝、店にきてくれた人に誠心誠意、心をこめて謝れば、みんな許してくれるさ。というか、それしか策はねえだろう。なあ、翔太」

真面目そのものの顔で源次が答えた。

「源次さんのいう通り、それしかないですね。ただ、開店できない理由だけは決めておいたほうがいいですね。悪い連中がらみというような噂が広まれば、いろんな意味で後々に響いてきますから。ここは大雑把に、ちょっとした事故があってというくらいで。何の事故だと突っこまれたら、パン職人が入院中でと。満更、まったくの嘘でもないですから、これぐらいで通せば、あとで辻褄《つじつま》のほうも何とか合せられるはずです」

困った表情で翔太はいった。

「そうか。曖昧な言葉を並べておけば、あとでどんな事態になっても、辻褄は合せられるか。政治家の答弁と同じだな——真面目一方だと思っていた翔太君だったけど、けっこう悪知恵のほうも働くんだな。いや、感心したよ」

本当に感心したようにいう裕三の言葉を聞いて、翔太の両耳が赤く染まった。

「よし、そういうことにして、明日みんなに俺のほうから知らせておくよ。しかし——」

裕三は天井を仰ぐように見て、

「これじゃあ、文字通り、四面楚歌《しめんそか》といった状態に陥ってしまったようだな」

すとんと肩を落とした。


くすんでいた店内は見違えるように、綺麗《きれい》で明るくなった。これなら清潔感いっぱいで、誰が見ても文句の出ようのない仕上がりといえた。引き渡しは短時間で終了した。引き渡しに同席したのは、推進委員会の四人と翔太に桐子。それに小泉レコードの七海も駆けつけたが、丈文はとうとう姿を見せなかった。

このとき七海が近所の人から聞いたといって、ある情報をみんなに伝えた。

それによると丈文は失踪する前日、裏通りの隅で目つきのよくない男二人に挟まれて小突きまわされ、何の抵抗もしないで青くなっていたという。

「二人の男は、この商店街の人間ではなく、よそからきた人間らしかったと、その人はいっていました」

と七海はみんなの顔を見回した。

「それだな、失踪の原因は」

みんなを代表するように洞口がいい、

「要するに丈文君はこの商店街で、昔の悪い仲間と偶然出会った。その連中と丈文君との間には何らかのトラブルがあり、その件で脅されることになって姿を消すことにした」

裕三が要領よく経過をまとめた。

「その、トラブルっていうのは何なのでしょうかね」

川辺が疑問点を口に出し、

「それがわかりゃあ、苦労はしねえべ」

と源次から一刀両断された。

「その手がかりがあるかどうかは、わからないけど」

桐子が突然、挙手をした。

「一度、丈文君が暮していた二階も、調べてみたほうがいいんじゃない。机の上にメモがあったというだけで、詳しくは調べてないじゃんね」

「プライバシーっていうこともあるから、ざっと表面的に見ただけではあるけど。それに、本格的な引越しは改装後ということでもあったし、丈文君が二階にいたのは、ほんの少しの間で仮の引越しだったから。それほどいろんな物があるとは思えないが」

裕三の言葉に桐子は、とってつけたような屁理屈《へりくつ》を展開した。

「でも、若い男の子って仮の引越しだったとしても、けっこう大事な物は肌身離さず持ってくるんじゃないの」

どうやら桐子は若い男の部屋というのに興味津々で、ただ単にそれが見たいだけというようにもとれた。

丈文がこの店の二階で寝泊まりをするようになったのは、店舗の改装が始まる数日前だった。機械の調子も見たいし、改装の進捗状況も見たいという丈文の要望で、急遽《きゅうきょ》実家から最低限度の荷物を運びこんで二階に住みついた。

その日から数日、丈文は朝から晩まで機械の調子を見て、試し焼きなどを何度も繰り返していた。「どんな機械にでも、癖というのはありますから」と、細かい部分まで機械の調整をしていたようだ。その試し期間が終って改装工事が始まり、そして丈文は姿を消した。

「桐子さんのいうように、二階にあがってみるのもひとつの手かもしれない」

と桐子の意見に賛同したのは、七海だった。

「ほらね。やっぱり、女は女同士。物事の本質をちゃんと見抜いている。男どもには、こうした繊細すぎる気配りは到底、わかりっこないんだから」

ちょっと胸を張ってから、桐子はさっさと二階につづく階段をあがった。裕三たちも仕方がないという表情で後につづく。

すぐに「何、これ！」と桐子の高い声が聞こえた。

丈文の使っていた六畳間はがらんとして、家具の類いはほとんど見当たらなかった。あるのは、例の小机と洋服タンスぐらいで何もなかった。まさしく仮の引越しという言葉にぴったりの部屋だった。

「小机のなかは見たけど、めぼしい物は何もなかったよ」

という裕三の言葉に、桐子の訝《いぶか》しげな声がつづく、

「じゃあ、洋服タンスのほうは」

「見ていないな。俺が見たのは、メモの載っていた小机だけだ」

すぐに桐子が洋服タンスを開けるが、季節の服が数着かかっているだけで、下の引出しにはTシャツの類いが少し——入っているのはそれだけだった。が、その奥を探っていた桐子が高い声をあげた。

「奥に、お菓子の小箱がある」

「そりゃあ、丈文君だって菓子ぐらいは食うだろうから、菓子箱だってあるだろう」

呆《あき》れたようにいう洞口の言葉を右から左に聞き流し、桐子は菓子箱を引っ張り出す。

蓋に手をかけて無造作に開けにかかる。

「ひゃっ」という疳《かん》高い声が、桐子の口から飛び出した。

みんなの視線が菓子箱に集中する。

箱のなかに一万円札が重ねてあった。

「おい、これは」

しゃがみこんだ洞口が一万円札を取り出し、数え出した。

「きっちり、三十万ある」

喉につまった声でいった。

「ということは、丈文君はあの金を持ち逃げしたわけじゃなかった。そういうことになるのか」

裕三の押し殺した言葉に、

「つまり丈文は、この金にだけは手をつけてはいかんと自分にいい聞かせ、空身でここを抜け出して金策にいった。そういうことなんじゃろうな」

源次が解説するようにいった。

「よかった……」

泣き出しそうな声を七海があげて、その場に、ぺたりと座りこんだ。

「何とまあ、律義というか」

川辺が首を左右に振った。

「丈文は帰ってくるぞ。きっと帰ってくる。これだけ根性のあるやつが、店を放っておいてトンズラするはずがねえ。あいつは開店までに必ず帰ってくる。わしは丈文を信じる。この金を見れば、そんなことはすぐわかる」

怒鳴るように源次がいうと、

「帰ってくるに決まってるじゃん。メロスだって、ちゃんと帰ってきたんだから」

桐子がぽつりと口に出した。

開店日になった。

十時開店だったが、裕三たちと七海は八時前に宝パンに集合していた。

みんな焦燥感の滲んだ顔つきだった。

店の奥の部屋に座りこんで、客が集まってくるのを待った。誰もが無言で声をあげようとはしなかった。

「すみません、本当にすみません」

突然七海が立ちあがって、裕三たちに額が膝につくほど頭を下げた。

「七海ちゃん、いいよ。七海ちゃんのせいじゃないんだから、頭をあげて」

裕三が優しい声を七海にかける。

あれから二日経ち、三日経っても丈文は帰ってこなかった。

一時は必ず帰ってくると、みんなに期待を抱かせたが結局丈文は姿を見せず、宝パンは開店の日を迎えた。当然パン皿の上にもウィンドーのなかにも商品はなく、空っぽの状態だった。

「さあ、七海ちゃん、座って」

再び裕三は声をかけ、七海は泣き出しそうな表情でイスに腰をおろした。

客が集まってきたのは、九時を過ぎたころからだった。十時まで並んで待つつもりで訪れた客の一人一人に、「すみません。ちょっと事故があって、開店は後日ということになります」とみんなで声をかけた。なかには「何の事故？」と質問する客もいたが「パン職人が入院中で」としか答える術はなかった。

十時近くになって、大勢の客が押しかけてきた。とても一人一人に声をかけられる状態ではなくなり、裕三たちは大声をあげて開店延期を説明した。

そんなさなか、「ああっ」という悲鳴に近い声を桐子があげて、通りの一点を指差した。

誰かが歩いてくる。

力のない足取りだった。

ふらついているようにも見えた。

丈文だ。

ようやく丈文が帰ってきたのだ。

「すみません、みなさん。今日は無理ですが、明日には必ず店を開けますから」

叫ぶように声をあげる丈文の顔は、酷《ひど》く腫れあがっていた。暴行の痕だ。痣《あざ》になっている部分もあった。

その顔を見て、客たちは声を失った。

「明日には、必ず店を開けますから」

また丈文が叫んだ。

「丈文、おめえ、病院を抜け出してきたのか。駄目じゃねえか、いくら軽い交通事故だっていってもよ」

源次が叫んだ。

機転を利かした言葉でもあった。

「交通事故だって、しようがないよね」

こんな声が客のなかから聞こえ、その間を縫って丈文は店の入口に向かって歩いた。すぐに七海が丈文に寄りそい、二人は一緒に店のなかに入った。

「みなさん、そういうことで開店は明日からになります。もちろん、サービスの健康美顔パンはお渡ししますので」

推進委員会の面々が声を張りあげ、去っていく客の姿をすべて見届けてから裕三たちは店のなかに入った。

「丈文君、大丈夫か。いったい何があったんだ」

奥のイスに座りこんでいる丈文に、裕三はたたみこむようにいった。

「すみません。昨日は帰るつもりだったんですけど、ちょっとイザコザがあって足止めをくらってしまいました。本当にすみません、本当に……」

湿った声で丈文はいった。

「それはわかったが、イザコザの原因はいったい何なんだ」

裕三は丈文の前に座りこんだ。

「それは……もう少し待ってください。もう少し経ったら、すべてを話すつもりですので」

丈文はぎゅっと唇を引き結んだ。両目が潤んでいた。

「僕からもお願いします。丈文さんのいうように、もう少し待ってやってください。もう少し待てば、きっと話してくれるはずですから。こんなにぼろぼろにされても、ちゃんと帰ってきた人なんですから」

翔太が思いきり頭を下げた。

「私からも何とか、もう少し」

つづいて七海が頭を下げた。そして、

「丈ちゃん、あなた明日から店を開くっていってたけど、本当にできるの。というより、口に出してしまったんだから、ここはもう、死んでもやるしかないのよ。わかってるの」

睨みつけるような目で、丈文を見た。

「わかってる。そのつもりで帰ってきたんだから、死んでもやる。這《は》いずってでも、パンを焼く」

喘《あえ》ぐような声をあげ、

「クズにはクズなりの意地があるから。というより、クズを卒業するために、今日から頑張るから。だから、ごめん、迷惑かけて」

丈文の目から涙がこぼれた。

「泣いてる暇なんかない。丈ちゃんはとにかく、命を削ってでもパンを焼きなさい。死んでもいいから焼きつづけなさい。涙はそれがすんでからにして」

七海が怒鳴り声をあげた。

初めてだった、七海のこんな態度は。

そんな二人の様子を凝視するような目で、翔太が見ていた。

翌日、宝パン工房は約束通り開店した。

苦難の道のりの始まりだった。

理髪店の娘

師走《しわす》の夜は冷える。

裕三《ゆうぞう》は翔太《しょうた》と二人、駅裏にある『志の田《しのだ》』に向かって早足で歩いていた。推進委員会に町内の理髪店『バーバー向井《むかい》』から相談に乗ってほしいという要請があり、その帰りだった。

そのとき店主である向井から、話を聞いてくれるのは誰でもいいが、そのなかには翔太を必ず加えてほしいという希望があって、今夜の訪問ということになった。

足元から北風が吹きあげた。

「向井さんの話、どう思う」

寒さに首を縮めながら、裕三は翔太に訊《き》いた。

「残念ながら、打つ手はちょっと」

ぼそっと答える翔太に、

「そうだな。打つ手はないよな。向井さんにしたら、天才少年の翔太君なら何か名案がという思いで名指ししたんだろうけど、やっぱり無理か」

くぐもった声を裕三はあげた。

「相談の内容が内輪すぎるというか、シンプルすぎるというか、これはちょっと他人の手には負えません」

申しわけなさそうにいう翔太に、

「仕方がないな。とにかく、志の田に集まっているみんなに詳細を話して意見を聞いてみよう――ところで鈴蘭《すずらん》シネマの年末年始の演《だ》し物《もの》の件は、先方から承諾を得たんだよな」

念を押すように訊いた。

「はい。渥美清《あつみきよし》さんの寅《とら》さんシリーズのうちの三本ということで。寅さんシリーズには年末年始に絡《から》んだ作品もけっこうありますから、そのなかからセレクトして」

こちらはかなり、自信ありげな口調だ。

「寅さんはいいなあ。ハラハラ、ドキドキは少ないが、観《み》ているだけで心が和んで気持が優しくなるのを感じる。できればあんな毎日を送りたいが、これも無理な相談だな」

独り言のように呟《つぶや》いて裕三は、さらに足を速める。前方に志の田の店先にぶら下がる、赤い提灯《ちょうちん》が見えてきた。

「いらっしゃい。もうみなさん、お待ちかねですよ」

店のなかに入ると、とカウンターの向こうから、里美《さとみ》が愛想《あいそ》のいい声をあげる。

裕三は「お世話をかけます」と里美に軽く頭を下げ、翔太と一緒にみんなの集まっている小あがりの奥に向かう。

おでんを盛った大皿を囲んで集まっているのは町おこしメンバーのいつもの顔ぶれで、洞口《ほらぐち》、川辺《かわべ》、源次《げんじ》、それに桐子《きりこ》の四人だ。裕三と翔太はみんなの間に座りこむ。

「外は寒い、年寄りにはこたえる」

両手をこすりあわせながらいう裕三と翔太の前に、熱いお茶とオシボリを盆の上にのせた里美が立つ。

「すぐに温かい、おでん持ってきますから」

オシボリを渡してカウンターに戻り、皿に取りわけたおでんを持ってきて手際よく裕三と翔太の前に置く。

「ごゆっくり」

ふわっと笑って戻っていった。

「川辺、やっぱり里美さんは綺麗《きれい》だな」

熱いオシボリを顔にあてながら、裕三が声をかけると、

「あっ、そういってもらえると嬉《うれ》しくて。ありがとうございます」

本当に嬉しそうに川辺がいう。

「おい、なんでお前が嬉しがって礼をいうんだよ。常連中の常連ではあるだろうが、里美さんは、お前の恋人ってわけじゃねえだろう」

面白くもなさそうな顔で、すかさず洞口が声をあげた。

「それはまあ、そうなんですが。やっぱり嬉しいものは嬉しいということで」

顔はまだ、にやけたままだ。

「それに、おめえよ。綺麗っていったら、やっぱり小泉《こいずみ》レコードの恵子《けいこ》ちゃんが一番じゃろ。少し年は取ってるけどよ」

野太い声は源次だ。源次はいまだに少年のころの思いを色濃く引きずっているようだ。

「源ジイは、偉い」と、ふいに桐子が声をあげた。

「この性根の腐ったおっさんたちに較《くら》べて、源ジイの心はぴっかぴっかの、ままじゃんね。男たるもの、やっぱりそうでないとな、なあ翔太」

隣の翔太の背中を、どんと叩《たた》いた。翔太がうっと声をあげる。

「まあ、くだらない話はそれぐらいにして、向井理髪店のことだが、いったいどんな話だったんだ、裕さん」

裕三のコップにビールを注ぎながら、洞口がいう。

「翔太君を指名するほどですから、かなり難しい話だったんでしょうね。やっぱり、顧客の減少という切羽つまったことですか」

蒟蒻《こんにゃく》を頬張りながら川辺がいう。

「それは違う。確かに客は減ってはいるものの、それでも家族が食べていけるほどの収入はあると向井さんはいっていた」

裕三の言葉に「ほおっ」と洞口が安心したような声をあげる。

「それなら、なんで翔太を指名したんだよ。辻褄《つじつま》合わないじゃん」

ハンペンをつまんでいた桐子の箸が止まる。

「叶《かな》わぬときの神頼みとでもいうのか。向井さんにしたら、頭を抱えることが出てきたんだよ……後継者問題という」

最後の言葉に力をこめて裕三はいう。

「それならやっぱり、翔太君の領分だ。あの大竹《おおたけ》豆腐店のときのようにネットを駆使して募集をかけ、そのなかから裕さんが吟味して――多分、大竹さんから、そのあたりの事情を向井さんは聞いたんじゃないですか」

川辺はごくりと蒟蒻をのみこみ、満足そうな表情を浮べる。

「向井さんって、まだそれほどの年じゃなかったんじゃないか。確か俺たちより三つぐらい下の六十二歳ほど。まだまだ十年は頑張れるんじゃないか。それほど頭を抱えることじゃないような気がするが」

怪訝《けげん》そうな表情を見せる洞口に、

「向井さんには持病があるそうだ。心臓が弱っていて不整脈も近頃は酷《ひど》いといってい た。あそこは奥さんも八年前に心筋梗塞で亡《な》くしているから、余計に不安がつのるんだろうな。本人の言葉を借りれば、いつ死んでもおかしくないと――もちろんこれは、大《おお》袈裟《げさ》だとは思うが、満更嘘《うそ》でもないような気がするのも確かだ」

重い口調で裕三はいった。

すぐに「おい、それはまずいぞ」と、洞口が反応した。

「あそこは昭和レトロの見本のような店で、あの店がなくなるということは、昭和ときめき商店街の看板がなくなるも同然で、それこそ昭和黄昏《たそがれ》商店街になっちまうぞ」

洞口のいう通り、バーバー向井は昭和レトロの見本のような店だった。

正面は昭和の代表的なデザインともいえる、緑と黒の総タイル張り。扉は頑丈な木枠で、なかには極彩色のステンドグラスが嵌《は》めこまれ、窓ガラスも同様だった。

店内に入ると天井からぶら下がっている灯《あか》りは、凝った造りではないがカットグラスのシャンデリア風。壁には五尺の樫材《かしざい》の羽目板が引き回してあり、真白な天井は漆喰《しっくい》塗りだった。まさに、昭和そのものといった店の造りになっていた。

「そういえば、あそこのイスはいまだに昔の物を使っていて、黒の革張りですよ。手入れがいいのか今も、つやつやで」

川辺が思い出したように口に出した。

「そうだべ。あんな骨董《こっとう》品級の店を、なくすわけにはいかん。なくすには勿体《もったい》なさすぎるべ」

妙な訛《なま》りで源次がいう。

「それならすぐに、ネットを駆使して若者に募集をかけ、後継者を募らないと。なあ、翔太君」

「それは無理です」

すがるような口振りの洞口に、ぼそっと翔太はいった。

「この二十年間で日本中の理髪店は激減しています。毎年毎年、多くの理髪店が廃業しているんです。その状況で募集をかけても、いい人材が集まるとは、とても」

「しかし、大竹豆腐店の例もあるじゃないか。豆腐屋にしたって日本中から消えていっているのは事実だろ」

「豆腐は特別な食材です。日本の食文化の代表ともいえるもので、この独特の味と食感に愛着を持っている人は少なくありません。極端ないい方をすれば、豆腐オタクです。じゃあ、理髪オタクという人たちがいるかといえば、首を傾《かし》げざるしか……むろん、皆無とはいいませんが、それは砂浜に落した針を探すようなものです」

一気にいって、翔太は大きな吐息をもらした。

「それに、理髪店を継ごうとすると、国家試験を受けなければならない。二年の専門学校に通うか三年の通信教育を受ける。それでようやく国家試験を受ける資格がとれる。それを経て国家試験を受け、理髪師になれるかどうかの合否が決まるということだ――そう向井さんはいっていた」

裕三も喋《しゃべ》り終えて、大きな吐息をついた。

「そんなに面倒なのか、床屋をやるっていうことは。俺は親方の許《もと》で修業すれば、自然に国家試験は受けられるものだと、ずっと思っていたが」

唖然《あぜん》とした口振りの洞口に、ぽつりと裕三が口に出した。

「そういったことから、向井さんには別の思惑があってな」

向井の許を訪れた裕三と翔太は昭和そのものの店内を抜けて、奥の茶の間に通された。ここはごくごく普通の下町風の六畳間で、床はむろん畳敷《たたみじき》である。小さな卓袱台《ちゃぶだい》の上に出されたお茶を前にして、裕三と翔太は向井から話を聞いた。

向井は理容業界の今の状況と自分の体のことをざっと話してから、

「実は、後継者の件なんです」と本題に入った。

「先ほどもお話ししましたように、理容師になろうとすれば、かなりの時間がかかります。でも、それよりも何よりも、今は若い人のなり手が激減しているんです。ここ何年かの間、美容院のほうは相当数増えていますが理容室の数はかなり減っています。つまり、美容院に人気をさらわれてしまって理容室のほうは、なり手が……これが一番の問題なんです」

向井はお茶を手に取って、ごくりと飲みこみ、

「かといって、この店を私の代で終らせるには悔いが残るといいますか、気が引けるといいますか。それだけは避けたいというのが私の本音です」

そっと茶碗《ちゃわん》を卓袱台に戻して、情けなさそうな顔で笑った。

「実は私、ここの入り婿なんです」

四十年ほど前――。

当時隣町に住んでいた向井は、たまには違う床屋でという軽い気持で日曜日の午後この町を訪れ、たまたま目についたこの店にふらりと入った。

他の床屋とはちょっと違う雰囲気を漂わせる店内の隅のソファーの端に座り、何気なく客の髪を切っている女性に目をやって、向井の体は固まった。

客の髪を切っているのは白衣を身にまとった、若い女性だった。大きな二重瞼《ふたえまぶた》の目に、形のいい鼻。唇は厚めだったが小さく、顎の線がすっきりと柔らかだった。

心臓が音を立てて騒いでいた。一目惚《ひとめぼ》れだった。

ふと周りを見るとけっこう店は混んでいて、みんな若い男だった。そのとき別のイスで髪を切ってもらっていた客が終り、「次の人、どうぞ」と店主らしき白髪頭の男が声をかけた。

ソファーのいちばん向こうに座っていた男が口をへの字にして立ちあがった。嫌そう

な雰囲気丸出しで、白髪頭のイスに向かった。

この店の客は、ほとんどあの女性目当て。

そう思ったとたん、向井の体が、ぶるっと震えた。ライバルは多い――女性に目をやるとやっぱり可愛《かわい》かった。際立《きわだ》っていた。この女性が向井の奥さんだった絹代《きぬよ》で、白髪頭の男がその父親の新次郎《しんじろう》。この日から向井の戦いが始まった。

「お恥ずかしい限りですが、その日から私は三日おきにこの店に通いました。平日はなるべく早く、仕事を終えるようにしまして」

頭を掻《か》きながらいう向井に、裕三は呆《あき》れ顔《がお》でいう。

「三日おきですか。それは髪を切るほうも困ったでしょう」

「当時は髭《ひげ》をあたるだけの客もいましたから、せっせと無精髭《ぶしょうひげ》を伸ばして通いつめるのに専念しました。そしてまず、彼女に顔を覚えてもらい、次に話をしてもらう。とにかく一生懸命でした。その甲斐《かい》がありまして」

と向井は目を細める。

一年ほど後には絹代と結婚の約束を取りつけるまでになったが、父親の新次郎から二つの条件が出されたという。

一つは入り婿となって、この家に住むこと。二つめが理容の技術を覚えて、この店を継ぐことだった。それまで向井は隣町から都心に通うサラリーマンだったが、それをきっぱりすててこの条件をのんだ。絹代は一人娘だった。

向井は義父となった新次郎から散髪の技術を学び、それこそ寝食を忘れて修業と勉学に励んだ結果、この後、国家試験にもみごとに合格して絹代をほっとさせた。

「凄《すご》いですね……」

話を聞いていた翔太が、初めて口を開いた。

「一目惚れをして、そこまでやるなんて、凄いとしかいいようがありません。頭が下がります。本当に頭が……」

「いや、昭和の男なんて大体がそんなものです。こうと決めたら一直線。特に私は純情そのもの、子供のような性格でしたから。それに……」

といって向井は天井をちらっと眺めてから、

「初めて見た絹代の白衣姿は綺麗でした。息をのむほど新鮮で可愛かった。今でも目を閉じると、あの日の光景が。しかし、その絹代も今は」

ずずっと洟《はな》をすすった。心なしか両目が潤んでいるように見えた。

「あのころの床屋さんは、みんな長い白衣をつけてましたからねえ」

当時を思い出すようにいう裕三に、

「今ではそれもなくなって、みんな、おしゃれなユニフォームのようなものを着けるようになって。何かにつけて、いい時代でしたねえ、あのころは。何もかもが緩んでいたといいますか、遊びの部分が大きかったといいますか」

しみじみとした口調で向井はいった。

「緩みと遊びですか。まさに言い得て妙――確かに今は何もかもがきっちり塡《は》めこまれて、息をつぐ部分もないような時代ですから」

裕三は独り言のようにいい、

「ところで大体の背景はわかりましたが、向井さんはそれで、我々に何をしてほしいとおっしゃるのでしょうか」

茶碗を手にして、ごくりと喉を鳴らした。向井のいいたいことがよくわからなかった。

とたんに向井が背中を、ぴんと伸ばした。

「娘です、娘に、この店の跡を継がせたいと思いまして」

はっきりした口調でいった。

ああっと裕三は胸の奥でうめいた。

迂闊《うかつ》だった。確かにここには女の子が一人いたはずだ。あの子は……。

「向井美波《みなみ》といいます。去年の春、四大を卒業した二十三歳。妻の絹代と同じ、我が家の一人娘です。私は何とか娘にこの店をやってもらいたいのです。何とか美波に」

絞り出すような声をあげた。

「その娘さんは今？」

「思い通りの就職口がなかったのか、最初から就職をする気がなかったのか、ずっとコンビニでバイトをしています」

「四大を出て、コンビニでバイトですか」

と不審な思いで訊ねる裕三に、

「実は、美波は小さいころから絵を描くのが好きで、そのために、どうしても美大へ行きたいといい出しまして。そこで油絵をずっとやっていました」

意外な答えが返ってきた。

「ですから今も時間を見つけては、油絵をせっせと描いています――でも今ではそれが幸いしたのではないかと。私にはそんな気がしてなりません」

妙なことを向井はいった。

「どこでもそうだと思うんですが、油絵をやりたいから美大へ行きたいといわれて、諸《もろ》手《て》を挙げて賛成する親は多くはありません。私もむろん、反対しました。大学に行くのなら、普通の学科を選べと。でも娘は頑として、私の意見を聞きいれませんでした。というより、聞く耳を持たない様子でした。昔からこうと決めたら一直線という、私によく似た一面も持っていましたから」

ほんのちょっと苦笑いを浮べ、

「そこで私は一計を案じて、美大に行くのを許す代りとして、一つの条件をつけたのです。美大へ行くのはいい。しかし、同時に理容専門学校の通信教育を受けろと。手に職をつければ、もしものときの助けになるからと」

だから向井は、今ではそれが幸いしてという言葉を出したのだ。

「美波さんは、それを承知したんですか」

翔太が身を乗り出した。

「承知しました。そして美大へ入学したあとも、私のいった通り理容学校の通信教育を受け、二三年間でみごとに資格を取得しました。国家試験のほうはまだ受けてはいませんが」

少し残念そうな声を出す向井に、気になったことを裕三は訊く。

「散髪の技術のほうは、美波さんは」

「通信教育でも実技の時間はありますし、それよりも何よりも美波が中学生ぐらいのときから、将来は家を継いでもらいたいという気持もあって、折があれば鋏《はさみ》を握らせて一通りのことは私が教えこみました。ですから、即戦力とはいかないまでも」

向井が裕三の目を真直《まっす》ぐ見た。

「少し練習すれば、物になるはずだと――そういうことなんですね」

「門前の小僧、習わぬ経を読むのたとえ通り、こと理容に関しては美波はのみこみが早く、私のほうも教え甲斐《がい》がありました」

「要するに推進委員会に対する向井さんの要望は、美波さんが店を継ぐように説得してほしい。そう理解していいんですね」

裕三は念を押すように、はっきりした声でいって向井を見る。

「はい。極めて内輪の話で恐縮なんですが、何とか美波を説得してもらえればと」

頭を下げる向井に、翔太が声をかけた。

「僕たちに説得してほしいということは、向井さん自身が美波さんの意向を訊いて拒否されたということなんですね」

小さくうなずく向井に、やけに真剣な表情で翔太は質問をつづける。

「そのとき美波さんは、どう答えて拒否したんですか」

「私は絵が描きたいし、理髪店には先がないしと――何度か訊きましたが、返ってくる言葉はいつもこれでした」

向井はいって、肩を落とした。そしてすがるような目を翔太に向けた。

「何とかなりませんか。天才少年と噂《うわさ》の高い翔太君なら、何か方法があるんじゃないかと思って、きてもらったんですけど。もちろん、どんな方法を取ってもらっても、かまいません。何か策があれば」

「考えてはみます。考えてはみますが、かなり難しいことは確かです。人は理屈では動きません。人が動くのは何らかの行動を見て、心が揺さぶられたときしかありませんから。でも、とにかく考えてみます」

翔太は淡々と言葉を出した。

向井は卓袱台に額がつくほど、頭を下げた。

源次が野太い声で楽天的なことをいった。

「そういう思いで、翔太を呼んだのか。なるほどなあ。しかしまあ、頭のいいおめえのことじゃから、何とかはするんだろう」

「それは」

といって、翔太は口をつぐんだ。何やら思案をしているようでもある。

「絹代さんとの条件つきの結婚といい、美大に行くなら理容学校の通信教育を受けろという条件といい、向井さんところは親子二代にわたって条件がつづくなあ。まあ、向井さんとしては入り婿の自分の代で、あの店を廃業には絶対にしたくないんだろうな。亡くなった絹代さんのためにも」

洞口は残っていたコップのビールを、一気に飲みほした。

「私もよく向井理髪店には行ってましたけど、その絹代ちゃん——向井さんがいうように、かなり綺麗というか、可愛らしい子でしたね。男の客には人気抜群でしたよ」

川辺は当時を思い出したのか両目をそっと閉じ、うっとりした表情を浮べる。

「顔剃《そ》りなんかするときは、オッパイの膨らみが肩なんかに当たったりして、ちょっと目を開ければ可愛い顔がすぐ上にあって、いい匂いがして」
「川辺のおっさん、キモい。男ってみんなそんな気持で床屋さんに行ってるの。キモい
を通りこして、いやらしさ全開の最低」
すぐに顔をしかめて桐子が川辺を睨《にら》む。
「いや、お前、そんなことはないぞ。俺もあそこで絹代さんによく髪を切ってもらって
いたが、そんなことを考えたことはないぞ。一度もないぞ、絶対にないぞ」
何のつもりか、突然洞口がむきになったような声をあげて一瞬周りが静かになった。
「とにかくじゃ。里美さんの店で、そんなことを口にするのは言語道断。いったい、お
前の頭のなかは、どうなってるんじゃい。単なるエロジジイかい、お前はよ」
その場の空気を断ち切るように、源次が川辺を一喝した。とたんに川辺がしょげた。
耳のつけ根まで真赤にして、ちらりとカウンターを窺《うかが》うが、里美は何か用事でもあるの
か奥に引っこんだようでいなかった。
「すみません。失言でした。どうも今夜は私、浮れているようで」
里美がいないのに安心したのか、ほっとした表情で頭を下げた。
「まあいいけど、川辺のおっさんのいやらしさは前からわかってたことで、珍しくも何
ともないし」
桐子は川辺を一刀両断してから、

「そんなことより、翔太。どうなんだ。さっきから頭をフル回転させてるような坊さん臭い顔をしてるけど、この件に関して何かいいアイデアでも思いついたのか」

矛先を翔太に向けた。

「桐ちゃん、それは無理だ。いかに翔太君でも今回の件は個人的すぎる。美波さんを説得するのは、やはり向井さんの役目で、他人の翔太君には酷な話だ。それに、ここまで話が家族内のことになると、推進委員会が乗り出すようなことじゃない気もする」

頭を振りながら裕三がいうと、

「いえ……」

掠れた声を翔太が出した。

「ひとつだけ、対処法があります」

とたんに周りが騒《ざわ》ついた。

「ひとつだけあるって、それは本当のことなのか。あるとすれば、推進委員会としても有難《ありがた》いことなんだが」

洞口が翔太の顔を凝視した。

「あることはあるんですが、本来こういう方法は使わないほうがいいというか、使ってはいけないというか、そんな間違った方法というか」

奥歯に物が挟まったようないい方を、翔太はした。

「間違った方法って――いったいそれはどういう方法なんだ。話してくれれば、みんなで検討して、いいか悪いかを判断することはできるが。ざっとでいいから、ここで教えてくれるかな」

勢いこんで裕三は声をあげる。

「それはちょっと待ってください。僕からすると、これは極めて汚い方法ということになりますから。もう少し考えさせてください」

珍しいことに翔太は拒否の言葉を出した。いや、珍しいというより、翔太のこんな態度は初めてのことだった。

「ちょっと、翔太」と、桐子が疳《かん》高い声をあげた。

「あんた、もしかして。美波さんを攫《さら》ってきて、どこかに押しこめ、鞭《むち》でビシバシやるつもりじゃないだろうね」

しごく真面目な顔で、とんでもないことを口にした。

「いくら何でも桐ちゃん。それでは犯罪になってしまうから、確実に警察に連れて行かれることになるから。だから、そういうことでは決してないから」

笑みを浮べる翔太に、さすがにきまりが悪いのか桐子はそっぽを向く。すると、

「あっ、いや。ひょっとしたら、桐ちゃんのいうように法律ぎりぎりのところかもしれない。運が悪ければ訴えられるかも。でも、向井さん自身が、どんな方法を取ってもら

ってもっていってたから、大丈夫だとは思うんだけど」

今度は翔太自身が物騒なことをいい出した。

「わかった」と裕三が突然、大声をあげた。

「向井さんは、早急に美波さんに会ってほしいといってたけど。そういうことなら、その前に美波さん自身のことを、もう少し知っておいたほうがいいんじゃないか、翔太君にしたら」

「もちろん、美波さんの人となりは知っていたほうが、作戦は立てやすいといえます」

はっきりした口調で翔太はいう。

「それなら、七海《ななみ》ちゃんの意見を聞こう。七海ちゃんなら小中学校が美波さんの一級下だから、情報もいろいろ手に入るんじゃないかな。それを元にして、その作戦とやらを立てたほうがより確実だと思うんだが。もし翔太君の予定さえつけば、明日の夕方にでも一緒に小泉レコードに行ってみるというのは」

「そうしてもらえれば助かります。ぜひ、お願いします」

翔太はぺこりと頭を下げた。

「まあとにかく。結果は先延ばしになったけど、ここはいちおう一件落着というか翔太君からの連絡待ちということで。ところで、美波ちゃんって子は、いったいどんな絵を描くのか誰か知ってるか」

周りを洞口が見まわすが、みんなは黙ったままだ。

「ゴッホ風の絵です。オレンジと黄色をベースにした」

答えたのは、なんと翔太である。

「今日、向井さんの店に入ったとき、お客さんが待ち時間に座るソファーの上に十号ほどの油絵が一枚かかっていました。それが今いった色彩の、廃墟《はいきょ》の絵でしたから」

何でもないことのようにいう翔太に、

「凄いな、翔太君はやっぱり。見てないようで、いろいろ細かいところまで観察してるんだな。俺はまったく気がつかなかった」

感嘆の面持ちで裕三はいった。正直いって驚いた。

「あっ、いえ。ごく自然に目に飛びこんできただけで、誉《ほ》めてもらうことなどでは」

翔太は照れたように顔の前で手を振り、妙なことを口にした。

「それより、美波さんて人は美人なんですか。どんな顔立ちの人なんですか」

みんなが一斉に首を傾げるなかで、いきなり桐子が立ちあがった。

「何それ、翔太。あんたも、このおっさんたちとつきあってて、天才エロ少年に染まってしまったっていうこと」

唇を尖《とが》らせていった。

「いや、そういうことじゃ」

という翔太の言葉にかぶせるように、

「おい川辺。おめえ、さっきからずっとおとなしいが、どうかしたんかい」

源次が川辺を見つめて声をあげた。

そういえば川辺はさっきから、一言も言葉を出してはいない。ただひたすら身じろぎもしないで、じっと一点を見つめて。その視点の先には——。

背中しか見えないが、中年らしき男が親しげに里美と話をしていた。里美はカウンターから身を乗り出すようにして、男の話を聞いている。

「あれは誰じゃ」

「一カ月半ほど前から、この店にくるようになった客で、名前は確か椎名《しいな》とか……何をやっている男なのかは全然知りませんが、けっこう里美さんとはよく話をしています」

苦しそうに口に出し、

「ひょっとしたら、私の恋敵……」

川辺にしたら、低すぎるほどの声で答えた。

翔太の様子が妙だった。表情が冴《さ》えないというか、沈んでいるというか。

「どうした、翔太君、浮かない顔をして」

「僕は大きな勘違いをしてたかも……」

怪訝な思いで声をかけると、掠れた声が返ってきた。

「勘違いって、ひょっとして、向井理髪店の美波ちゃんのことか」

嫌な予感が裕三の胸をよぎった。

翔太と二人で小泉レコードに行き、向井理髪店の再生のために協力してほしいとだけいって、一人娘の美波のあれこれを七海から聞いた帰りだった。あれから翔太の様子がおかしくなったのだ。

「喫茶店にでも入って、コーヒーでも飲むか翔太君」

優しく声をかけると「はい」と素直に翔太は裕三の言葉に従った。

以前、七海もまじえてパン職人の丈文と話をした『ジロー』へ裕三は翔太を誘った。

ホットコーヒーをひとくち飲み、裕三は笑みを浮べて明るすぎるほどの声を出した。

「美波ちゃんに関する話のなかで、何か七海ちゃんはまずいことでもいったのかな。翔太君が落ちこむようなことを」

「ええ、まあ」と翔太は曖昧な言葉を出した。

「俺にはそれほど、翔太君が落ちこむような話はなかったように思えるんだが……」

裕三は、七海が口にした美波のあれこれを頭に思い浮べる。

「ひとつ違いの下級生でしたから、それほど美波先輩のことを知っているとはいえないですけれど」

とカウンターのなかで七海はこう前置きして、

「一言でいうと、目立たないおとなしい人だったような。かといって頭が悪いわけでもなく、ネクラというわけでもなく——妙な表現ですけど、片寄りのない中庸。それでありながら、我が道を行くというような」

首を捻《ひね》りながらこういった。

「随分、わかりづらい子なんだな」

裕三がぽつりというと、

「そういわれれば、そうですね。まあ、普通の大学じゃなく、美大に行くような人ですから、わかりづらいのも当然といえばそうかもしれません」

七海は何かを思案しているような表情をしてから、こんなことを口にした。

「そういえば美波先輩は中学二年のとき、苛《いじ》めにあっています。何が原因なのかはわかりませんが、クラスを牛耳《ぎゅうじ》る数人の女の子たちから、シカトをされていたはずです」

シカトは数カ月つづいたという。

苛めの中心がクラスを牛耳る女の子たちということは、その他のほとんどの女子たちもそれに従ったということになるのだが、そのときの美波の態度が際立っていたという。

無視されようが意地悪をされようが何をされようが、美波はここでも我が道を行くを貫き通した。泣きごともいわず文句もいわず、ただひたすら淡々と毎日を過ごしていたようだったと七海はいった。これにはシカトをつづけている側も拍子抜けだったらしく、やがて苛めは自然消滅的になくなっていき、美波の毎日は通常に戻った。これ以後、美波は周りから一目置かれるようにもなったという。

「よほど強い意志を持った子だったんだな、美波ちゃんという子は」

裕三は感心したようにいい、「それで、美波ちゃんには友達は？」と訊いた。

「そういう性格でしたから多くはいなかったはずですけど、何人かはいたようです」

笑いながら七海は答える。

「すると、まったく孤立していたというわけでも、なかったんだな」

うなずきながらいう裕三の言葉にかぶせるように、

「そのさっきの強い意志云々《うんぬん》ということなんですけど。何かよほどの自信というか優越感というか、そんなものを美波さんは心の奥に持っていて、その裏返しのようなものだとはいえないですか」

ちらっと七海の横顔に視線を走らせ、一気に翔太がいった。

「自信とか、優越感……」

七海の表情に、とまどいの表情が浮ぶ。

「たとえば、容姿とか……」

また、ちらっと七海の横顔に視線をやる。

「容姿とかといわれても、私には人の容姿のことは。そんなことは、ちょっと……」

いいづらそうに七海は口に出し、困惑の表情を浮べたところへ、店の客が中古レコードのことでカウンターにやってきた。それをきっかけに裕三は翔太をうながして小泉レコードを後にした。これで美波の大体の性格は把握できたはずだ。難しい性格ではあったけれど、翔太なら何とか。


裕三は手にしていたカップを、そっと皿に戻す。

しかし翔太の落ちこんでいる理由が、この美波の性格だったとしたら――。

「確かに美波ちゃんは変った性格の持主ではあると思うけど、決して臍《へそ》曲り的な人間ではないと俺は思うが――もし、それを心配しているのなら」

「そういうことでは、ないんです。そういうことでは」

すぐに翔太が悲痛な声をあげた。

そういうことでなければ、いったい。

ぽかんとした表情を裕三は浮べる。

「最後に僕が美波さんの容姿を口にしたときの、七海さんの言葉です」

低い声でいって、翔太はコーヒーをごくりと飲みこんだ。

「それは――七海ちゃんは人並以上の容姿を持った子だから、そんな七海ちゃんが人の容姿をあげつらうことなどは。それはやっぱり失礼というか何というか。よその女の子の顔形をけなすようなことは……」

「そこなんですよ、問題は」

突然翔太が高い声を出した。

「七海さんの言葉を聞いて、小堀《こぼり》さんもやっぱりそう思ったわけでしょ。美波さんは決して美人じゃない。いや、むしろ、その反対の女の子じゃないかって」

「それはまあ、そうなんだが。それが何か困ったことにつながってくるのかな」

裕三は怪訝な面持ちを翔太に向ける。

「だから、大きな勘違いなんです」

翔太は大きな溜息《ためいき》をもらした。

「美波さんのお母さんが美人で可愛かったという話を、ご主人の向井さんや独り身会のみなさんの口から聞いて、僕はてっきりその娘さんである美波さんも、美人で可愛い子なんだと思いこんでいたんです」

一気にいう翔太の話を聞きながら、どうにも何がいいたいのか、裕三にはその主旨が見えてこない。仮に美波の顔が普通より劣っていたとしても、それがいったい何に影響してくるのかさっぱりわからない。

「僕の考えていた、美波さんに向井理髪店の跡を継がせるという計画が根底から崩れてしまうんです。だから……」

妙なことをいい出した。

「翔太君の考えていた計画って、それは。まだ教えてもらっていないので何ともいえないが。ここいらで、その計画というのを教えてくれないだろうか」

裕三は身を乗り出し、きっぱりとした口調でいった。

「それは……」と、翔太はちょっといい淀《よど》んでから、

「一言でいえば、看板娘作戦ともいうべきものです」

ぼそっといった。

「看板娘って――俺たちの若いころ、見場《みば》のいい娘さんを店頭に出して客引きの目玉にしたという、あの看板娘のことなのか」

呆気《あっけ》にとられた口調でいう。

「そうです、その看板娘です。美波さんのお母さんの絹代さんがそうだったように、僕はその子供である美波さんを、今度は看板娘に仕立てあげる作戦を展開しようと思っていたんです。昭和の時代の床屋さんのように、僕は看板娘を軸にしたサロンのような空間を創りあげたいと頭に描いていたんです」

まくしたてるようにいう翔太に、

「サロンのような、床屋か――それはいい、実にいい。文字通り、昭和そのものの床屋の風景じゃないか。向井さんの店にも、この商店街にも、まさにぴったりといった情景じゃないか」

裕三も、甲高い声でいう。

「ですから……その状況を実現させるためには、嘘八百《うそはっぴゃく》を並べたてないと」

また、妙なことを口にした。

「美波さんは向井さんに、私は絵が描きたいし床屋には先がないといって跡を継ぐのを断りました。これを打破するためには――」

といって翔太は自分の計画を話し出した。

まず、美波が看板娘として店に立てば男たちが集まってきて繁盛《はんじょう》し、相当の収入増が見こまれ、おまけに美波自身もこの町のスター的存在になることができる。さらに自営業だから時間も自分でつくり出すことがいくらでも可能で、絵も落ちついて描くことができる等々――こういったおいしい話を言葉巧みにどんどん美波にぶつけてその気にさせ、とにかく向井理髪店の跡を継がせる。

「それで美波ちゃんを、納得させられるんだろうか」

話を聞いた裕三が疑念を挟むと、翔太は小さくうなずいて後をつづけた。

「大丈夫です。必ず何とかなるはずです。美波さんも女の子ですから、おいしい話には興味を示すはずです」

それが成功したら、次に看板娘としての美波の伝説を創りあげる。単なる可愛い子ではなくて、ここにくるまでには様々なドラマチックな話があったのだと。これにはやはり、ネットの活用がいちばんだと翔太はいった。

「ネットでいったい、何をやろうとしていたんだ、翔太君は」

「美波さんの前身を、地下アイドルに仕立てあげるつもりでした」

いきなり地下アイドルといわれても、裕三にはぴんとこない。

「テレビなどに出ているアイドルじゃなくて、女の子たち数人が集まってバンドを結成し、あちこちのライブハウスなどで演奏してお客を楽しませるグループです」

きっぱりとした調子でいった。

「俺たち年寄りにはよくわからないが、何にしたって美波ちゃんにそんな過去はないんだろ。それをどうして……」

「日本中の地下アイドルの演奏風景をピックアップして、それをコンピューターでうまく加工し、さらに美波さんの顔を合成して絵づくりをするつもりです。もちろんそこには、苦労話や恋愛話、そして失恋話や挫折話やらも盛りこんで、男たちが歓《よろこ》ぶようなストーリーを加えながら」

とんでもないことをいい出した。

「そんなうまい具合に、絵づくりができるものなのか」

「絵づくりと画面加工には自信があります。きっと成功するはずです」

力強く翔太はいう。

「しかしそれは。何といったらいいのか、要するに嘘の情報というか騙《だま》しというか」

恐る恐る口にすると、

「そうですね、端的にいえば詐欺まがい。そういうことになります。この映像づくりにしても、その前段階の、美波さんにあることないことを吹きこんで、その気にさせることも。すべては嘘八百、本来なら、やってはいけないことです。でもこれが向井理髪店を存続させる、たったひとつの対処法なんです」

以前、翔太は独り身会の集まりで、ひとつだけ対処法があるが、これは使ってはいけない方法、間違った方法なのだと奥歯に物が挟まったようないい方をしていたが――こういうことだったのだ。

ううんと裕三は唸《うな》った。

「あとは補助手段として、再生向井理髪店の新聞チラシや徹底的な口コミ作戦を駆使しながら、看板娘をアピールしていくつもりだったんですけど……」

「美波ちゃんの容姿問題で、翔太君の思惑はみごとに外れたというわけか。しかしまあ、いろんな相談のなかには、うまくいかないことだってな。元々身内の問題なんだから、もしこれが駄目なら向井さんに正直に話して、諦めてもらうより仕方がないさ」

いたわるように裕三はいう。

「それは、そうなんですが」

歯ぎれの悪い言葉を翔太は出した。何だかまだ、この問題を諦めきれない様子がありありと感じられた。変だった。

「それにしても、この問題に関して翔太君は一生懸命すぎるほど、熱心だな。詐欺まがいのことまでして、美波ちゃんを看板娘に仕立てあげようとしていたんだから」

裕三は真直ぐ翔太の顔を凝視し、思いきって疑問点をぶつけてみた。

「何か向井理髪店に対する特別の思いこみというか――翔太君自身が個人的にこの店を応援したいという理由というか。ひょっとしたら、そんな感情があるような気もするんだが、これは俺の穿ちすぎだろうか」

「それは……」

翔太は一瞬絶句してから、カップに残っていたコーヒーを一気に喉の奥に流しこんだ。

「あります」

吐息をついて黙りこんだ。

あとは待つだけだ。待っていれば翔太は必ず話し出すはずだ。

「単なる町おこしじゃなく、僕自身が看板娘のいる、サロンのような床屋さんを創ってみたかったんです。僕の抱く夢のようなものなんです」

しばらくして、翔太はぼそぼそとした声で、こんなことをいって肩を落した。

「看板娘のいる、サロンのような床屋は翔太君の夢のようなものなのか、昭和大好き少年の翔太君の」

少し驚いた声をあげる裕三に、ぽつぽつと翔太は話した。

「以前、何かの写真雑誌で昭和の風景の特集をやっていて。そのなかに小さな子供から若い人、それに大人たちやお年寄りたちが床屋さんに集まって、一心不乱にテレビを見つめている場面が載っていたんです。そのとき僕は、ああいいなあと理屈も何もなしで、むしょうに羨ましさを感じたことがあったんです」

「昭和の時代で、みんなが床屋に集まってテレビを観るとするなら、スポーツ中継だな。力道山《りきどうざん》のプロレスに始まって、ファイティング原田《はらだ》の世界タイトルマッチ、恒例の巨人─阪神戦から、相撲なら柏鵬《はくほう》時代。どういうわけか、家にテレビがある者も床屋に集まってきて、子供から年寄りまで、みんなでワイワイがやがやと……いやあ、いい時代だったなあ、楽しかったなあ」

裕三の口から、言葉が湧き出すようにあふれ出た。

「やっぱり、楽しかったですか」

羨ましそうに翔太がいった。

「あの一体感──といっても年齢も境遇も貧乏人も、その日暮しも金持ちも、みんな一緒くたになっての観戦だったから、寄せ集めの一体感ともいうべきものだったけど、それでも楽しかったな。いや、寄せ集めだったからこそ、そのときだけは余計に親近感が増して、ドキドキしたのかもしれないな」

裕三は喋り終えて、遠くを見るような目つきで翔太を見た。

「それを実現させたかったんです。もちろん、僕もその仲間に入れてもらって、何もかも忘れてワイワイがやがやと、叫びながら怒鳴りながら。人間の汗のにおいというか肌のにおいというか。そんな乱雑なサロン――いえ、たまり場をつくりたかったんです」

いつのまにか翔太の目は輝いていた。

「そうか。サロンじゃなくて、たまり場か。いいな、それはいい、実にいい。そして、そこに翔太君も加わりたいんだ」

「僕は小さなころから……」

ぷつりと言葉が途切れた。

「小さなころから母一人子一人の淋《さみ》しい生活で、いつも独りぼっちでしたから。周りに、人《ひと》いきれを感じる生活をしたことがなかったから」

翔太はようやく後をつづけた。

「そうか、翔太君は独りぼっちだったか。そういうことか」

何気なく口に出して翔太の顔を見ると、輝いていた目が潤んでいた。

「小学生のころ、お母さんが死んだら僕はこの世の中で、たった一人っきり。たった一人で縮こまって生きていかなければならない。そのときは、草を食べて生きていこう……こんなことを泣き出しそうになりながら、いつも思っていました」

翔太の目の潤みは消えていた。

優しい目だった。

「草を食べて――」

裕三は思わず口に出した。

「それは草食動物のことを考えて、そんなふうに思ったんだろうか」

「そうかもしれませんが、本当のところはわかりません。とにかく、ずっと草を食べて生きていこうと思っていました」

恥ずかしそうに笑った。

翔太が、すんなり独り身会に入って馴《な》じんでしまった理由が、わかったような気がした。

「よしっ」と、裕三は叫び声をあげた。

「そういうことなら簡単に諦めずに、もう一度、向井理髪店の看板娘作戦をじっくり考えてみよう。こうなったら嘘八百だろうが、法律を犯そうが、手が後ろに回ろうが知ったことじゃない。何でもありの作戦を考えてみようじゃないか」

裕三は翔太の夢を叶えさせてやりたかった。だが、たとえ何らかの方法でこの看板娘作戦が実現されたとしても、あの昭和の床屋特有の自由奔放なたまり場の実現は無理なような気がした。それでも、それらしきものをつくってやりたかった。

「それなら、これから隣町へ行こう。そして、じっくり観察してこよう。この時間なら、おそらく美波ちゃんは、まだコンビニでバイトをしているはずだ。店名は向井さんから聞いてわかっている。まず、実物を見てみよう。作戦はそれからだ」

どやしつけるようにいって、裕三は立ちあがる。

「そうですね。まず美波さん本人を見ないと始まりませんね」

上ずった声でいって翔太も立ちあがる。

「ところで、その翔太君が見た写真雑誌の床屋のテレビに映っていたのは、何のスポーツだったんだ」

何気なく口にした。

「高校野球の夏の甲子園大会の決勝と、説明文には書いてありました」

「ああっ――」と吐息のような声をもらし、裕三は伝票を手にしてレジに向かった。


時計を見ると四時少し前。

先日と同じ、ジローの奥の席。今日も裕三は翔太と待ち合せて、看板娘作戦のアイデアを二人で練るつもりだった。

少しして翔太が顔を見せ、注文したホットコーヒーがテーブルの上に置かれてから裕三は本題に入った。

「何かいいアイデアは出たかな、翔太君は」

翔太の顔を真直ぐ見ていうと、

「ええ、何とかひとつだけ。それが通用するかどうかは未定ですけど」

遠慮ぎみに翔太はいった。

「ひとつでも出れば立派なもんだ――実は俺のほうでも、ひとつだけ。これはけっこう現実的な解決策だと思う。というより、昨日美波ちゃんの顔を見てから、いくら頭を絞ったとしてもこれしか方法はないだろうと確信してたから」

首を振りながら裕三はいった。

昨日――あれから裕三と翔太は隣町のコンビニに出かけ、つぶさに美波の顔をその目で見てきた。一度は正面切って美波と話し合いをしなければいけないため、できる限り相手に気づかれないほうがいいだろうと素知らぬふりをして、さりげなく。若い子には珍しく、美波はほとんど化粧をしていなかったので顔の造りはよくわかった。

美波はやはり、母親似ではなかった。

鼻の形はまあまあだったが、低かった。口のほうは可もなく不可もなくといったところで、ごく普通といったかんじだったが、問題は目だった。

細い目だった。これが完全に美波の印象を悪くしていた。おまけに両頰がふっくらしているため、一言でいってしまえば典型的な、おかめ顔だった。

裕三と翔太は肩を落してコンビニをあとにした。

「あの目を何とかして、あとは厚化粧でごまかせば、何とかなると俺は思って」

裕三はコーヒーで唇を湿らせてから、

「これはもう、整形しかないと」

大胆なことを口にして翔太を見た。

「整形って、それは小堀さん！」

唖然とした表情で翔太の体が固まった。

「申しわけないですけど、それは極めて私的なことで、他人がとやかくいえることじゃありません。それを思い立って、それを決めることができるのは本人だけです。それから、何の躊躇《ためら》いもなく人の心の奥にずかずかと入りこむのは、昭和生まれの中年以上の男たちの悪い癖のような気がします」

翔太は一気にいってから、そっと頭を下げた。

「すみません、生意気なことをいって」

「いや、翔太君のいう通りだ。これはまったく他人が口に出すべき事柄じゃなかった。申しわけない、というより恥ずかしい限りだ。本当に恥ずかしい」

裕三はそういって素直に頭をたれ、

「いわれてみれば、俺たち昭和生まれの中年族は自分の気がつかないところで、相手を傷つけていることがけっこうあるかもしれないと、今ふと思ったよ。翔太君のおかげで目から鱗《うろこ》の思いだ。以後気をつけるよう、肝に銘じておくよ」

情けない声で後をつづけた。

「すみません――さらにいわせてもらえば」

と翔太は掠れた声でいい、

「昨日僕は七海さんに、美波さんの我が道を行くという意志の強さは優越感の裏返しじゃないかといって却下されましたが。これはまったく逆で、あれは劣等感の裏返しだと今では考えています。小さいころから絵を描くのが好きで、美意識に秀《ひい》でた美波さんは自分の顔を客観的に見て、子供心にも、なるべくおとなしく生きよう――そう決心したんじゃないかと……」

翔太はわずかに言葉を切った。

「そうすれば目立つことはなく、誰からも顔の悪口をいわれることはない……これは一種の悟りのようなもので、美波さんが今でも化粧っけのない顔で仕事をしていたのが、その証《あか》しのような気がしてなりません。美意識と自意識に秀でた女性の悲劇。そんなふうに思えてならないんです。あの人はある意味、とても女らしくて可愛らしい女性なんです」

悲しげな顔で笑った。

「なるほどな。しかし、小学生や中学生ほどの、まだ子供の女の子が、そこまで考えるものなんだろうか」

疑問に感じたことを、裕三は遠慮ぎみに口にした。

「考えますよ、女の子だからこそ。それに美波さんは、絵描きだから——そして、例の中学のときの苛めを我が道を行くで乗りこえたのが、この決心をさらに強くしたともいえますし」

これでこの論争は終りになった。

「それで、翔太君のほうのアイデアというのは——」

裕三は矛先を翔太に向けた。

「実はあれこれ考えているうちに、ある人の顔を思い出したんです。あの人ならこの難題に、ひょっとしたら答えを出してくれるかもしれないと」

「ある人って、それは」

裕三はテーブルの上に体を乗り出す。

「テキヤの山城組《やましろぐみ》の、冴子《さえこ》さんです」

「あっ」と裕三は高い声をあげた。

「源ジイが七変化といっていた、江戸の昔から香具師《やし》の家に代々伝わっているという、愛敬芸《あいきょう》か」

愛敬芸とは、自分の思いを顔の変化によって相手に伝え、即座に納得させるという香具師独特の術ともいえるものだった。

怒りの顔、悲しみの顔、淋しさの顔、困惑の顔等々……そして極めつけは口上を述べながら相手の心をわしづかみにして商品を買わせる、可愛らしさの顔。香具師の娘の冴子は、そんな顔を思い通りに表すことのできる愛敬芸の達人だった。

「冴子さんに指導してもらって、美波さんに可愛らしく変身してもらおうということか。しかしあれは冴子さんにしかできない、特別な芸じゃないのか。そんなことを美波さんにやれといっても……」

「ですから、それを確かめるために、これから冴子さんの事務所に行こうと思っています。そのために、ここにくる前に向井さんのところに寄って美波さんの写真も借りてきましたし、冴子さんにも電話を入れて行くことを伝えてあります」

もう、すべて完了しているのだ。

翔太の本領発揮だ。


裕三と翔太はヤクザ映画に出てくるような山城組の古い和風の事務所に入り、三州三和土《たき》の土間の先にある応接コーナーの長椅子に腰をおろした。

二人の前には冴子が笑いながら座っている。

成宮《なりみや》が盆の上にお茶をのせてやってきて三人の前に置き、一礼して戻っていった。

「話は翔太君から大体うかがいました。でも昭和の看板娘の復活って、面白そうですね。私もできる限りのことはさせてもらいますけど、その美波さんというお嬢さんを仕込む時間はどれぐらいあるんですか」

単刀直入に訊いてきた。

「そうですね。あまり長くても双方共に大変でしょうから、毎日一時間として十日ほどというところですか」

「じゃあ、ひとつですね。それ以上覚えるのはちょっと無理ですから」

うなずきながら冴子はいった。

「ひとつだけで、看板娘になれるんですか」

「充分ですよ。女性の最大の武器は笑顔。そのとっておきの笑顔さえ身につければ、充分に看板娘になれるはずです」

「やっぱり、笑顔ですか」

翔太が納得したような声をあげると、ふいに冴子の顔がくしゃりと崩れた。

それから冴子は、顔中で笑った。そう、顔中で笑ったのだ。目も鼻も口も、そして眉毛も唇の皺《しわ》も産毛《うぶげ》までも。冴子の顔のすべてが笑っていた。可愛かった。愛《いと》しかった。胸が躍った。冴子の周囲の空気までが笑っていた。そんな気がした。

裕三は大きな吐息をもらした。

「いつもながら、みごとですね」

　本当にそう思った。

「これさえ会得《えとく》すれば、確実に看板娘にはなれるはずです」

　冴子の顔から笑いは消えていた。いつもの素直な顔に戻っていた。

「あのう……」と唖然とした顔で冴子を見つめていた翔太が、遠慮ぎみに声をかけた。

「相手の女性の顔写真です。この人でも大丈夫ですか」

　美波の写真を出して、テーブルの上に置いた。冴子はその写真をちらっと眺めて、

「顔なんて、どうでもいいんです。女の子が本物の笑顔を浮べれば、男はみんな可愛いと心を打たれるはずです。世の中の女性の顔は、すべてそういうようにできているんです。ほとんどの女性が気がついてないだけで」

「あのう」と、また翔太が遠慮ぎみな声をあげた。

「すごく失礼ないい方ですけど、どんな不器量な子でも本物の笑顔を浮べれば、可愛くなれるということなんですか」

　すぐに冴子が反応した。

「芸能界を見渡してみれば、そんな子はけっこういます。完璧でないにしても、そういった笑顔を浮べて可愛い子の仲間入りをしている子が」

　胸を張って冴子は答えた。

「コツは顔中のすべてで、笑うことなんですか」

「顔中だけではなく体中もです。ただし、体のほうは控えめにしないと芝居臭くなってしまいます。体中で控えめに笑って雰囲気をつくり、顔中で笑って可愛らしさをつくるんです。すると相乗効果でそこに華が生まれ、全体が輝いて見えるはずです」

「華ですか――」と裕三はぽつりと口に出す。

「華は生命力であり、生きている証しであり、心の叫びであり――つきつめていえば、赤ちゃんの可愛さそのものです」

訳のわからないことを冴子はいった。

「その女性の笑顔なんですが、それは男性にも当てはまることなんだろうか」

首を傾げながら裕三はいう。

「残念ながら笑顔は女性の特権で、男性には当てはまりません。男性の華は一心不乱に何かに打ちこんでいるとき。それがいちばん輝くときだと私は教わっています」

冴子がまた笑った。

気持のいい顔だった。

やっぱり、華があった。

それから三十分ほど話をして、裕三と翔太は山城組を後にした。

「すごい人ですね、冴子さんという女性は」

肩を並べて歩きながら翔太がいった。

「確かにすごい。源ジイもすごいが、冴子さんもすごい。二人とも、神がかっているから、理解のしようがないが、それが現実だから何の文句もない」

笑いながら裕三はいう。

「でも、美波さんに会うとき。一緒にきてくれることを承諾してくれたので、ほっとしています」

論より証拠ということで、美波の前でその笑顔を見せてやってくれませんかという翔太の頼みを、冴子は快く引き受けてくれたのだ。

「そうだな、あの笑顔を見れば美波ちゃんも看板娘になれることをリアルに実感するだろうから、余計な嘘八百は並べなくてすむな」

ほっとしたように裕三はいってから、

「それよりもまず、美波ちゃんが向井理髪店の跡を継ぐことを承諾してくれなければ話にならないが、そのあたりは大丈夫なんだろうか、翔太君」

心配そうな面持ちを浮べた。

「それは大丈夫だと思います。美波さんは家の仕事に、まだ愛着を持っているはずですから。その証拠に、例の店のなかに飾ってある廃墟の絵ですけど。あの廃墟、よく見ると周りの草に隠れるように理髪店の印でもある青と赤と白の三色ポールが描かれていますよ。恥ずかしそうに、ほんのちょっとだけ頭を覗《のぞ》かせて」

少し得意そうに翔太はいった。

「すごいな翔太君も――そんな細かいところまできちんと見てるなんて。そうか、美波ちゃんは三色ポールを描いていたか。しかも、恥ずかしそうに。それならまあ、何とかなるか」

ほっとした表情でいう裕三に、翔太は嬉しそうな声を出す。

「あとは、嘘八百を並べたてて美波ちゃんを納得させれば、この件は丸く収まって落着です」

「やっぱり、嘘八百は並べたてるのか」

「並べたてますよ。跡を継いでくれなければ話になりませんから」

当然だというように翔太はうなずく。

「例のあの、地下アイドルの件も実行するのか、詐欺まがいの」

恐る恐る裕三が口に出すと、

「あれはやめます。そこまでやらなくても、勝算は見えてきましたから」

きっぱりとした調子で翔太はいった。

「それを聞いて安心したよ。実のところ、手が後ろに回るのはかなりの抵抗がな」

裕三は大きく伸びをして息を吸いこんだ。

空気は冷たかったが、気分はよかった。

「あの、冴子さんの特別の笑顔を見て、美波ちゃんはいったいどんな顔をするんだろうな。俺はそれが楽しみでな」

「僕だって楽しみですよ。がらりと雰囲気が変って、可愛らしさ抜群になるんですから。きっと呆気にとられて、物もいえない状態になりますよ」

「そうだな、何たって華だからな」

高い声を裕三があげると、

「結局、あの冴子さんのいう華って何なんでしょうね」

翔太が頭を大きく振った。

「華は華さ——それ以外の何物でもないさ」

ぽつりと答えて裕三は視線を上げた。

綺麗な夕焼けが、空いっぱいに広がっていた。

半グレ哀歌

きてはいけない町だった。

わかってはいたが、哲司《てつじ》の足はまたこの町に向かう。といっても哲司の住む所とこの町とは隣合せで、歩いてすぐの距離ではあった。

越境して歩く道順はいつも決まっている。モルタル鉄骨造りの安アパートを出て、徒歩十分ほどで隣町。ここから商店街の裏通りに入り、テキヤの山城組《やましろぐみ》の前を通ってから近くの喫茶店の『ジロー』に入ってコーヒーを飲む。そのあとは適当にその辺りをぶらつきながら、もう一度裏通りに戻り、山城組の前を抜けてアパートに帰る。

これが哲司にとって大事な越境のルートだった。

哲司はこの越境ルートを、週に三回ほど歩く。目的は……山城組だ。

今日もジローでコーヒーを飲んでから、哲司の足は裏通りを抜けて山城組に向かう。山城組の事務所が目に入ると、急に哲司の足は遅くなる。

古くて大きな二階屋だ。

空襲からは逃《の》がれられたようで、どこからどう見ても築百年以上は経《た》っているように見える。何もかもがくすんで黒っぽい。出入口は右端に設けられていて、ここには木枠で素通しのガラス戸がはまり、金文字で『山城組』と書かれてある。そして、なかを覗《のぞ》けるのはこのガラス戸からだけだった。

哲司の目的は、このガラス戸だった。

ガラス戸の向こうは土間になっていて奥につづき、左側は組の事務所になっていた。ガラス戸を覗いて運が良ければ、この家の主《あるじ》の顔を見ることができた。が、今まで数十回、前を通りながら、主の顔を目にしたのは一回のみ。ただの一度だけだった。

主の名前は山城冴子《さえこ》。山城組のてっぺんだ。

哲司のいた半グレグループの白猟会は、この山城組と反目しあっていた。元々の原因は、半グレの頭である菱川《ひしかわ》の冴子に対する一方的な劣情だった。

三カ月ほど前、哲司たち下《した》っ端《ぱ》三人はグループの兄貴分から、菱川のために冴子を拉致してアジトに連れてこいと命じられた。

相手は若い女一人——ナイフで脅して車に連れこめばと簡単に考えて、冴子の動向を窺《うかが》いながら三人は実行に移した。夜の八時過ぎ、裏道を一人で歩いていた冴子を哲司たちは取り囲んだ。

「おとなしく、ついてこい」

とナイフをちらつかせる男に、冴子は無表情で懐《ふところ》から何かを抜いてひと振りした。そいつはガチャリと音を立てて一気に伸びた。警察官が持っている特殊警棒だ。

警棒がナイフを持っている男に飛んだ。

男は首根を打たれて悶絶《もんぜつ》し、次に殴りかかった男は胴を抜かれてこれも呆気《あっけ》なく崩れ落ちた。残るは哲司一人。鬼の形相で冴子が睨《にら》みつけた。

身動きできないまま、立《た》ち竦《すく》んだ。

哲司の顔は泣き出しそうだ。

正直いって冴子が怖かった。半グレとはいえ、元々荒事の苦手な性格だった。

「あんた……」

冴子が声を出した。

鬼の形相は素直な顔に戻っていた。

「名前は……」と低い声で訊《き》いた。

「山名《やまな》哲司……」

びくつきながら答えた。

「ふうん、哲ちゃんねえ」

といってから、ふわっと笑った。

見たことはなかったけれど、観音様のような顔だと思った。眩《まぶ》しいほどの笑顔だった。

「似合わないから、半グレ抜けたほうがいい」

諭すようにいって、また笑った。胸がどんと鳴った。

哲司の胸から何かが飛び出し、何かが飛びこんだ。甘酸《あまず》っぱくて熱いものだった。

この一瞬、哲司は恋に落ちた。

背中を見せる冴子の姿を目に、哲司はしばらく、その場から動けなかった。

この後、『独り身会』の殴りこみによって白猟会は呆気なく解散した。菱川たち主な者は警察に逮捕され、残った者もちりぢりになって、ほとんどが町を去ったが哲司は町に残った。

冴子のせいだった。

哲司はゆっくりと山城組の事務所に向かって歩く。一目だけでも冴子の顔が見たかった。ほんの少しでも。事務所の前を通りながらガラス戸の向こうを窺うように見る。奥から誰かが歩いてくるのが見えた。あれは……冴子だ。間違いなかった。冴子だ。

胸がきゅんと疼《うず》いた。思わずその場に立ち止まって冴子を見た。

そのとき冴子の動きが止まって、こちらを向いた。目が合った。胸の鼓動が激しくなった。どうしていいかわからなかった。また、その場に立ち竦んだ。

がらりという音がして、ガラス戸が開いた。

「あら、いつかの」

屈託のない声が耳に響いた。

哲司の胸の鼓動がさらに激しくなった。

「確か哲ちゃんとか……」

名前を覚えていてくれた。

今度は鼻の奥が熱くなった。

「どうしたの、こんなところで。まあ、入ったら」

予想外の言葉を冴子は口にした。

「あっ、いや、そんなことは」

しどろもどろの言葉しか出てこない。

「遠慮することはないわよ。昔は昔、今は今だから——とにかく入ったら」

「はあ、でも、それなら、ちょっとだけ……」と、おどおどしながらも哲司は事務所のなかに入る。土間を通って左奥の応接コーナーに案内された。

長椅子に小さくなって座る、哲司のすぐ前には冴子。逢《あ》いたくて逢いたくてしょうがなかった冴子が座っている。

「透《とおる》さん。お茶、お願い」

奥に向かって冴子が声を張りあげる。

すぐに見るからに精悍《せいかん》な顔つきの男が盆に茶碗《ちゃわん》を二つ載せてやってきて、テーブルの上に並べる。男は低い声で「ごゆっくり」といって、すぐにその場を離れていった。

「それで、なんでうちの前なんかを？」

早速訊いてきた。

「それはまあ、満更、知らない仲でもないもんで。それでまあ、気になったというか何というか」

何とか、ごまかしの言葉が出た。

「知らない仲でもないというより、知り過ぎるほどの仲でもあるからね、私たちは」

冴子はちょっと吐息をもらしてから、笑みを浮べた。

「それはそれとして、白猟会がなくなって、哲ちゃんは今、どうしてるの」

「あっ、逮捕を逃れたほとんどの者は町を出ていきましたけど。自分はあの、その前にグループを抜けていて、でもいまだにあの町に居残って……」

ぼそぼそといった。

「やっぱり半グレやめたんだ。そしてまだ、隣町にいるんだ。でもどうして居残ったの」

冴子はちょっと身を乗り出してきた。

「それは何というか。自分は不器用というか、馬鹿というか、優柔不断というか、どうしていいかわからないというか」

口が裂けても「冴子さんが、この町にいるから」とはいえるはずがない。

「馬鹿で不器用で優柔不断か……まあ、私たちも含めてこんな稼業《かぎょう》をしてる者は、みんなそうなんだけどな」

冴子は独り言のようにいって、ずばっと訊いてきた。

「シノギは何をしているの」

「半グレやってた者を雇ってくれるところなんて、なかなかないっす。それでまあ、ティッシュ配りとか、もぐりの客引きなんかを日払いで……でも、けっこう生活苦しくて、いっそ生活保護でも申請してみようかと……」

頭を掻《か》きながらいった。

「半グレが、生活保護！」

冴子の顔がくしゃりと崩れた。声をあげて笑い出した。

本当におかしそうだ。目が糸のように細くなり、今にも涙が出てきそうなかんじだ。

そんな冴子の様子を見ながら「やっぱり可愛《かわい》いな」と哲司は思う。

冴子はひとしきり体中で笑ってから、

「ということは、働く気はあるってことだよね」

と、今度は真面目そのものの顔でいった。

「それはありますけど、やっぱり元、半グレっすから。それも、落ちこぼれの半グレっすから」

また頭を搔きながらいった。

「落ちこぼれ、けっこう。少しはまともな部分があるってことだから」

この一言で、何となく胸が軽くなるのを哲司は覚えた。

「ところで哲ちゃんは、料理はできる？」

妙なことを冴子が訊いた。

「料理って、あの。飯をつくったりする料理のことっすか」

首を傾《かし》げながら哲司が言葉を出す。

「そう、その料理。ごはんを炊いたり、玉子や肉を焼いたり、魚を煮たりする」

「煮物はやらないっすけど、焼物ぐらいなら。ずっと自炊生活をしてましたから」

怪訝《けげん》な思いで哲司は口にする。

「自炊生活をしていたのなら、料理が苦手ということでもないんだ――それなら務まるかもしれない」

冴子は何かを考えこむような顔つきでいった。

「よくわからないっすが。それはあの、自分に料理をしろっていうことなんすか」

思いきって口に出して訊いてみた。

「何とか半グレから足を洗ったみたいだから、それならちゃんとした仕事についたほうがいいと思ってね」

また、思いがけない言葉が冴子の口から飛び出した。

「それは、冴子さんが自分のために、何か仕事を世話してくれるということなんすか」

口に出したとたん、胸の鼓動が早くなるのを感じた。冴子が自分のために仕事を……しかしそんなことが。

「ひとつ、うってつけの仕事がね。詳しくはまだいえないけど、そこに哲ちゃんを紹介してみようと、ふと思って。食べ物屋商売なんだけど、だからね」

笑いながらいう冴子の顔を見て、哲司はさっと立ちあがった。思いきり頭を下げた。

「ありがとうございます。こんな半端《はんぱ》者のために、そこまで考えてもらって。こんな、不器用で馬鹿で優柔不断な自分に。本当に何といったらいいのか、自分は、自分は、本当に自分は……」

最後は涙声になっていた。それほど哲司は嬉《うれ》しかった。

しかし、なぜ冴子は自分にこれほどの親切を――それがわからなかった、ひょっとしたら冴子は自分のことを、と考えてみて哲司は胸の奥で大きく首を振る。冴子ほどの女性が自分なんかに。しかしそうなると、なぜ冴子は……わからなかった。わからなかったが、そんなことは二の次だった。哲司は、ただひたすら嬉しかった。

「突っ立ってないで、座ってよ。立っていられると、話もしづらいから」

冴子の言葉に、突っ立ったままの哲司は慌てて腰をおろす。

「ずっと、気にはなってたのよ」

ぽつりと冴子がいった。

「あのとき無責任に、似合わないから半グレ抜けろといったこと――もしあれで、本当にこの子が半グレやめてしまったら、ちゃんと自立できるんだろうかって。でも嬉しかった。あれで哲ちゃんが半グレ抜けたって聞いて。いった甲斐《かい》があった」

自分にいい聞かせるようにいう冴子の言葉を耳にして、哲司の胸がざわっと騒いだ。だからさっき、冴子は身を乗り出してきたのだ。そういうことなのだ。冴子はずっと、あの一言に責任を感じていたのだ。これは冴子の優しさであり、親切なのだ。

だが、これは冴子の勘違い……。

哲司は決して、冴子のあの一言で半グレを抜けたわけではない。あれは――。

「はい、あの一言で目が醒《さ》めました。自分には半グレは似合わない。さっさと抜けたほうがいいって」

しかし哲司の口からは、こんな言葉が流れ出た。むろん、嘘《うそ》だった。嘘だったが、これを貫こうと思った。そのほうが冴子もいい気分だろうし、自分にしたってそうだ。それよりも何よりも、哲司は冴子の思いを裏切りたくなかった。

「じゃあ、哲ちゃんのケータイの番号を教えてくれる。話が本決まりになったら、連絡するから。もちろん、私のケータイの番号も教えておくから」

冴子は機嫌よく、こういった。

冴子のケータイの番号がわかる。わかったとしても何がどうなるものでもなかったが、それでも哲司は嬉しかった。冴子との距離がぐんと近くなるのだ。

哲司と冴子は互いのケータイの番号を交換した。そのあと哲司は山城組の事務所を出たのだが、体が宙に舞うほど弾んでいた。嬉しくて嬉しくてしようがなかった。


アパートに帰ってから、哲司は六畳一間の一室に閉じこもった。

部屋の真中《まんなか》にある電気ごたつの上に、冴子と番号交換したケータイをそっと載せ、その前に座って電話のかかってくるのをじっと待った。トイレと食事以外、その場から動かず、ケータイの鳴るのを待った。

ケータイなのだから持って出れば、どこへ行こうが支障はないはずなのだが、それでも哲司は動こうとはしなかった。気持を集中させて冴子と話がしたかった。

自分が小さな子供のようなことをしているのはわかっていたが、それはそれでいいと思った。待つのが楽しかった。そして嬉しかった。こんなに胸が躍ることは初めてだった。小さなころから今まで、哲司にはいい思い出はほとんどなかった。

哲司は練馬区にある公団住宅で育った。

父親は長距離トラックの運転手で、母親は哲司が小さなころは専業主婦だった。

哲司が小学校に入学した年の夏。

「行ってくるから」

と、いつものように朝早く父親は家を出て、それっきり帰ってこなかった。

母親の秀子《ひでこ》はこのとき三十六歳。いっときは、わあわあ騒ぎまくって父親の行方を探しまくっていたが結局見つからず、ふた月ほどであっさり諦めた。このあとは生活保護と時折り出かけていく、夜の怪しげなバイトのようなもので暮すようになったが、秀子はパチンコが好きで毎日のように通っていた。

この小学生時代、哲司にとって心の弾む記憶というのは皆無だった。

食事はいいかげんで朝食は抜き、夕食はありあわせの惣菜《そうざい》かソースかけごはん。たまに冷凍のハンバーグなどが食卓に出ることもあったが、そのときの母親は目つきが悪かった。今考えれば、多分あれは万引き商品。そんな気がした。

あとは苛《いじ》めだ。

哲司は春物と冬物、服を二着しか持っていなかった。春物は秋夏兼用であり、冬物だけがその季節のものだった。洗濯もたまにしかしてもらえず、同じ物を毎日着て過ごした。

このため女子からは「臭いから、あっちへ行って」と鼻をつまんでいわれ、男子からは「貧乏がうつるから、あっちへ行け」と仲間外れにされた。哲司はいつも独りぼっちだった。救けてくれる人間は一人もいなかった。

ちょうど、六年生の卒業式を数日後に控えた日。夕食の食卓にハンバーグやカレーライス、サイコロステーキにスパゲッティ、それに鶏《とり》の唐揚《からあ》げ……といった豪華な料理が並んだ。唐揚げだけは違うようだったが、あとはすべて冷凍食品だった。にしても豪華すぎる献立てだった。

「これは全部、ちゃんと買ってきたものだからね」

イミシンなことをいう母親の秀子に、呆気にとられる思いで哲司は口を開いた。

「どうして今日は、こんなにいろいろあるの、お母さん」

「たまにはちゃんとした物を、沢山食べないと大きくなれないからね」

母親は表情のない顔で答えた。

食生活のせいかどうなのか、哲司は小柄で痩せっぽちの子供だった。とても小学六年生には見えなかった。

「それに今日は、こんなちんけな生活の最後になる、めでたい日だからね。だから、お祝いのパーティなのさ」

母親は一本調子の声でこういい、哲司に料理を腹一杯食べろとすすめた。いわれるままに哲司は料理を食べた。こんなおいしい夕食は初めてだった。

「おいしいね、お母さん」と、はしゃいだ声を出すと、母親は満足そうにうなずいた。

翌朝起きてみると、家のなかに母親の姿はなかった。帰ってこなかった。

哲司は母親からも捨てられ、中学は施設から通うことになった。

養護施設は同じような境遇の子供たちが暮す場所だったが、苛めはここにもあった。体の小さかった哲司は、そのせいで体の大きな者から苛めのターゲットにされた。

わけもなく小突かれ、殴られた。面白半分に哲司にちょっかいを出してきて、よってたかってオモチャにするのだ。簡単にいえば、たまったストレスの発散場所――そのための捌《は》け口《ぐち》として、哲司はうってつけといえた。

そんな毎日がつづいた一年ほどあと。いつものように苛められていた哲司は、急に走り出して玄関に向かった。確かあそこにはバットが立てかけられていたはずだ。バットを手にした哲司は部屋に戻って、ぶんぶん振り回した。

苛めっ子たちは悲鳴をあげて、逃げまどった。かけつけた大人たちによってバットは取りあげられ、幸い怪我人《けがにん》も出なかったが哲司はこれでひとつのことを学んだ。

何かを手にすれば、人は逃げる――。

中学校でも哲司に対する苛めはつづいており、そのための対策として哲司はカバンのなかに果物ナイフを忍ばせて学校に通った。そして事あるごとにそれを手にした。哲司に対する苛めはぴたりと収まった。

哲司の生活の知恵だった。

中学を卒業した哲司は、都内の外れにある鉄工所に旋盤工見習いとして就職した。

ここでも苛められしきものはあったが、理由は哲司の物覚えの悪さだった。何度仕事を教えてもらっても、なかなか身につけることができず、ついた仇名《あだな》が、『ノロテツ』。従業員たちは普段でも哲司のことを名前で呼ばず、ノロテツといった。悔しかったし情けなかったが、ここで刃物を振り回すわけにもいかず、哲司は半年でこの工場を辞めた。

そのあといくつかの職場を転々としたものの、どこも長くはつづかず、気がつくと半グレグループの一員になっていた。

同じような境遇の、同じような程度の人間が集まるこの場所は気が楽だった。たったひとつの難点は、哲司は荒事が苦手だということだった。

生活の知恵らしきもので、バットやナイフを振り回しはしたが、あれは苦肉の策で哲司の本性ではなかった。元々は気が弱く、大きな声をあげるのも苦手で、まして本物の喧嘩《けんか》など一度もしたことがなかった。が、他に哲司の居場所はなかった。ワルたちのあとからついて回るより仕方がなかった。

その哲司の、新しい居場所が見つかるかもしれなかった。しかも、それを探してくれているのが、あの冴子なのだ。それが嬉しかった。むろん、自分と冴子がどうにかなるなどとは露ほども思ってはいない。自分は女性には縁のない人間。二十歳の今まで、哲司は女性とつきあったことが一度もなかった。分だけは、わきまえていた。ただ、冴子と関わりだけは持っていたかった。それだけだった。

哲司は、目の前のケータイを睨みつけるように見る。

鳴らなかった。何の音も立てなかった。

ふと、いっそ鳴らないほうが幸せなのかもしれないとも思う。ケータイが音を立て、耳にあてた瞬間、「やっぱり駄目だった」という冴子の声が聞こえたら……聞きたくなかった。そんな声を聞くぐらいなら、このまま一生、ここに座りこんでケータイの鳴るのを待っていたほうが——そんな子供のような思いが胸をよぎって消えた。


ケータイが鳴ったのは、座りこんでから二日目の朝だった。

ディスプレイには『冴子さん』の文字。

正真正銘、冴子からの連絡だ。

哲司は胸をどきどきさせながら、大きく深呼吸をひとつする。おずおずとケータイに手を伸ばし、ゆっくりと耳に押しあてると元気な声が響いてきた。

「もしもし哲ちゃん、冴子です」

待ちに待った冴子の声だ。

「はいっ」と返事をすると、

「大体、オーケイだから」と冴子はいった。

とたんに哲司の胸がすうっと軽くなる。

「それで、この前は詳しい話はできなかったから、これから話すのでよく聞いてて」

といって、冴子はこの件の詳細を話し出した。

元々は商店街の空き家対策があり、その話に裏通りで角打《かくう》ち酒場をやっている『八代《やしろ》酒店』が乗ってきて、今度の話になったと冴子はいった。

その角打ち酒場は常に満員御礼《おんれい》で、席が空くのを客が行列をつくって待っている状態がつづいていた。それならいっそ、空き家をリフォームして支店を出すのもいいかもしれないと八代酒店の主人がいい出し、その方向で話を進めようということになった。

新しい店の名前はずばり『角打ちｂａｒ』。客筋は若い連中と外国人。バーといってもカクテルなどはむろん出さず、酒はビールとウィスキー、それに焼酎を含めた日本酒の三種類のみ。ツマミのほうは缶詰めの類や乾き物、料理は旬の野菜やソーセージの炒《いた》め物といった簡単にできるものだけと冴子はいった。

だから「料理はできるの」と、先日冴子は訊いてきたのだ。ようやく哲司は納得した。

従業員は二人で、一人は八代酒店から出してもらってこの人がメイン。もう一人が補助要員で、これが哲司の役目だということだった。

「補助要員っていっても、メインの人は半年ほどで本店のほうに帰らなきゃならないからね。そうなったらもう一人店員を入れて、哲ちゃんがてっぺんということになるから、けっこう大役になるはず」

嬉しそうに冴子はいった。

「そんな、てっぺんなんて大役、自分に務まるでしょうか。何たって半グレの落ちこぼれっすよ、自分は」

不安げな声を哲司は出す。

「務まるように、びしばし教えこんでくれるはずだから。それを一生懸命覚えれば何とかなるはず」

「自分、けっこう、頭悪いっすけど」

「少々頭が悪くても、こういった商売なら大丈夫、何とかはなるから。そんなことよりいちばん大切なのは気配り。これがないと客商売はやっていけないから」

「あっ、気配りなら自信あります。こんなこと冴子さんにいうのは本当は嫌なんすけど、自分、けっこう人の顔色見て生きてきたところ、ありますから」

情けなさそうな顔をしながら、それでも自信をこめていった。

「そうね。それは私も感じた。だから、この話を哲ちゃんに振ったのかもしれない」

強い口調でいう冴子に、

「はいっ、よろしくお願いします」と元気のいい声を哲司は張りあげる。

「それでね。哲ちゃんで、ほとんどオーケイなんだけど。この話の責任者というか、そういう人がいちおう哲ちゃんと話がしたいというから、今日会ってほしいの。二人なんだけど、二人とも優しくていい人だから、心配はいらない」

「はい、それはいいですけど」

「時間は二時。ジローって喫茶店で待ち合せなんだけど、知ってるかな」

「知ってます。何度も入ったことがあります」

「じゃあ、そこへ二時ちょっと前にきて、私もそれくらいに行ってるから。それからね」

といって冴子はちょっと黙ってから、

「そのときに会う相手は、満更、哲ちゃんとは縁がないともいえない人たちだから」

面白そうにいった。が、哲司の心は急に不安に襲われた。恐る恐る口を開いた。

「その人たちって、どんな……」

「商店街の町おこし推進委員会の人で、羽生《はぶ》さんていう人と小堀裕三《こぼりゆうぞう》さんという人」

聞いたことのない名前だった。ほんの少し安心した。

「といってもわからないだろうけど、一人は小堀塾という私塾の先生で、もう一人は源ジイといって、白猟会との闘いのメインになった人」

冴子の言葉に「あっ」と哲司は叫んだ。

「あの、化物のように強い、ジイサン……」

思わず言葉が出た。

「そう、最後の闘いには出てない哲ちゃんでも、噂《うわさ》ぐらいは聞いてるんじゃないの。まあ、要するに昨日の敵は今日の友といったところかな。これだから人生は面白いよね」

冴子の声は、どこまでも屈託がない。

「それじゃあ、二時少し前にジローということで、よろしくね」

こういって電話は切れた。

不安と怖《おそ》れが哲司のすべてをつつんでいた。

哲司が半グレを抜けた原因は源次《げんじ》だった。

あの最後の闘いの直前。

源次は半グレ集団の切り崩しのため、夜の町を歩く白猟会の一人一人に声をかけてきた。哲司も声をかけられた一人だった。源次ともう一人の男――これが多分、小堀という男だ。二人は哲司に声をかけ、暗い路地に連れこんだ。

そこで源次は金縛りという妙な術をかけ、さらに哲司の目の前で、十円硬貨を指で折り曲げたのだ。とても人間技とは思えなかった。そして、

「わしを敵に回すな、わしの側につけ」

ドスの利《き》いた声で源次はこういい、もう一人の男が丁寧な口調で白猟会を抜けるように説得を始めた。哲司はその説得に、すぐに応じた。怖くて体中が震えていた。

源次の強さは仲間たちから聞いて知っていたが、実際の技を見るのは初めてだった。これはもう、化物としかいいようがなかった。たとえ頭数だけ多くても、こんな化物と闘って勝てるはずがなかった。哲司は最後の闘いをすっぽかして、部屋に一人で閉じこもった。

今日その二人に会えば、自分が半グレを抜けた本当の理由が冴子の言葉ではないことがわかってしまう。それだけは嫌だった。冴子に嘘をついたと知られたくなかった。冴子との縁を切りたくなかった。しかし顔を合わせれば。だが、あの暗い路地でのやりとりだ。顔などはもう忘れきっているかもしれない。が、もし覚えていれば自分の嘘は。

いくら考えても堂々巡りだった。

どうしたらいいのか。

いっそ逃げてしまえば、それとも……哲司は頭を抱えてうずくまった。

ジローの前に立って腕時計に目をやると、一時半ちょっと。

哲司はおずおずと店の扉を開け、奥の席に歩いて座りこむ。注文を取りにきた女の子に「コーヒー」と呟《つぶや》き、小さな吐息をもらして肩を落した。

コーヒーはすぐに運ばれてきて哲司の前に置かれたが、とても飲む気にはならない。本音をいえば逃げ出したい思いだったが、そんなわけにもいかない。何といっても冴子との約束なのだ。できるはずがない。

じゃあ、どうすれば……。

相手の物忘れに期待するしかない。

考えに考えたあげく、出てきた結果がこれだった。いくら元気がいいといっても相手は年寄りなのだ。記憶力は鈍いはずだ。自分の顔など、とうに忘れているに違いない。そう勝手に結論づけてここにきたのだが、内心はびくびくものだった。

十分ほど体を竦《すく》めて座っていたら、冴子が顔を見せた。「コーヒー」と厨房《ちゅうぼう》に向かって叫んでから哲司の前にきてふわっと笑い、隣の席に体を落しこんだ。

「あっ、こんにちは」と慌てて哲司は声をあげる。

「何だか暗い顔してるけど、大丈夫」

顔を覗きこんできた。

「あの、やっぱり緊張してるというか、何というか。自分、こういうの、あんまり慣れていないっすから」

何とか口に出して冴子の顔から視線をそらした。正視できなかった。間が近すぎた。

「心配することなんか、全然ないから。小堀塾の裕三《ゆうぞう》さんは落ちこぼれの子供たちの面倒を見ている人だし、化物みたいに強い源ジイも義理とか人情には厚い、純な人だから」

何でもないことのようにいった。

「それはまあ、自分も落ちこぼれですから、つくづく有難《ありがた》いことというか。何といったらいいのか、自分もその塾に通ったほうがいいような気がしてるのも、確かなことというか、どんなもんっすか、やっぱ少しは勉強したほうが」

何をいっているのか、わからなくなってきた。

「何を頓珍漢なことをいってるのよ。小堀さんの塾は小中学生が通うところだし、今日はそういうことで、きてるわけじゃないでしょ」

呆《あき》れた声を冴子が出したところで、コーヒーが運ばれてきた。

冴子はすぐにカップを手に取り、ふうふう息を吹きかけて中身をゆっくりと飲みこむ。カップをそっと皿の上に戻してから、哲司のカップに目をやり、

「コーヒー、全然減ってないんじゃないの、冷めたらまずいから、早く飲んだら」

うながすようにいった。

「はいっ、いただきます」と慌てて手を伸ばして、カップをつかむ。

ごくりと飲みこんだ。とたんに咽《む》せた。

気管支のほうに入りこんだようで、口のなかのコーヒーを吹き出しそうになったが、そんな醜態だけは――必死でこらえて全部飲みこんだら、今度は咳《せき》が止まらなくなった。

涙と鼻水もずるずる出てきて、顔も火照《ほて》ってきた。焦《あせ》りまくった。同時に悲しくなった。

「ほら、ティッシュ」

隣の冴子がティッシュを差し出した。

咳こみながら目と鼻を拭った。

冴子の右手が背中をさすり始めた。

「まったく、この子は、幼稚園児か」

笑いながら冴子の手は、背中をさすりつづけている。

正直いって嬉しかった。そして、恥ずかしかった。なるべく音を立てないように洟《はな》をなよっとかんだ。

「どうした、虫気《むしけ》の病か。虫封じの鍼《はり》でも打ってやろうか」

突然、頭の上から野太い声が聞こえた。

上目遣いになって視線を向けると、酷《ひど》い癖毛の背の低い年寄りが立っていた。あの化物のように強いジイサンだ。源次という男だ。思わず首を竦めて哲司が視線を隣に移すと、こっちは白髪混じりの髪を長く伸ばした真面目そうな年寄りだった。私塾の先生をやっている、小堀裕三という男に違いない。

「悪いな冴子さん、待たせたようで」

裕三がこういい、二人は哲司たちの前の席に腰をおろした。いつ注文したのか、すぐにコーヒーが運ばれてきて二人の前に手際《てぎわ》よく並べられる。

「ちなみに虫気というのは幼児の専売特許のような病でな、虚弱体質が主な症状なんじゃが。なあに秘孔《ツボ》に鍼を数本打てば、そんなものは立ちどころにな」

にまっと源次は笑い、太い腕を伸ばしてコーヒーカップのなかに砂糖とミルクをたっぷり入れて口に運んだ。意外と甘党らしい。理由はなかったが、ほんの少し安心した。

「源ジイのいう虫気じゃなくて、この子はコーヒーを気管支につまらせただけ——もっとも動作に子供っぽいところがあるから、鍼を打ってもらうのもいいかもしれない」

冴子は笑いながらいい、「まあ、私の弟のようなもんです」とつけ加えた。

弟という言葉がいいのか悪いのかよくわからなかったが、それでも哲司は嬉しかった。

「なるほど、弟か。昔から出来の悪い人間ほど可愛いとは、よくいうからのう。それと似たようなものかのう」

のんびりした口調でいう源次の言葉にかぶせるように、

「いずれにしても、元白猟会の人間がこの商店街のために働いてくれるというんだから、これは大いにめでたいことだと俺は思うけどな。俺たちも命を張った甲斐があったというもんじゃないか」

裕三が本当に嬉しそうにいって、コーヒーをひと口飲んだ。こちらはブラックだ。

そんな様子を哲司はおどおどしながら窺うが、まだ例の件は露見してはいない。この分なら、まず大丈夫だ。幸い咳のほうも治まってきたし。

「俺たちのあれこれは、冴子さんから聞いて大体はわかってるな」

と裕三が真直《まっす》ぐ視線を向けてきて、哲司が慌てて「はい」とうなずくと、冴子が初対面の三人をそれぞれ簡単に紹介した。

「何でも冴子さんの絶妙な一言で、白猟会を脱ける決心をしたそうだが——そういうことなら、これからは冴子さんに足を向けて寝ることはできないな、なあ哲司君」

よく通る声で裕三がいう。

「それはもう、命の恩人にも等しいような人ですから。自分、冴子さんにはすごく感謝しています」

本音を素直に口に出す哲司を源次が睨みつけるような目で見ていた。ひやりとした。下腹部の辺りが、すうっと寒くなった。思わず、膝の上に置いた両手を握りしめた。

「哲司、おめえ」

と源次がドスの利いた声を出した。呼びすてだった。

「ひょっとして、冴子さんのことが好きなのか」

こっちのほうを指摘してきた。

「何をいい出すっすか、羽生さん」

すぐに上ずった声が飛び出した。

「確かに自分は冴子さんのことが大好きっすけど、それはさっき冴子さんが自分のことを弟のようだといったように、自分も冴子さんのことを実の姉のように慕っているということで、決して色恋の好きじゃないことは確かっす。それに、そんなことは冴子さんに対して失礼すぎると思います。失礼すぎます。本当に失礼すぎると……」

一気にいって肩で大きく息をした。躊躇《ためら》っていたら、言葉が委縮してしまって出てこないような気がした。大きな吐息をもらしてみんなを見ると、呆気にとられたような表情で哲司を見ていた。

「悪い、悪かった。わしの失言じゃ。ほれ、この通り謝るからよ」

源次は頭をぺこりと下げ、

「じゃが、これだけは覚えておいてくれ。冴子さんには山城組の若頭で透さんという、イイ人がいる。そのことだけ肝に銘じておいてくれればそれでいい。それで万々歳じゃ」

ごつい顔で笑った。

その顔を見ながら哲司は納得した。山城組の若頭というのは、冴子と応接コーナーで話をしたとき、お茶を運んできた精悍な顔つきの男だ。あるいはと思ったが、やっぱりそうだった。納得はしたものの、やっぱり淋《さみ》しかった。

「大丈夫ですよ。この子は弟で私は姉――これは今日ここにきた小堀さんと源ジイが証人。妙なことにはなりっこないから、ねえ、哲ちゃん」

さらりといって冴子は顔をくしゃっと崩したが、いつもの笑顔とは少し違うような……冴子も微妙な何かを敏感に察したのかもしれない。となれば、ここはとにかく姉弟で押し通すしか術はない。哲司は普段あまり使ったことのない頭をフル回転させる。

「正直なところ、こんな姉さんが本当にいてくれたら、自分も暗すぎる人生を送ることなく、まっとうな道を歩いていけたかもしれないと思えるっす」

こんな言葉が口から出た。

「暗すぎる人生って——哲司君はどんな生い立ちを送ってきたんだ。よかったら話してくれないか」

すぐに裕三が哲司の言葉を丸ごと受けた。

これは多分、この人の優しさだ。

これで話題が変えられる。

実はと哲司はいって、小学生のころの苛めや、母親にすてられて施設から中学に通ったこと。鉄工所に就職しても頭が悪くて仕事がなかなか覚えられず、周囲から邪魔にされて半グレの道に飛びこんだことをつつみ隠さず三人に話して聞かせた。

「お母さん、帰ってこなかったんだ」

ぽつりと冴子がいった。

「いつの時代にも、どこに行っても、陰湿な苛めはついて回るというのが悲しいなあ」

呟くようにいう裕三の言葉につけ加えるように、

「ようく、わかった」

源次がうなずいて、低いがよく通る声を出した。

「おめえもこれからは、幸せにならねえとな。冴子さんが姉ちゃんなら、わしたちのことは兄ちゃんだと思えばいい。それでおめえの居場所は完璧じゃ。みんな仲間だ、遠慮はいらねえ。大威張りで、この町の一員になればいい」

この人も顔に似合わず優しいのだと、哲司は思った。しかし……。

「源ジイと小堀さんが兄ちゃんでは、おかしいでしょ。そこはやっぱり」

冴子が哲司の思いを代弁するように、待ったをかけた。

「——おじいちゃんでしょ」

話がまとまるところに落ちついた。

「すると、哲司はわしたちの孫ということになるのか——まあ、仕方がねえけどよ」

ちょっと膨《ふく》れっ面《つら》で源次がこぼす。

「じゃあ、そういうことで乾杯でもするか。コーヒーだけど」

裕三が真面目くさった顔でいうと、

「その前に、この子の面接の結果はどうなったのかを教えてもらわないと」

「合格に決まってるじゃろ」

源次の吼《ほ》えるような声に、哲司の胸がすうっと軽くなる。ばれなかった。あの件は守り通せた。有難かった。この町のために死ぬ気で頑張ろうと哲司は思った。

「よし、それなら」と裕三がコーヒーカップを持ちあげたとき、

「おい、ちょっと待て」

ふいに源次が声をあげて、哲司の顔を凝視するように見た。射抜くような目だ。哲司の全身を氷のようなものが走り抜けた。

あの件がばれた。

「おめえ、あのときの……」

といったとたん、隣の裕三が源次の脇腹を肘で突いた。

「そうだよ。源ジイが『のんべ』で白猟会の連中の席に行って、ビール瓶の首を指で吹っ飛ばしたときにいた兄ちゃんだよ」

そんな覚えはまったくなかった。

「あのとき、雲を霞《かすみ》と逃げ出した兄ちゃんの一人だよ。あまり、恥をかかせるもんじゃないよ、姉さんの前で」

首を振りながら裕三はいった。

「そうだ、そうだ、あんときの兄ちゃんだった。雲を霞と逃げ出した……」

源次が裕三の言葉に合せた。

二人して自分を、かばってくれた。

心なしか鼻の奥が熱くなった。

「ありがとうございます」

思わず二人に頭を下げた。

「乾杯――」と冴子が叫んで四つのコーヒーカップが、ぶつかった。いい音がした。が、冴子も今のやりとりからあの件を気づいたかもしれない……ふとそんな思いが胸をよぎった。ちらりと隣の冴子に目をやると顔中で笑っていた。この町にずっと住みつづけたい。哲司は心の底からそう思った。


六畳一間のアパートの電気ごたつのなかに哲司は仰向けになって体を入れ、天井を見つめている。見れば見るほど節の多い天井だったが、いつもなら腹立たしくなるその安普請《やすぶしん》も今日はまったく気にならなかった。冴子たちと会ってから三日目、哲司はゆったりとした気持で天井を眺めていた。

ジローで裕三と源次に会った帰り、冴子は哲司を誘って駅近くにある、『角打ちｂａｒ』のリフォーム工事をしている現場に連れていった。

十坪ほどの小さな店のなかに入ると、新しい木の香りが鼻に心地よかった。なかでは二人の職人が仕事をしていて、下地になる石膏《せっこう》ボードを壁に張っていた。

「どう、この店」と上機嫌でいう冴子に、

「素晴らしいです。こんなところで働けるなんて夢みたいっす」

嬉しさ丸出しで哲司は答える。

「それも、いつかはてっぺん――哲ちゃんが上に立ってこの店を盛りあげていくのよ」

「それだけはちょっと心配で。何といっても自分、頭よくないっすから」

正直、かなりの不安があった。

「だから、気配り。こうした客商売は気配りが行き届いてないと、すぐにお客は寄りつかなくなるから。だから、人の顔色を窺って生きてきた哲ちゃんには最適。誠心誠意、お客のことを考えて店を切り盛りしていけば、成功するはずだから、そんなに不安がることはないと思うわ」

冴子はさらりといって、

「じゃあ、このあとは本店である八代酒店に出向いて、経営者の初子《はつこ》さんに会って話をしてこようか」

哲司をうながして、この店から歩いて五分ほどの位置にある、八代酒店に向かった。

角打ち酒場は五時からということなので、初子とは酒店のほうで顔合せをした。

「小堀さんと源次さんがオーケイを出したんなら、私には何の文句もないよ。あの二人というか、特に小堀さんの人間の見立ては的を射ているからね」

それでも初子は哲司の上から下までを凝視するように見て、

「この兄ちゃん。ちょっと瘦せすぎのような気もするけど、あんた体力のほうは大丈夫かね」

腕をくんでいった。

「痩せていても体力だけはあるっす。これでもあっちこっち鍛えてますから」

何があっちこっちなのか、はなはだ疑問ではあるけれど、

「ふうん。あっちこっちで鍛えてるんなら、まず大丈夫だろう。それにまだ若いし」

初子も、あっさりオーケイを出した。

「ありがとうございます。死ぬ気で頑張りますから、よろしくお願いいたします」

すかさず哲司は頭を思いきり下げて、大きな声で礼をいう。このあたりが哲司の気配りの良さともいうべきところだ。

「それじゃあ、兄ちゃん。そういうことで、来週の月曜日から初歩の修業のためにうちに通ってきな。今度開店する角打ちバーに必要な最低限のノウハウを叩《たた》きこんでやるから。食材の下拵《したごしら》えから、肉や野菜をうまく焼きあげるコツなんかをきちんとよ」

初子の言葉に、これもまた調子がいいほど大きな声で哲司は「はいっ」と答える。

それから十五分ほどで哲司と冴子は八代酒店を出て、ぶらぶらと商店街を歩く。

哲司の胸は高鳴っている。大好きな冴子と二人並んで歩いているのだ。つい先日までには考えられない展開だった。

「ちょっと早いけど、夕食代りに焼そばでも食べていこうか」

という冴子の提案で二人は焼そば屋の暖簾《のれん》をくぐる。

ソースの焦げる香ばしい匂いを嗅ぎながら、哲司は冴子とビールで乾杯した。哲司に

とって、人生最大で最高の乾杯だった。ビールが腹ではなく胸に染《し》みわたり、不覚にも目頭が熱くなった。ずずっと洟をすすった。

「自分、頑張ります。本当に死ぬ気で頑張りますから。冴子さんへの恩返しのためにも」

潤んだ声で、これだけいった。

「私のためなんかじゃない、これは哲ちゃんのため。哲ちゃん自身の幸せのために死ぬ気で頑張って、まっとうな道を歩んで。今まで悲惨だった分を取り返すためにもね」

発破をかけるように冴子はいった。

「はいっ」としかいえなかった。

本当は冴子のために頑張りたかった。

冴子に喜んでもらうために頑張りたかった。

しかし、そんなことはいえるはずがない。自分はあくまでも冴子の弟分なのだ。冴子の恋人でも思い人でもなかった。でも、それでよかった。冴子と一緒にいられるだけで、哲司は充分に幸せだった。

そんなことを考えていると、ドアをノックする音が耳に響いた。白猟会がちりぢりになってからは、この部屋を訪ねてくる者もいなくなった。多分何かの勧誘だろうと立ちあがり、ゆっくりドアを開けると見知った顔が二人立っていた。

「おい、哲。久しぶりだなあ」

髪を金髪に染めた男がいった。

「とうの昔に引き払ったと思っていたが、まさかまだ、ここにいたとはなあ。あるいはと思ってきてみたら、ドンピシャだったぜ」

もう一人の鼻と瞼《まぶた》にピアスをつけた男が、ねばっこい声を出した。

金髪男の名前はサトシ、ピアスのほうはマリオと呼ばれていた。どんな漢字を当てるのか哲司は知らなかったが、二人共白猟会の仲間であり、冴子を拉致しようとしたときの残りの二人だった。

「あがるぞ」とサトシが低い声でいい、二人はどかどかと入りこんで電気ごたつのなかに足をつっこんだ。二人共、革ジャン姿だった。

「酒はあるのか」

ぼそっとした声でいうマリオに哲司が首を振ると「しけてんなあ」とサトシが声をあげて舌打ちした。

「ところで、先日妙な噂を耳にしてよ、それで確かめにきたんだけどよ」

睨《ね》めつけるような目で、サトシが哲司を見た。

「てめえと例の山城組のクソアマが、二人並んで町なかを歩いて焼そば屋に入り、飯を食ってたというんだけどよ。そんなことはねえよな、哲。何かの見間違いだよな」

ごくっと唾を飲みこんだ。胸の奥が苦しくなった。

「それは、そういうこともあったというか、何というか」

しどろもどろの口調で哲司は答えるが、あれを誰かに見られていたとは……。

「あの、誰からそんな話を聞いたのか、それを」

遠慮ぎみに哲司は声を出す。

「今、あの町には、けっこう俺たちと同類のもんが入りこんでんだよ。そういうことだから気にすんな」

サトシがへらっとした顔で答えると、

「そんなことより、そういうこともあったとは、どういうことだ。あの女には俺たち三人は酷い目にあってる。そのことをてめえ、まさかとは思うが忘れちゃあいねえだろうな」

マリオが嫌な目つきを向けてきた。

こいつは頭に血が上ると何をするかわからない男だ。すぐにナイフを振り回して平気で人を刺す。表沙汰にはなっていないが、今までに三人の体にナイフを突き立てている。三人共死には至らなかったが重傷だった。そのうちの一人は女性だった。

「忘れちゃ、いないけど……」

震え声で哲司はいった。

「なら、どういうことだ。いつのまに、あの女と仲よし小よしになったんだ」

「それは……」と口ごもっていると、マリオは革ジャンの懐に手を突っこんで何かを取り出した。大型のサバイバルナイフだ。刃渡り二十センチを超える、一突きで相手を死に至らせるものだ。そいつをマリオは哲司の顔に押しつけた。

「全部吐け。洗いざらい全部だ。嘘いいやがると、てめえのホッペタにこいつをまず刺しこんでやるからそう思え」

顔にあてたナイフの先に力をいれた。

恐怖が哲司の全身を貫いた。

こいつなら、やりかねない。

「まずは、少し捻じこんでやったらどうだ。歯みがきができねえぐらいによ」

サトシが笑いながらいった。

「そうだな、それもいいな」

マリオの目が吊《つ》りあがった。危ない兆候だった。

「待って、全部話すから、ちょっと待って」

疳《かん》高い声で哲司は叫んだ。

聞かれるままに、冴子とのあれこれを哲司は二人にすべて話した。マリオはナイフで哲司の顔を叩きながら話を聞いた。話をしている間、哲司は小便がもれそうになり、右手で股間を押えこんで話をつづけた。

ようやくナイフが顔から離れた。

哲司は恐る恐る股間から右手を離す。小便はもれていなかった。

「よかったな、ションベンがもれてなくてよ。もし、てめえの、ど汚《きた》ねえションベンが俺の体にちょっとでもかかっていたら、てめえの金玉をこいつでえぐりとるとこだったぜ」

嘲笑《あざわら》いながらマリオはいった。

「つまりは、てめえだけ角打ちバーのてっぺんになり、おまけにあの女も、モノにしようという魂胆なんだよな。そりゃあ、あんまり虫が良すぎるんじゃねえのか、哲司さんよ」

サトシが、ねちっこくいった。

「冴子さんを何とかしようなんて。自分はそんなことは爪の垢《あか》ほども思っちゃ……」

「けど、てめえ、あの女が好きなんだろう。それが爪の垢ほどもっていうのは、おかしいんじゃねえか」

サトシは息がかかるほど顔を哲司の前によせ、

「おい、哲。はっきりせえや。てめえ、あの女とやりたいのか、やりたかねえのか。そこんところをはっきりさせたれや」

怒鳴りつけた。同時にマリオのナイフの刃が、ぴたっと哲司の頬に吸いついた。その刃がゆっくりと動き始めた。

「いう。いうから待って――やりたい、やりたいに決まってるだろ。しかし、冴子さんにはさっき話したように男が――」

哲司の言葉が終らぬうちに、

「よし、決まった。そういうことだ」

サトシが重い声を出して、嫌な笑いを顔に浮べた。

「決まったって、何が……」

怯《おび》えのなかに怪訝な表情を浮べると、サトシが血走った目で哲司を見た。

「俺たちであの女をもう一度襲って、体をいただいちまうということだ」

「そんなこと駄目だ、そんなことは」

と、おろおろ声を出す哲司に、

「指図をするのは俺たちで、てめえじゃねえ。黙ってろ、ノロテツが」

サトシが威嚇するように叫んだ。

ここでも哲司はノロテツだった。

「てめえはあのクソアマに電話をして、呼び出してくれさえすればいいんだよ。そして前に計画したようにクルマに放りこんで、この部屋に連れこめば、それでよしだ。ど汚ねえ部屋だが、あの女にゃあこれぐらいがお似合いだ」

マリオが部屋をぐるりと見回した。

「ここで一晩中、あの女をオモチャにして、それをビデオで録《と》って、あの女の一生をめちゃくちゃにしてやろうという算段だ。面白えだろうが」

革ジャンの懐を、マリオはぽんぽんと叩いた。ちゃんと、ビデオを持ってきているのだ。

「ビデオって、そんなことは」と掠れた声でいう哲司に、

「録画しておけば、いろんな意味で金になるからよ。もちろん、いろんな意味で保険にもなるしな。心配するな、てめえにもオコボレで一回ぐらいはやらせてやるからよ」

サトシがまた、へらっと笑った。

「自分はそんなことは――」

「やってるとこを見れば、やりたくなるさ。もっともそれでも首を振るなら、こっちはまったくかまわねえけどよ」

「だけど、冴子さんは頭だった菱川さんが好きだった女で、そんな人に手を出したらそれこそワルの仁義に……」

哲司は白猟会の頭だった菱川の名前を出した。最後の切り札だった。

「半グレに仁義なんてものはねえよ、ノロテツが。大体あの女が素直に頭の要求に従って体を投げ出してれば、グループもつぶれることはなかったし、こんな最悪の状況にはならなかったはずだ。災いの元凶はあの女なんだ。そんな女を放っておくわけにはいかねえだろうが。頭だってそう思ってるはずだ」

サトシが屁理屈《へりくつ》をこねた。が、屁理屈がまかり通るのがワルの世界だった。

「それに頭は当分、向こう側から出てこられねえ。文句があっても、ここには届かね

え。それからな、以前から俺もあの女とは、やりたくてやりたくてしょうがなくってよ。いい女だからよ、あのアマはよ。あの女を攫《さら》って頭に差し出せば、一回ぐらいはオコボレでと考えてたんだが、あのザマだ。それが何とも頭から離れなくてよ」

本音じみたことをサトシがいった。

「とにかく、あの女を呼び出せ。それがてめえの役目だ」

唐突すぎるほどのかんじで、マリオがいった。目が据《すわ》っていた。

「あと二時間もすれば暗くなる。てめえたちが仲よく焼そばを食らった店にでも呼び出せば、あとは待伏せした俺たちで処置をして車に放りこみ、この部屋に連れこむ……そういう段取りだから、あの女のケータイに今すぐ電話を入れろ。火急の用事ができたからとか何とかうまく言葉を並べてよ」

「俺たちで処置するって、そんなことは……冴子さんはけっこう強いし、また前の二の舞いになるんじゃ」

そうなのだ。冴子は強いのだ。以前も二人は、簡単にその場に失神させられている。

「そんなことは百も承知だ。だから今回俺たちはこんな物を持ってきた」

笑みを浮べながら、サトシは革ジャンの懐に手を入れて何かをつかみ出した。シェーバーを大きくしたような何かの機械……。

「スタンガンだよ。あの女がいくら強くても、こいつを押しあてればそれでおしまいだ。いくら何でも、押しあてるぐれえの隙はあるだろうからよ」

　スタンガンのスイッチを入れた。

　先端が弾《はじ》けて火花のようなものが点滅してパチパチと音を立てた。これは駄目だ。こんなものを押しあてられたら、いくら冴子でも抵抗などは——。

　哲司は胸の奥で絶望的な声をあげた。

「あの、冴子さんは今留守のはずで。確か東北のほうにお祭りがあって、そこで屋台を組んで商売をしているはずで」

　こんな言葉が、とっさに飛び出した。むろん嘘だった。

「そうか、あの女は今、東北か。そういうことなら仕方がねえな。なるほどな」

　まさかとは思ったが、マリオがすんなり哲司の言葉を認めた。が、つづきがあった。

「嘘だな、ノロテツ。まあ嘘でもいい。今日はてめえの顔を立てて決行は中止にしてやる——決行は明日だ。わかってるな、ノロテツ。今回てめえの顔を立てたということは、明日は何があろうと従ってもらうということだ。もし明日、てめえが拒否したり裏切ったりしたら、そのときはその右手の指を……」

　じろりと睨んだ。

「そうだな。てめえには、先だっての闘いのときの敵前逃亡の前科もあるから、一本じゃなくて三本ほどつめてもらうことにするか。といっても俺がこのナイフで一本ずつ切り落してやるから心配はいらねえ。顔を立てるということはそういうことだ」

これもワルの屁理屈だったが、マリオのいう通りでもあった。

「じゃあ、帰るとするか。明日の同じころまたくるから、腹を括《くく》っておけ。ノロテツ」

二人は同時に立ちあがった。

そして部屋を出る間際《まぎわ》に、サトシがこんな捨《す》て台詞《ぜりふ》を残していった。

「もしてめえが裏切ったとしても、俺たちは何も困らねえ。決行を日延べしていくだけのことで支障は何もねえ。てめえが指を三本失《な》くすだけのことでよ」

一人残された哲司は、頭を抱えてうずくまった。


次の日の午後、哲司は居ても立ってもいられない不安感にかられ、ふらりと部屋を出てジローに行った。先日冴子と隣合せで座った席に腰をおろし、ぼんやりとコーヒーをすすった。あれから、何かいい方法はないかと頭を絞ってみたが無理だった。

冴子や源次に正直に話せば、サトシとマリオはぼこぼこにされるだろうが、それだけのことで何も状況は変らない。決行を日延べするだけと、はっきりサトシは口にした。そういうことなのだ。決行を延ばして、好機の訪れるのを待ち、あのスタンガンを冴子の隙を見て使えば――打つ手はまったくなかった。それに自分のこの手。

マリオは執念深い性質だ。

やるといったら、おそらくやる。

哲司は右手を広げて、じっと見る。

背中にすっと悪寒《おかん》が走った。

ぶるっと体を震わせて、視線を店の隅に向けると見知った顔がいた。名前は知らないが、あれはどこかの半グレの一人だ。その半グレが、やたら皺《しわ》の多い年齢不詳の男と話をしていた。

あの半グレが自分と冴子の姿を見て、サトシたちに話した……おそらくそうだ。しかし、この二人はここで何を――サトシは自分たちと同類の人間がこの町には入りこんでいるといっていたが、いったい何のためなのか、見当もつかなかった。だが、今はそんなことを考えている余裕はなかった。

哲司が視線を元に戻そうとしたとき、皺だらけの男がこちらを見た。何だかわからないが体中が寒くなるのを覚えた。

源次と同じ種類の人間。そんな気がした。

何がどうなのかはわからなかったが、危険すぎる人間のように思えた。そのとき哲司の頭に唐突にある考えが浮んだ。サトシとマリオの件を警察に持ちこんだら……が、すぐに哲司は頭を振る。サトシとマリオは、まだ何もしていない。憶測だけでは警察は動かない。事件が起きなければ、やつらは動かない。

ふっと吐息をもらして皺だらけの男のほうに再度視線を向けると、男はまだ哲司のほうを見ていた。半グレ男のほうが立ちあがる気配を見せた。こちらに声をかけようとする様子のようだ。

長居は無用と、哲司はさっと立ちあがってレジ台のほうに向かった。素早く金を払って店を出た。部屋に戻って電気ごたつに入り、何かいい考えはないかとさらに頭を絞るが、何も浮ばなかった。焦った。

じりじりと時間は過ぎる。

そろそろ二人がくるころだ。

あとは頼むだけだった。誠心誠意、頭を畳にこすりつけて哀願するしか術はなかった。たとえ、三本の指を切り落されたとしてもだ。そして……恐怖で小便がもれそうになったが、哲司は腹を括った。

ドアが叩かれて、ノブが回される音が聞こえた。二人がきたのだ。ドアに鍵はかかっていない。ドアが開いて、二人が乗りこんできた。

二人はこたつのなかに足を突っこみ、哲司の顔を睨みつけた。

「腹は括ったか、ノロテツ」

低い声でマリオがいい、哲司はそれにわずかにうなずく。

「そりゃあ、てめえにしたら上出来だ。なら、まずケータイをここに出せ」

サトシが目顔でこたつの天板を差した。

哲司はポケットからケータイを出し、素直に天板の上にのせた。

「いやに素直じゃねえか、今日は。なら、さっさとあの女に電話をしろ」

サトシの言葉が終らないうちに、哲司はこたつから飛び出て頭を畳にこすりつけた。

「お願いします。どうか冴子さんを襲うのはやめてください。諦めてください。その代り自分の……」

右手を伸ばして畳の上に張りつけた。

「三本の指は切ってもらってもいいです。それに免じて、冴子さんだけは」

泣き出しそうな声をあげた。

「ほうっ、そういうことか。なら三本の指は切ることにしようか。けどよ、冴子は諦めねえからな。今日はやめにしても仕切り直して、後日目的は果たさせてもらうぜ」

嘲笑いながらサトシがいった。

「だから、指の代りに冴子さんだけは」

哲司は声を絞り出す。

「てめえはやっぱり、ノロテツだな。だから今日は免じてやるっていってるじゃねえか」

サトシは低い声でいってから、マリオに目配せをした。

マリオが懐から、大型のサバイバルナイフを抜いた。

「なら遠慮なく落させてもらうか。ノロテツがどんな声で泣き出すか楽しみだな。並大抵の痛さじゃねえぞ」

声を頭の上で聞きながら、がばっと哲司は体を起こした。あと方法はひとつだけ。たったひとつだけだ。

「お前らの気持はすべて、わかった。お前らは外道だ。生きていてもしようがない、ケダモノだ」

立ちあがって、ズボンの後ろポケットに手を入れた。

抜き出したのは、半グレをやめてからも肌身離さず持ち歩いていた小型のナイフだ。

マリオのサバイバルナイフに較《くら》べたら、刃先は極端に短かったが。

「あっ、てめえ」

二人の顔に緊張が走った。電気ごたつを撥《は》ねあげて立ちあがった。

サトシも懐からナイフを抜いた。こっちも大型のサバイバルナイフだ。

「お前ら二人を殺せば、冴子さんは助かる。自分は死んでも冴子さんを守る。自分は冴子さんが大好きだから、大好きだから……」

吼えるようにいってから、哲司はさっと二人の前に出てナイフを構える。

「ほざけ、馬鹿野郎が。そんなちっぽけなナイフで何ができる」

マリオがサトシに目配せをした。

さらに一歩前に出る哲司に、二人は両脇から襲いかかった。哲司は動かなかった。両手を上にあげた格好で、サトシとマリオのナイフを受け入れた。

大型ナイフが哲司の両脇に、深々と突き刺さった。埋まった。痛みか熱さかわからない衝撃が哲司を襲った。その場に倒れこんだ。しかし、これで冴子は助かるはずだった。自分が死ねば警察が動く。サトシとマリオは逮捕されて塀のなかだ。へたすると、余罪も併せて無期懲役だ。冴子は安泰だ――これが哲司の考えた最後の手段だった。

「おい、まずいぞ」

サトシが怒鳴った。

「バックレよう」

これはマリオだ。

二人が部屋を飛び出していくのがわかった。大型ナイフはまだ、哲司の体に突き刺さっている。畳は血だらけだ。意識がどんどん遠のいていく。

哲司の脳裏に冴子の顔が浮んだ。

冴子は笑いながら、咽せている哲司の背中をさすってくれた。あれは嬉しかった。生涯でいちばん嬉しかった出来事だった。

「冴子、さん……」

哲司は口に出して冴子の名前を呼んだ。

むしょうに冴子の明るい声が聞きたくなった。そうだ、ケータイだ。

こたつの上にあったケータイは撥《は》ね飛《と》ばされて、二メートルほど向こうの畳の上に転がっていた。

哲司は這《は》った。

ケータイに向かって芋虫のように這った。

少しずつ、少しずつ。

冴子の明るい声が聞きたい。

冴子の声が。

ようやく右手がケータイをつかんだ。

握ったとたんに意識が遠のいた。

真暗だった。

『卒　業』

どことなく気分も清々《すがすが》しい。

松飾りも取れ、商店街はいつも通りの様子に戻りつつあるが、辺りにはまだ正月気分が満ちている。

『のんべ』の暖簾《のれん》をくぐると約束の八時前だというのに、奥の小あがりには、いつものメンバーが勢揃《せいぞろ》いしていた。

「早いな、みんな」

上がりこむ裕三《ゆうぞう》が顔を崩すと、

「みんな正月気分でウハウハしているというか、行く所がないというか——要するにみんなヒマ人なんですよ」

　上機嫌で川辺《かわべ》が口を開いた。

『独り身会』の集まりは、この店と駅裏のおでん屋の『志の田《しだ》』で交互にやると正式に決まってから川辺の機嫌はすこぶるいい。もっとも恋敵の件を除いての話ではあるが。

テーブルの上にはすでに思い思いの料理が置かれ、ビールとウーロン茶の瓶も並んでいた。新年早々のせいなのか、店内の客は六分ほどの入りだ。

「それじゃあまあ、新年会で新しい年のための乾杯はすんでいるが、それはそれとしてまずは――」

　洞口《ほらぐち》の音頭《おんど》で乾杯する。

「ところで、頓挫していた角打ちバーの件が何とか落着して、ほっとしたよ。こんな身近に、あんな人材がいたとは、まったく灯台下暗しというのはこういうことをいうんだろうな」

　ぼそりという洞口に、すぐに川辺が口を開いた。

「あのブラジル人の若者たちなら、去年の歌声喫茶で料理の腕が確かなのはわかっていますし――それに彼らは海兵隊事件で源ジイに危ないところを助けられて自分たちの先生のように慕っていますから、こちらのいうことも素直に聞くでしょうし。まさに万々歳といったところです」

　川辺のいう海兵隊事件とは――去年の秋、八代《やしろ》酒店の角打ち酒場で屈強なアメリカの兵隊たちといざこざを起こして、あわや命のやり取りということになった日系ブラジル人の若者たちを源次《げんじ》が救った出来事だった。

「確かにあいつらが、店を引き受けてくれて事無きを得たが、それにしても哲司《てつじ》君は」

思わず裕三は重い声を出す。

「だが警察の話では、哲司は体を張って冴子《さえこ》さんを守ったということだからよ。わしにいわせれば、あいつは男のなかの男――」

ひとくちビールを飲んでから野太い声で源次ははっきりいい、

「それに山城組《やましろぐみ》より先に、警察があの二人を逮捕してくれてわしは、心底ほっとしているよ。あの件で冴子さんは怒り心頭に発していたから、もし先に山城組が見つけていたら、とんでもないことにもな」

絞り出すような声を出した。

「とんでもないことって何よ、源ジイ」

串カツを頬張りながら、きょとんとした顔を桐子《きりこ》が源次に向けた。

「それは、まあ、何といったらいいかじゃが……」

「哲司君の話はもうよそう。言葉にすればするほど胸がつまる。とにかく彼が体を張ったおかげで、冴子さんは無傷だったんだから」

と裕三が話を締《し》め括《くく》ったところで、源次が斜め前を目顔で指した。

裕三がそちらに目をやると見知った男の顔が目に入った。あの皺《しわ》だらけの不気味な男の横顔だ。男は三合瓶を傍《かたわ》らに置いてコップ酒を飲んでいた。

「いつからだ」と裕三は小声で源次に訊《き》く。

「裕さんがくる少し前に店に入ってきて、あの場所に座りこんだ」

すると目当ては源次――そうとしか考えられなかった。

「ところで、『走れメロス』のパン屋さんはどうよ。はやってるっていう話は聞いてるけど」

桐子が能天気な声をあげた。今度は焼き鳥を手にしている。

「はやってはいますが、時折り妙な連中が店にきているという噂《うわさ》を耳にしましたよ」

すぐに川辺が声をあげる。

「あの野郎、まだ妙な連中とつきあっているのか。もう少ししたら、すべてを話すといっていたが――ところで川辺。今夜はお前、やけによく喋《しゃべ》るな」

源次がじろりと川辺を見る。

「あっ、何といったらいいのか。近頃、里美《さとみ》さんの店にあの男が顔を見せなくなって、それでまあ、その」

川辺の耳のつけ根が赤くなっていた。

「あの男ってのは、おめえの恋敵だとかいう椎名《しいな》という男か。現金なやつじゃの、まったくおめえってやつはよ」

源次の呆《あき》れた声を追いやるように、

「妙な連中か。そろそろ、丈文《たけふみ》君からも詳しい話を聞かせてもらわないと……」

裕三は独り言のようにいいながら、ちらりと斜め前の皺だらけの男の横顔に目を走らせる。ひょっとしたら、この男もそれに関わりがあるのでは。そんな思いが胸をよぎった。

「まあ、その件は俺のほうで調査をして、みんなに報告するから、それまで待っていてほしい。なあ、源ジイ」

妙な連中がらみということになれば、当然源次の出番になる。裕三は首を振る源次にうなずき返してから、

「実は今日、鈴蘭《すずらん》シネマの中居《なかい》さんから俺に電話があって、その報告がてら俺はここにきたんだが」

みんなの顔を見回してから、コップのビールを一気に飲みほした。

「中居さんから電話って――また入りが悪くなったのか、あの小屋は」

心配げな声を洞口があげる。

「いや、年末年始の興行は翔太《しょうた》君が選んだ寅《とら》さんシリーズで、まあまあの入りだったそうで助かったと中居さんはいっていた」

とたんに、それまで黙って枝豆を食べていた翔太が恥ずかしそうな表情を見せた。

「興行のほうはそんな訳で、まだまだ大丈夫だといっていたけど、近頃立てつづけに妙な手紙が届いて、それで相談したいというのが電話の主旨だった」

「妙な手紙って、何よ」と桐子が興味津々《きょうみしんしん》の声をあげた。

「言葉ではなかなか説明しづらいということで、それは会ってから現物を見せて話をするそうだ。それで、翔太君と二人で一度きてもらいたいということだった」

「僕がですか……」

翔太が今日初めて口を開いた。

「中居さんは、そういっていた」

「それなら、私も行く」

裕三の言葉が終らないうちに、桐子が勢いよく右手をあげた。

「翔太にこいっていうんなら、それはきっと去年の鈴の湯の恋文事件のような話に違いないじゃん。それなら女の私も行かないと。それで決まりっ」

満足げにうなずいている。

「まあ、それはそれとして、中居さんが翔太君をご指名なら、そうしないとな。どうだ、翔太君は、明日あたり」

「はあっ、僕でよければ、どこへでも行きますけど」

と翔太がうなずいて、明日鈴蘭シネマへ出かけることになった。

そのとき、源次の体に力が入るのがわかった。例の皺だらけの男のほうに視線を向けると、首を回して源次を見ていた。

睨《にら》み合《あ》いだ。

数瞬の後、源次がふらりと立ちあがった。

草履をつっかけて男の席に向かって歩いた。男の異様な雰囲気のためなのか、周りの席に座っている客は一人もいない。源次が男の前のイスにすっと腰をおろした。

「得物《えもの》は……」

いきなり源次がいった。

「来国次《らいくにつぐ》――磨上《すりあ》げで尺三寸」

何でもないように男は答える。

「正宗十哲《まさむねじってつ》か、名刀だの」

「羽生《はぶ》殿の太い首でも、一太刀でな」

ちゃんと名前を知っている。

「流派は……」

源次はあくまでも真顔で訊《たず》ねる。

「冨田《とだ》流」

「なるほど小太刀か、じゃから磨上げか」

納得したように源次はうなずく。

冨田流は越前《えちぜん》福井の中条《ちゅうじょう》流から出た流派で、初代宗家は冨田九郎左衛門長家《くろうざえもんながいえ》――世に小太刀の名人として名高い冨田勢源《せいげん》は、この長家の孫にあたる。

勢源は眼病のために盲目同然だったと伝えられるが、美濃《みの》国で試合を挑まれた際、三尺五寸の得物を振るう兵法者を前に自身は二尺ほどの薪を手にして迎え撃ち、一瞬のうちに打ち殺したといわれる。

この冨田流を学んだ兵法者のなかに関門海峡に浮ぶ船島で新免武蔵《しんめんむさし》と対決した、巌流《がんりゅう》佐々木小次郎《ささきこじろう》がいるが、小次郎の得物は物干竿《ものほしざお》と呼ばれた四尺近い長刀、小太刀とは、ほど遠いものだった。これは師の打太刀《うちだち》を務めていた小次郎がそれを受けきれず、そのため段々に自身の刀身を長くしていった……とも伝えられている。

「お主の流儀は鬼一法眼《きいちほうげん》殿の京八《きょうはち》流とか——これはまた珍しい流儀。なかなかに楽しいものとなりそうだの」

この男やはり、源次と闘うつもりらしい。

「あんたの名前は……」

低い声で源次がいった。

「芹沢重信《せりざわじゅうしん》——見知りおきを」

いうなり男はふらりと立ちあがり、時代劇めいた二人の会話は終ったように見えたが、ふいに「手土産代り」と男は呟《つぶや》き、上衣の懐《ふところ》に右手を入れた。

瞬間、何かが一閃《いっせん》した。

軽やかな音が響いた。

抜いた来国次を男が懐に戻した。

そのとき傍らの三合瓶の首がゆっくりと動いて、ことりと落ちた。

「ぐえっ……」

言葉にならない声を源次があげた。

男は瓶の首を斬り落したのである。

折ったのではなく斬ったのだ。

まさに神技ともいえる技だった。

「ごめん」と短く呟いて男は源次の前を離れた。

源次は自失の表情で瓶の斬り口を眺めている。

「わしの負けやも……」

絞り出すような声が聞こえた。


三時過ぎ。

裕三は『ジロー』の奥の席でコーヒーを前に翔太と向かい合っている。翔太の隣には桐子、やっぱりついてきたのだ。

「源次さん、大丈夫でしょうか。あんな男と闘うことになったら」

暗い面持ちで翔太はいって、ここへきてから三度目の重い吐息をもらした。

「源ジイのことだから、大丈夫だとは思うが、しかし……」

そういって裕三は口をつぐんだ。

昨夜、男の席から戻った源次はしばらく無言で座っていたが、

「あの男は瓶の首を刀で斬った。わしも瓶の首ぐらいなら、指を叩《たた》きつければ折ることはできる。だが硬い物を瓶に叩きつければ、そんなことは当たり前のことで何の不思議もない――あの男は折るのでも割るのでもなく、瓶の首を斬り落したのだ。わしにはできん。いくらわしが刀を握ったとしても、瓶の首を斬ることは無理だ……」

一気にこれだけいって、その後は黙りこんでほとんど口を開かなくなった。

「大体僕には、あの男が刀を一閃させたところが見えなかった。注視していたつもりだったけど、何かが一閃したと思ったら、もうすでに刀は男の懐に戻っていた。小堀《こぼり》さんにはあの男の太刀筋《たちすじ》が見えましたか」

源次の影響なのか、翔太は太刀筋という昔っぽい言葉を口から出した。

「俺にも何かが光ったのが見えただけで、他には何も見えなかった」

「そうなんです。疾《はや》すぎるんです、あの男の太刀筋は。そして絶妙すぎるんです、あの男の技は……それに、あの男は源次さんと闘っても勝つつもりの自信満々の口調でした」

翔太は本気で源次を心配しているようだ。

「そうかもしれんが」

裕三は硬い口調でいい、

「源ジイはあの男のような正統な武術者とは違う。源ジイは忍者だ。敵の目を欺き、奇策を用いて勝ちを自分のものにする、異端の術者だ。俺にはそのあたりに勝機があるように感じられるんだが」

力強く口にして大きくうなずいた。が、これは裕三の本心ではなかった。源次のあの落ちこみようを見て、あるいは——そんな危惧があるのも確かだった。

「あのねえ」と、ふいに桐子が声をあげた。

「源ジイが負けるわけないじゃん。源ジイは今までずっと勝ちつづけてきたんだよ。そんな勝ちぐせのついた源ジイが負けるなんてことは絶対ない。源ジイが負けるのは発作が起きたときだけで、あれさえ起きなければ無敵のおっさん、無敵のトーマス」

訳のわからない一言を加えてから大きく深呼吸をして、

「それ以外に、もし源ジイが負けるとしたら。それは源ジイの時代が終ることを意味する。だけど私の見たところ、源ジイの時代はまだまだつづく。歴史というものは、そういうものなんだよ、頭の固い翔太クン。翔太はまだまだ物事の本質の部分をわかっちゃいない。思考が単純すぎる。見える部分にしか反応しない。歴史の歯車とは勢いなんだ。その勢いがある限り、源ジイの時代は安泰。私がいうんだから間違いない。信じる者は救われる。何たって神様は翔太のすぐそばにいるんだからね」

　さらに訳のわからないことをいい、桐子は大仕事を終えたあとのように薄い胸を得意げに張って鷹揚《おうよう》に何度もうなずいた。

「そうだ、桐ちゃんのいうことにも確かに一理はある。そういうことだから、あまり心配をするな、翔太君」

　正直いって桐子のいってることはチンプンカンプンだったが、ここは大筋で肯定しておいたほうがいい気がして、裕三も大きくうなずきを繰り返す。

「そういうもんなんでしょうか」

　と、ぼそっという翔太に、

「そういうもんだよ、翔太クン」

　嬉《うれ》しそうに桐子は笑った。

　それから三十分ほどあと。

　裕三たちは鈴蘭シネマの事務所の応接コーナーで、中居と向き合っていた。

「それで、その妙な手紙というのは……」

　裕三が切り出すと、すぐ脇の机の引出しのなかから中居は三通の封書を取り出し、そのなかの一通を抜き出してテーブルの上に置いた。

「読んでください。それがいちばん新しい手紙です」

中居の言葉に裕三は、すぐに手紙を取り出して黙読をする。

「再三のお便り、まことに申しわけありません。私の自分勝手な申し入れに、あるいはお怒りを覚えていらっしゃるかもしれませんが、何とぞ孤独な一人の女の頼みとして、この件を承諾していただければ、このうえない幸せです。

二十五年前のあの日——成人式映画週間で上演されて、私の胸を揺さぶった作品。主演はダスティン・ホフマンとキャサリン・ロス、監督はマイク・ニコルズ——あのとき、リバイバル上演された、『卒業』の映画が私の胸をつかんで、いまだに心のなかから離れません。というのも、これも以前に書きましたが、あの日私は結婚式を一週間後に控え、マリッジブルーの真只中《まっただなか》におり気持は重く沈みこんでいました。そんなとき、ちょうど婚約者との夕食の帰りでしたが……ふさぎこんだ気持のまま何気なくふらりと一人で入って観《み》た、この卒業という映画の衝撃——。

特にダスティン・ホフマンがキャサリン・ロスの結婚式場に乗りこみ、二人で逃げる最後のシーン。あれには言葉を失いました。そして、ひょっとしたら私も誰かが結婚式場から連れ出してくれるのでは……そんな妄想ともいえる気持を胸に抱いて、二人がバスに乗りこんで去っていくラストシーンを息をこらして見ていました。私の顔は流れ出る涙でべたべたでした。

そして映画は終り、観客の人は次々に席を立っていきましたが、私は体が震えてなかなか、その場から立ちあがることができませんでした――ふと気がつくと私は館内に、ただ一人。いえ、何がどうなのかはわかりませんが、ちょうど隣の席に男の人が一人いて、まるで私に寄りそうようにして、じっと座っているのがわかりました。

「あなたの涙を見ていたら、立つことができなくなりました」

その人は私にこういい、それから私たちはそのまま三十分ほど話をしつづけ、そのとき私はこの人とある約束をしました。その約束を守るためにも、あのときと同じ日、同じ時間にあの『卒業』を再度リバイバル上映していただきたいのです。

勝手なお願いなのは重々わかっております。けれど何とぞ、この思いを叶《かな》えていただきたく、伏してお願いする次第でございます」

便箋の末尾には、松村康子《まつむらやすこ》という名前と住所、それに電話番号が書かれてあった。

裕三は残りの二通の手紙にも目を通したが最初に読んだ手紙とほとんど差異はなく、この三通目の手紙がいちばん要領を得ていた。

「この映画を小屋にかけるかどうかというのが、今回の中居さんの相談なんですね」

裕三は念を押すようにいい、遠くを見るような表情を中居に向けた。

「卒業の映画は……あれは確か一九六〇年代の後半でしたか」

「正確にいうと一九六七年です。もちろん日本の公開はそれから少しあとでしたが、私はリアルタイムでこの映画を観ています。小堀さんはいかがですか」

こちらも遠くを見るような目をしている。

「私もリアルタイムで観ています。確か高校生のときだと思います。あれはいろいろな意味で衝撃的な映画でした」

裕三はそういってから「翔太君は」といって隣を見た。すると、翔太がすぐに歌を口ずさみ始めた。

Hello darkness, my old friend
I've come to talk with you again
Because a vision softly creeping
Left its seeds while I was sleeping
And the vision that was planted in my brain
Still remains
Within the sound of silence

「もちろん映画は観ています。三年ほど前にＤＶＤでしたけど……映画も好きでしたけど、サイモンとガーファンクルの歌う、この『サウンド・オブ・サイレンス』という曲が僕は大好きで。あれはまさに、昭和のアメリカンポップスの名曲です」

口ずさみをやめた翔太は、幾分恥ずかしそうにいった。

「そうだな。確かにこの曲は名曲だな。直訳だけど、沈黙の音というのもいいな」

裕三の言葉に中居と翔太が同時に何度もうなずく。

ここで桐子がキレた。まくしたてるようにいった。

「それって、どうよ。私は卒業という映画も観てないし、サウンドオジサンがどうとかという曲も知らないし、そんな私を置きざりにしておっさんたちの世界に、みんなで浸りきるって、いったい。これでも私は日本中の女性代表として今日はここにきてるんだから、それをほったらかしにするっていうのは、人間としてどうよって、いいたくなるじゃんね。歌はともかく、映画の粗筋ぐらいは話してくれるのが、ちゃんとした大人の礼儀だと思うんだけどね」

「それは、まったくまことにその通りといいますか、ええと、日本代表のお嬢さん」

中居は桐子の名前を忘れたらしく、お嬢さんという言葉でごまかした。が、その言葉に気をよくしたのか、桐子が嬉しそうに微笑《ほほえ》んだ。見たこともない、よそ行きの顔で。

「ざっくりと説明しますと。主人公は大学を卒業したての若者で、この彼が今後の進路に悩んでいるときに一人の人妻と出逢《であ》い、深い関係に陥ってしまいます。しかしそのあと彼は、ふとしたことから理想の若い女性と知り合い、互いに好意を抱くようになるんですが、実はその若い女性は不倫関係に陥った人妻の娘さんだったという……」

ふっと吐息をもらす中居に、

「最低っ」

吐き出すように桐子がいった。

「まさに最低の結果になってしまい、若い男女は別れることに。しかし、主人公の若者はその女性が忘れられなくて二人は再び燃えあがることになりますが時すでに遅く、その女性には婚約者がいて二人は結婚式を挙げることになります」

「最悪っ」とまた桐子が叫んだ。

「そこでクライマックスの教会での結婚式のシーンになり、そこへ主人公の若者が乗りこんで、誓いのキスをしている花嫁の前に飛びこみ、二人は手に手を取って教会を抜け出し、通りかかったバスに乗りこんで去っていくといった——」

と中居が話を締め括ろうとしたとき、

「最高っ」と桐子が怒鳴った。

心なしか両目が潤んでいるようにも。

「私は話しべたなので、こんな乱暴な粗筋しか話せなくて申しわけないんですが……」

と、いかにも申しわけなさそうにいう中居に向かって、

「大丈夫だよ、オジサン。私は男と女の問題にかけては想像力が豊かだから、あれで充分だよ。骨の髄まで、よくわかったよ」

一人で納得している。

「最低、最悪ってつづいて嫌になったところで、最後は万歳三唱を叫びたくなるほど最高の青春物語。これで私の心も晴れ晴れとして、いうことなんてないじゃんね」

上機嫌でいう桐子に、

「いや桐ちゃん。この映画はそんな単純なものじゃなく、母と娘の問題、それで壊れる家族の問題、そしていちばん考えさせるのは、はたしてあのあと、あの二人は幸せになれるだろうかという問題――」

翔太が噛《か》んで含めるようにいう。

「そんなこと、なれるに決まってるじゃん。好き同士が一緒になって、不幸になるはずがないだろ。それで不幸になったら、神様に申しわけが立たないじゃんね」

単純明快に桐子は答えた。

「いや、事はそんなに簡単なものじゃ……」

「じゃあ、翔太はどうなるって思ってるのよ」

桐子は唇を尖《とが》らせる。

「なろうと思えば幸せにはなれるけど、そこに少しでも疑問符がくっつけば」

諭すような口調でいうと、

「なろうと思えば幸せになれるんなら、私の意見とほぼ同じじゃない、文句のつけようなんかないじゃない。まったくあんたは、理屈っぽいんだから」

こくんとうなずいて、じろりと翔太を睨《にら》んだ。

「いや、それは桐ちゃん」と翔太が次の言葉を出そうとしたとき、

「まあ、幸せ談議はそれぐらいにして――桐ちゃんの意見にも一理はあるし」

裕三は翔太の口を封じた。

好き同士が一緒になって不幸になるはずがない――桐子はこういい切った。ひょっとしたら世の中の女性の多くは、ややこしい理屈や感情は抜きにして桐子のいうことに賛同するのでは。心の奥底でそう感じたことも確かだった。

「映画の幸せ談議もいいが、このあたりで本筋のこの手紙の件に移ろうじゃないか」

裕三はこほんとひとつ空咳《からせき》をして、えらく真面目な口調でいった。

「中居さんにお訊きしたいんですが、この手紙に書いてある二十五年前に卒業の映画を鈴蘭シネマで上映したのは事実ですか。それをまずお訊きしたいんですが」

「事実です。当時は成人式が一月十五日に行われていましたから、それに合せて『祝・成人式映画週間』と銘打った催しを実行し、その際に上映した映画が卒業でした。ちょうど二十五年前のことで、今は邦画一本槍《いっぽんやり》ですが当時は洋画も上映していましたから」

即座に中居は答えた。

「するとあとは、この映画を観たあと、この手紙に書かれているように男女二人が館内に残って何らかの話をし、何らかの約束を交したのが事実かどうかということになりますが、それを中居さんに確かめても酷なことでしょうね」

「いえ、それも事実です」

困惑の表情で訊く裕三に、中居ははっきりした口調で答えた。

「あれは夜の八時頃から始まる、最終の映画上映でした。それで、お客さんが帰ったあと、そろそろ掃除をと客席を窺《うかが》うと、二人の男女が残って何か話をしているのが目に入ったのをはっきり覚えています。これは若い恋人たちが映画の余韻に酔いしれているのではと、何となく嬉しい気分になり、灯《あか》りを少し落して私はそこを離れて事務所に引っこみ、三十分ほどして再び館内に戻りましたが、そのときはもう若い二人はいなくなっていました」

すらすらと口にする中居に、裕三は念を押すように訊いた。

「すると、この手紙に書いてあることはすべて事実だと――ということは、中居さんの心づもりは、卒業の映画を上映しようということに決まっていると」

「いえ、したいとは思っていますが、まだ心に引っかかることが少しあって、それをみなさんに相談しようと、わざわざきてもらったわけです」

申しわけなさそうにいった。

「心に引っかかることというのは、いったいどんな」

「あのあと二人は綺麗《きれい》に別れたのか、それとも……そして約束を交したと書いてあるが、その約束とはいったい何だったのか。この二点が引っかかって」

低い声で中居はいった。

「つまり、こういうことですか。あのあと意気投合した若い二人はどこかにしけこんで、一夜の恋を楽しんだのではないか――そういうことですね」

「その通りです。もしそうであれば、私の心のなかの大切な部分が消し飛んでしまいます。せっかくのいい気分が……あの映画には、思いを寄せる女性の母親との不倫関係が描かれています。もしそれがなければ、あるいは一夜の恋も許せるかもしれませんが……現にあの映画には不倫関係が――」

中居はちょっと唇を湿し、顔を歪《ゆが》めて苦しそうに後をつづける。

「それを観て、なおも一夜の恋ということになると、私の許せる範疇《はんちゅう》からは、はみ出してしまいます。卒業という映画に対しての冒瀆《ぼうとく》ということになり、到底リバイバル上映をする気にはなりません。有り体にいえばそういうことなんです、ですから」

この人は根っからの映画好きで、ロマンチストなのだ。中居の微妙すぎるほどの話を聞きながら、裕三はこう思った。だから中居は翔太を呼んだのだ。

「この件をどう思う、翔太君は」

裕三はすぐに翔太に意見を求めた。

「文面から推測すると、この女性もかなりのロマンチストのような気がします。妄想癖があったとしても、そしてマリッジブルーに染まっていたとしても、そんな大胆なことをする女性とは思えません」

翔太はしっかりした口調でいってから、

「もしそんなことがあったなら、卒業という映画は単なる小道具になってしまい、重点はその一夜の行為のほうに移行して映画などは、どうでもいいことになるはず。でもこの女性はあくまでも映画に固執しています。この映画を大切にしています。ですから、そんなことはなかったと……思いこみの重さの違いがそれを如実《にょじつ》に物語っています」

はっきりと翔太はいい切った。

「それに」と今度は桐子が口を開いた。

「女の頭で考えるんなら――もしそんなことがあったとしたら、二十五年振りに同じ映画を上映してほしいなんて要求は出さない。そんなことがあって、こんな大袈裟《おおげさ》な要求を出せばすべてが茶番、すべてが学芸会のようになってしまって、せっかくの思い出がぶち壊れてしまう。もしそんなことがあったら、女はそれを大事に大事に胸の奥に秘めて、ちびちびと楽しむに決まっている。それが女の本性で、こんな大袈裟な催しにはくっつけません、以上」

桐子にしたら、まっとうな意見を述べた。

中居の表情が柔らかくなっていた。

「それを聞いて安心しました。私はこの手紙を読んでから、何とか実現させてやりたいとずっと思っていました。しかし、今の疑問が胸の奥に引っかかって、なかなか踏ん切りがつきませんでした。これですっきりしました。私の腹も決まりました」

中居はこういって、翔太と桐子に深々と頭を下げた。

「実をいいますと、すでに映画の発注はすませてあるんです、仮ではありますが。すぐに発注しても期日通りに届くとは限りませんから。十五日までに、あとそれほど日数はありませんからね。ところで……」

中居は裕三たちの顔を順番に見回し、申しわけなさそうに訊いた。

「手紙には相手の男性と、ある約束を交したと書いてありましたが、これぱっかりはいくら翔太君でも、わかりませんよね」

「そうですね。ちょっと情報が少なすぎますから。仮説は立てられますけど、当たらない確率のほうが高い気がします。これはやっぱり、松村さんという女性に直接訊くのがいちばんだと思います」

「そりゃあ、そうですよね。もちろん、この松村さんという女性には早急に連絡をとって、一度こちらにきてもらうつもりでいますから、そのときに単刀直入に訊いてみるこ

とにします。答えてくれるかどうかは、わかりませんけどね。どうです、そのときには
みなさんも一緒に同席して映画談議といいますか、人生談議といいますか、そんなもの
を……」
「同席させていただければ、ぜひ。何といっても二十五年来の謎ですからね」
笑いながら裕三がいうと、翔太と桐子が同時に頭を下げた。
そして、頭をあげた桐子が大胆なことを口にした。
「さっきの男の人との約束の件だけど、どんな約束をしたのか、何となく私にはわかる
ような気がする」

夜の七時過ぎ――。
裕三は志の田の小あがりで、おでんをつまみながら源次と向きあっていた。が、肝心
の翔太はまだ姿を見せていない。
「川辺を誘わずに、二人だけでこんなところで飲んででも、いいんじゃろうかの」
コップのビールを一口だけ飲みこんで、笑いながら源次がいった。
「あいつを誘うと里美さんのほうばかり気にして、まともな話ができなくなる。だか
ら、ときには川辺抜きの志の田もいいんじゃないかと思ってな。それに……」
裕三はふわっと笑って、おどけた口調でいった。

「俺もたまには、美人の顔をしっかりと拝んでみたい」

「なるほど、そいつは同感じゃが。里美さんは、わしにしたら何というか、その……」

源次は口をもごもごさせた。

「わかってるさ。源ジイにしたら、この商店街で一番の美人は恵子《けいこ》ちゃん——そいつは重々わかっているが、里美さんもけっこうな美人だと俺は思うぞ」

いいつつ裕三の目は、カウンターの向こうの里美の顔に移る。つられたように源次の視線もカウンターに向かう。とたんに目が合い、里美が声をあげた。

「あっ、おでんの追加、大丈夫ですか。何かお持ちしましょうか」

「まだ、大丈夫だから」

裕三が鷹揚な声をあげると、

「はあい」

少女のような声をあげて、里美はぱっと微笑んだ。

「美人な上に愛想《あいそ》よしか——川辺の気持もわからんではないな」

視線を戻して裕三は機嫌よくいうが、源次はどことなく浮かぬ顔だ。

「どうした、何か気にかかることでもあるのか」

「今の里美さんの笑顔なんだが、妙に陰があるというか、華やかさに欠けるというか」

源次は首を捻《ひね》っている。

「それはつまり、里美さんは病気だということなのか」

「いや、体なのか心なのかは、はっきりせんが。わしの目には、どこかがおかしいような……いや、わしの勘違いということも充分に考えられるがよ」

源次の言葉にもう一度カウンターの向こうの里美に視線を向けるが、裕三の目にはどこといって変った様子は見受けられない。強いていうとするなら、以前にもふと感じた、どことなく憂いをたたえた美人顔。ということにはなるのだが……。

「源ジイの取りこし苦労だろ。美人に陰はつきものだから、そう感じるだけで。そんなことより、俺には里美さんの前に座っている客のほうが気になるんだが」

里美の前には川辺が恋敵だと決めつけた、椎名という男が一人で日本酒を飲んでいた。

「川辺の野郎は近頃、あの椎名という男は店に顔を見せねえといって上機嫌の様子だったが、それはたまたまのことで実際はそうでもなさそうじゃな」

小さな吐息を源次はもらす。

「あの椎名という男、ちらっと横顔を見ただけだが、なかなか二枚目のようだったぞ。年も俺たちよりうんと若くて、五十そこそこに見えるし……この分だと川辺は」

「やっぱり、振られるか。ひょっとしたら、里美さんの陰りは、あの男との色恋がらみのせいかもしれんの。断定はできねえけどよ」

源次は太い首を左右に振った。

「色恋がらみの心労か――もしそうだとしたら、川辺は泣くだろうな。声をあげて泣くだろうな」

しみじみとした口調で裕三はいう。

「しょうがねえべ。わしたちはイイ年こいた、クソジジイじゃからよ。そんな都合のいい色恋が近場に転がってるなんぞ、あるはずもねえからよ」

分厚い肩をすとんと落す源次に、心配そうな視線を裕三は向ける。

「ところで源ジイ。お前のほうの病気はどうなんだ、大丈夫なのか。ちゃんと治まっているのか」

「わしか――わしなら大丈夫じゃよ。ここんところ、例の発作も起きてねえしよ」

何でもない口振りで源次は答えた。

源次は胃癌《いがん》だった。

それも余命一年という、ステージ・フォーの手術のできない末期癌だった。あとは抗癌剤による延命治療だけが命の綱だったが「自分らしく生きたい」という源次の希望で、それも退けられた。その結果、源次は――。

深夜、自宅の治療室にこもって、癌細胞と対峙《たいじ》した。

真暗な治療室のなかに蠟燭《ろうそく》を一本だけ立て、きちんと正座をして印を結んだ。

「臨、兵、闘、者、皆、陣、烈、在、前……」

そして、癌とのパイプ役として胃の上に左手をのせ、

「消えてくれとはいわぬ、共存しようじゃないか。お前がこれ以上増えて、わしが死ねば、お前も死ぬことになる……」

こんな言葉で毎夜、癌細胞に語りかけた。

「わしは、お前を殺す抗癌剤治療を一切受けぬ。だからお前も、わしを殺すな。共存じゃ。仲よく一緒に生きようじゃないか」

語りかけるさなかにも、激痛が体を襲った。

源次はそれでも患部から左手だけは離さず、癌細胞に語りかけた。あまりの痛さに、血が噴き出すほど右手の指を噛みしめたこともあった。嘔吐《おうと》することもあった。死の恐怖から大声をあげそうになり、顔を殴りつけたこともあった。心細さに涙がこぼれたこともあったと、源次はいった。

体に変化が生じたのは、三カ月ほどが過ぎたころだった。

一日に何回も襲ってくる激痛の数が減って、気怠《けだる》さも軽くなった。食欲も出てきて、ビールぐらいなら酒も飲めるようになった。死への恐怖も薄らいできた。

「ありがとよ。わしの勝手な願いを聞きいれてくれて本当に感謝してる。ありがとよ」

語りかけが癌細胞への礼に変った。

それでも時々、癌細胞は暴れて激痛が走ることがある。そんなときは、ひたすら体を

くの字に折り曲げて耐え通した。発作が治まるまで耐えるのみだった。

そして源次は今でも生きている。

それが癌細胞への語りかけの成果なのか、それとも何か別の要因なのか。真偽の程は定《さだ》かではなかったが、源次は曲がりなりにも今でも死なずに生きている。

「それで、癌のほうは小さくなったのか。医者には調べてもらったのか」

こんな問いが仲間から飛んだこともあったが、

「それをやると、何やら癌細胞への裏切りというか、信頼度がゆらぐというか、失礼というか……そんな思いから、あれから医者へは一度もいってねえな」

源次はこういって言葉を結んだ。

そろそろ医者のいった、余命一年になりつつあった。

「大丈夫なら、それでいいんだが」

裕三は妙に上ずった声でいってから、ぼそっと口に出した。

「絶対に死ぬんじゃないぞ。お前がいなくなったら俺は、淋《さみ》しくって淋しくって、しようがなくなる。いいか、俺より先に死ぬんじゃないぞ、源ジイ」

「そりゃあ、無理だろ、裕さん。おめえより長生きしろったって、俺の体は何とか生かされてるってかんじで、それはやっぱりよ。何たって癌なんだからよ」

ずるっと源次は洟《はな》をすすった。

心なしか、目が潤んでいるようにも見えた。

二人は少しの間、無言でビールをすすった。

「いらっしゃい」

そんなところへ、里美の声が響いた。

入ってきたのは翔太だ。

「何だ翔太君、散髪屋に行ってきたのか。それにしても、その頭は」

耳までかぶさっていた翔太の髪は短く切られて、いわゆるスポーツ刈りになっていた。

「すみません。向井《むかい》さんの理髪店に行っていて、遅くなってしまいました。店の状況が知りたかったこともあって」

翔太はぺこりと頭を下げて、源次の隣にあがりこんで正座する。

「それにしても、その頭はちょっと短《みじ》かすぎるんじゃねえか。まるで山寺の小坊主《こぼうず》みてえというかよ」

呆れたように源次はいう。

「ああこれは、計算通りの髪型なんです。最初にギリギリまで短くしておけば、次の散髪に行くまでにかなり時間がかかって、長く伸びるまでに数カ月はもちますから。近頃は散髪代も馬鹿になりませんから」

何でもないことのようにいってから、逆に質問の言葉を口にした。

「裕三さんや源次さんは、散髪のほうはどうしてるんですか」

「わしは見た通りの縮れっ毛で雀《すずめ》の巣のような髪じゃから、時々自分で鋏《はさみ》を入れて適当にな。少々失敗しても、この頭じゃ目立つこともねえしな」

といって源次は裕三の顔を見た。

「俺も床屋には行ってないな。レザーカッターで適当に処理してるよ。おっさんがどんな髪型をしていたって、誰も気になんかはしてくれないし。翔太君のいうように、けっこう散髪代も馬鹿にならないしな」

「要するにみんな、貧乏人だということなんじゃろな」

くしゃっと源次が顔を崩して、この話は一件落着ということに。

それを見計らったように里美が翔太の分のおでんを持ってきて手際《てぎわ》よくテーブルに並べる。飲物はウーロン茶だ。

「それじゃあ、みなさん、ごゆっくり」

気持のいい笑顔を残して、カウンターに戻っていった。もっとも源次にいわせれば、陰のある笑顔ということになるのだが。

「で、向井さんところはどうだったんだ。はやっているという情報は向井さん自身から聞いて知ってはいるが、実際のところは。それに美波《みなみ》さんの様子はどうだったんだ」

すぐに裕三は翔太に訊ねる。

「いちおう、はやってはいます」

　含みのある言葉を翔太は口にした。

「それから美波さんですが、冴子さんから特訓を受けた愛敬芸《あいきょう》の笑顔を武器に、並みいる男の人たちを魅了している様子です。最初はかなりぎこちなかったけれど、近頃はサマになってきたと、自信満々の笑顔を浮べていっていました」

　翔太も笑いながらいった。

「ほう、自信満々か――ということは、翔太から見ても美波ちゃんの笑顔は可愛《かわい》かった。そういうことでいいんじゃな」

　うなずきながら、源次が念を押した。

「はい、その通りです。失礼を承知でいえば、決して美しいとはいえないのは事実ですけど、可愛いという点では本物です。何か心の奥が揺さぶられるというか、くすぐられるというか、充分に看板娘で通る可愛らしさだと僕は思いました」

「そうか。おめえがそういい切るのなら、そういうことなんじゃろうな。凄《すご》いな、冴子さんの愛敬芸は。さすがに七変化の達人じゃよな」

　源次は上ずった声でいい、

「しかしそうなると、世界中の女性たちがその技を身につければ、厚化粧なんぞはもう必要なくなるということか」

独り言のように、こうつけ足した。

「それはそれでけっこうなんだが、俺は翔太君が最初に口にした、いちおうという言葉が心にひっかかっているんだが」

裕三は翔太の顔を凝視した。

「あれは……」と翔太は言葉をのみこみ、いい辛《づら》そうに口にした。

「実は、お客さんのほとんどが中年のオジサンたちばかりで、若い男性は皆無だったんです。そこのところがちょっと……」

「ああ、そういうことか」

裕三は唸《うな》るような声を出してから、

「その理由を翔太君は、どう判断したんだ」

笑いをかみ殺したような顔でいった。

「やっぱり、若い男性の理髪店離れが原因かと。みんなオシャレな美容院に行ってしまって、昔ながらの理髪店には目もくれない。そういうことだと思います」

いかにも残念そうに翔太はいい、

「でも、向井理髪店は大丈夫です。これからクチコミで美波さんの可愛らしさが広まっていき、やがては若い男性たちもくるようになる。僕はそう信じています——そして、それよりも何よりも、美波さん自身が中年のオジサンたちに囲まれて嬉しそうでしたから、今はまあ、これでいいのかと」

一気にいって、うなずいてみせた。

「そうか、それなら良しということで、いちおうこの件も落着ということで」

裕三もうなずきを返し、

「それなら、本題に移ろうか。食べながらでも飲みながらでもいいので、俺の話を聞いてほしい――先日の鈴蘭シネマの件なんだが、あのとき、桐ちゃんがいった、その男との約束がどんなものだったか、私にはわかるといった件。あの、あれこれがどうにも気になって、わざわざ翔太君にここまできてもらったんだが」

ちょっと頭を振って翔太の顔を見た。


あのとき――。

松村康子という女性は映画館の隣の席に座った男性と、ある約束をしたと手紙には書いていた。その約束がどんなものか桐子はわかるといい、こんなことをいった。

「その男の人は隣に座った康子さんの涙にうたれ、結婚への迷いをあれこれ話す康子さんに心を動かされて、二十五年経って結婚が失敗だったとわかったら、僕が君をもらってあげるといった。だから二十五年後の今日と同じ日に、またこの映画館で再会して答えを聞かせてほしいと……その人はこういって康子さんともう一度ここで会うことを約束したのよ。そうに決まってるじゃん」

まっとうすぎるほどの顔で、桐子はこういったのだ。

「桐ちゃん、それは」と翔太が喉につまった声をあげた。

裕三も中居も、ぽかっと口を半開きにした状態で桐子を見ていた。

「何よ、みんな変な顔をして。私、何かおかしなことといった」

きょとんとした表情で桐子は、みんなを見回した。

「いくら何でも、その考え方は飛躍しすぎてるように思えるんだが、どうだろうな」

裕三がさりげなく異を唱えると、

「ええっ、何で……文面を正確に分析すれば、この答えしか出てこないんじゃないの。私には、極めて論理的な答えのような気がするけど。なあ、翔太」

名指しされた翔太は、ううんと唸る。

「確かに飛躍はしすぎてるけど、論理的といわれれば、そうもいえないことはない。でも、そんな奇特な男性が、そうそういるとはなかなか」

掠《かす》れ声で翔太はいう。

「そうそういうことは、多少はいるということじゃん。世の中に奇跡という言葉がある限り、それは時としてやっぱり起きるものなんだよ、翔太君」

「もちろん、僕も奇跡というものを否定する気はないけど、それにしても」

どういう加減か、翔太は奥歯に物が挟まったようないい方をして、桐子の説を真っ向から否定する言葉を口にしようとはしない。

「なら、桐ちゃんは今月の十五日に、相手の男性がこの映画館にやってくる──そういう考えを持っているのか」

「もちろん、くるわよ。そして康子さんと奇跡の対面をするわけよ──その点、翔太はどう思ってるのさ。さっきは何か仮説があるようなことをいってたけど、どんな考えを持ってるのよ」

「僕のは仮説というよりは単なる思いつきのようなものだから、まだ口には……ただ相手の男性が本当に現れるかどうかといわれれば、現れないというほうに賭けるよ」

何となく歯切れの悪い翔太に、「じゃあ」と桐子が叫ぶような声をあげた。

「問題の十五日に相手の男性がくれば、私の勝ちで翔太の負け。そういうことでいいんじゃないの。答えはすぐに出ることになるから」

自信満々の口調で桐子はいい、

「そういうことで、以上」

と話を締め括った。

「まず最初に翔太君に訊きたいことは、あのときなぜ桐ちゃんの説を翔太君は否定しなかったのか——それが俺には不思議で、気になって仕方がなかったんだけど、なぜなんだろうな」

ハンペンを咀嚼《そしゃく》している翔太に裕三は訊く。

「それは、単なる思いつきの僕の想像より桐ちゃんのほうが、あの場合論理的に思えたからです。康子さんの手紙を正確に読みとけば、必然的に桐ちゃんの説に到達するんです。むろんここには、但し書きがつきますが」

翔太はごくりとハンペンをのみこみ、

「桐ちゃんがいったような奇特な男性がいたらという……僕はそんな男性はまずいないと頭から疑っていますが、いくら確率的にはゼロに近いといっても皆無でないことも確かです。もしそんな男性がいれば、荒唐無稽ではあるけれど桐ちゃんの説は正解で、十五日の康子さんの隣にはその男性が座るはずです」

翔太は大きな溜息《ためいき》をついた。

「そうか、桐ちゃんの仮説は論理的で翔太君の考えは単なる思いつきの想像か。だから桐ちゃんの説を尊重して、あんな展開になったというわけか」

独り言のように裕三はいう。

「情報のピースが少なすぎるんです。それが増えれば、単なる思いつきを仮説に変えることもできるんですけど」

「しかし、その情報も明日には増えるんじゃないか。中居さんの話では連絡を取った結果、明日には問題のその松村康子さんが鈴蘭シネマに顔を見せるということだから」

そういうことなのだ。だから、その女性が顔を見せるまでに桐子とのやりとりの本意を翔太に訊いておこうと思って、志の田にきてもらったのだが。

「何だか難しい話じゃのう。手紙のあれこれは教えてもらっておったが、そのあとにそんなやりとりがあったとはのう。もっとも聞いておっても頭の悪いわしには、さっぱりわからんがの」

と、黙って話を聞いていた源次が情けなさそうな声をあげた。

「ところで翔太。おめえのその、単なる思いつきの想像とやらを話してくれねえか。そうすれば、ちっとは話の筋も見えてくるような気がするからよ」

何気ない口調の源次の言葉に「それだ、俺もそれが知りたい」と裕三が低く叫び、翔太の顔を凝視するように見た。

「それは無理です。人のプライバシーに関わることを、単なる想像で話すことはできません。そんな傲慢なことは僕には無理です」

はっきりした口調で翔太はいった。

「やっぱりな。翔太君の気性からいって、無理だとは思っていたが」

「すみません――それからさっき小堀さんは明日、松村さんが鈴蘭シネマにくれば情報量も増えるといってましたけど、多分それほど増えないと僕は考えています」

　はっきりした口調でいう翔太に、

「それも、単なる思いつきの想像なのかな」

　裕三は諦め口調でいう。

「はい。多分松村さんがすべてを話すのは、十五日の問題の映画を見終ったあと。そんな気がしてなりません」

「そうか、翔太君がそういうんなら、そういうことなんだろうな。真相は十五日までお預けということか」

　裕三はいかにも残念そうにいい、

「ところで大きな疑問がもうひとつあるんだけどな。これには桐ちゃんも言及していなかったけど、なぜ二十五年後なんだろうな。あの文面の流れでいけば、三年か五年。いくら長くても十年――それが二十五年という長すぎるほどの数字になると。そのあたりはどう考えているんだ、翔太君は」

　どうせ答えは返ってこないだろうと思っていたら、意外なことを翔太がいった。

「その二十五年という数字が、僕の思いつきの原点なんです。これが本当に微妙な数字で、もし、この数字の真の意味が想像通りであれば、僕の単なる思いつきも仮説に近づくことになるんですが」

いかにも悔しそうに翔太はいってから、

「しかし、この二十五年なんですが、これが何とも無理な数字というか、わがままな数字というか……いずれにしてもこの数字に何の意味もないとしたら、僕の思いつきはすべて崩れてしまうのも確かです」

訳のわからない言葉を並べ立てた。

「どうせ、この数字のあれこれも翔太君は教えてくれないんだろうな。ああ、何だか胸の奥がモヤモヤで一杯になってきたなあ」

幾分おどけながら、それでも本音を裕三は口にする。

「すみません。生意気というか、わがままというか、そんなことばっかりいって」

恐縮したような声を翔太はあげ、ぺこりと頭を下げた。

「何もおめえが謝ることはねえよ。要は頭の悪すぎるわしたちが情けねえだけで、おめえには何の非もねえ。わしが保証するから心配はいらねえ。なあ、裕さん」

源次が野太い声で翔太をいたわった。

「もちろん、そうだ。翔太君は自分の信念を貫けばいい。そこが翔太君の翔太君たるゆえんなんだから、気にすることはないさ」

笑いながらいう裕三の顔を見ながら、源次が面白そうな声をあげた。

「いずれにしても、第一関門は十五日にその康子さんという女性の隣に男が座るかどうかというところじゃな。もし座れば、桐ちゃんは当分の間、威張りまくるんじゃろうなあ」

「なら源ジイ、飲むか。ヤケ酒ということで」

そういいながら裕三がカウンターのほうを向くと、いつのまにか椎名という男は帰ったようで姿がなかった。ぽつんと立っている里美と目が合った。

ふわっと笑った。

華のない笑いに見えた。


『卒業』は十五日だけの一日公演だった。

その日、裕三は落ちつかなかった。

何といっても奇妙なあれこれの、すべてがわかる日だった。康子という女性が鈴蘭シネマを訪れるのは二十五年前と同じ、夜の八時頃。その時間帯に独り身会のメンバーも鈴蘭シネマに押しかける手はずだったが、七時にはもうすべての面々が勢揃いしていた。

ロビーのソファーにみんなで腰をかけ、缶コーヒーを飲みながら世間話をして、時間がくるのを待った。中居がやってきて「朝からの客の入りは、六割程度です」といって事務所に戻っていった。

源次と翔太と一緒に、裕三が志の田に出かけた次の日の夜——手紙の主の松村康子は約束通り鈴蘭シネマにやってきた。

裕三、翔太、桐子、それに中居の四人は事務所の応接コーナーで康子と向かいあった。康子は目の大きな丸顔の女性で、五十一歳だという年より三つ四つは若く見えた。

「このたびは、私の無理な希望を聞きいれていただき本当にありがとうございます」

と中居に向かって腰を折り、深々と頭を下げる様子は、康子の真面目そのものの性格を表しているようでもあった。

そんな康子を見ながら、これで疑問点のいくつかは話してもらえると、胸を躍らせていた裕三の期待は翔太がいった通り、ほとんどが空振りに終った。あの夜、隣に座った男性といったい何を話して何を約束したのか――康子は肝心なこの問いに、

「すみません。すべては十五日の夜、映画を見終えたあとに。そのときはみなさんの疑問点にすべてお答えしますから。それまではどうか私一人だけの胸に納めさせておいてください」

こんなことを何度もいい、康子は頭を下げつづけた。

康子がこの夜、裕三たちに語ったのは自分の生きてきた、これまでだった。

康子の実家はこの商店街からほど近い公団住宅で、ごく普通のサラリーマン家庭だった。康子はここから都立の高校に通い、卒業後は事務機器の販売会社に就職したが、二十六歳のときに会社を退職して三つ年上の松村澄男《すみお》と結婚した。

見合い結婚だった。康子はそれまで恋愛経験がなく、男性とつきあったことがなかっ

た。何事においても消極的な性格だった。その影響なのか、結婚式の一カ月ほど前から気分が沈みがちになり、挙式一週間前に、その症状は頂点に達した。

そして、ふらっと鈴蘭シネマに一人で入り、『卒業』を観た。心が揺れた。涙があふれ出た。気がつくと隣の席に男性がいて……二人はある約束を交した。

一週間後、康子は何とか結婚式を終え、恵比寿《えびす》にある澄男の会社に近い借家に居を定めて新婚生活が始まった。

危惧していた康子の沈みがちな気持も徐々になくなり、三カ月ほど後には以前の普通の状態に戻っていた。

決して大きくない食品卸の会社に勤める澄男の給料は安かったが、康子も近くのスーパーのパートとして働き、裕福ではないものの平穏な毎日がつづいた。

子供は女の子が二人授かり、両方とも三年前と二年前に結婚して、康子は澄男との二人暮しになった。

そして去年、澄男が突然倒れた。脳出血だった。運ばれた病院で二日の間昏睡《こんすい》状態だった澄男は、三日目の朝になって呆気《あっけ》なくこの世を去った。まだ五十三歳の若さだった。

康子は独りぼっちになった。

こんなことをぽつぽつと話す康子の両目は潤んでいた。

「ご主人は、昨年亡《な》くなられたんですか」

意外な面持ちで裕三が口を開くと、低い声が返ってきた。

「はい、あっというまでした……優しくて思いやりのある、私にはすぎた主人だと感謝しています」

「すると康子さんは今、その恵比寿の家で一人暮しを……それはまた、淋しいというか何というか、大変ですねえ」

しんみりした声で中居がいった。

「娘たちは、お母さん、いっそ再婚でもしたらというんですけど、私は……」

うつむき加減でいう康子に、桐子がしたり顔で口を開いた。

「確かにそれも、ひとつの手。おばさんはまだまだ若いんだから、そういったことも真面目に考えたほうがいいよ、今はそういう時代なんだからね。それにおばさんには二十五年前に約束した――」

といったところで、翔太が慌てて待ったをかけた。

「桐ちゃん、それは」

「何よ翔太。自分が負けそうだからって、ごちゃごちゃ横槍《よこやり》入れないでくれる。山寺の小坊主みたいな頭をして」

最後に源次と同じような言葉をつけ加えて、唇をぷっと尖らせた。

康子はこの夜、これだけを話し何度も頭を下げながら「よろしくお願いします」といってイスから腰をあげた。

「二十五日は、相手の男の人もここにくるんですよね」

部屋から出ようとした康子に、桐子が叫ぶようにいった。

「きます――」

はっきりした口調で康子はいい、そそくさと部屋を出ていった。

「ほらみろ、小坊主」

勝ち誇ったようにいう桐子に、なぜか翔太は無言で応えた。

「旦那さんが亡くなって、娘さんたちから再婚をすすめられてるって――何だか妙な展開になってきましたが、このまま『卒業』を小屋にかけても大丈夫でしょうか。といっても上映は明後日《あさって》なので、今更中止することは……」

おろおろ声を出したのは、中居だ。

が、裕三には何も答えられない。

何となく利用されている感もあるが、それも何がどうなのかは、よくわからない。この夜、康子がきて新たにわかったのは、ご主人が一年前に亡くなったということと、二十五日には問題の男性がここにくるという二点だけだった。

腕をくんで天井を見上げていると、声が響いた。

「大丈夫です。上映しても面倒なことは起きないはずです」

翔太がはっきりした口調でいった。

これが、あの夜のすべてだった。


上映時間の十五分ほど前。

康子がやってきて、中居と独り身会の面々に挨拶して館内に入った。

裕三たちも館内に入ると康子は真中《まんなか》あたりの席に腰をおろしていて、右隣の席に自分のバッグを置いていた。

「ほら、二十五年前の男の人の席をちゃんと確保している」

桐子がはしゃいだような声をあげた。

裕三たちは、康子の二列後ろの席に並んで腰をおろした。

上映五分前。康子の隣の席にはバッグが置いてあるだけで、人の姿はない。それを見ながら桐子が焦《あせ》ったような声をあげた。

「どうしたんだろ。隣は空いたままで、誰もこないけど。えっ、どうしたんだろ、おかしいじゃんね、これって」

上映のブザーが鳴った。

「えっ、どうなってるの、これ。翔太が勝って私が負けるの」

桐子の声と同時に、すっと康子の手が伸びて右隣に置いてあったバッグをつかみ、そっと自分の膝の上にのせた。

「おいこら、翔太。どうなってるのよ、これ」

桐子が隣に座っている翔太に食ってかかった。

「大丈夫、必ずくるから。僕の負けで桐ちゃんの勝ちだから」

何でもない口調で翔太が答えた。

どうやら翔太には、すべてがわかっているようだ。単なる思いつきではなく、仮説をきちんと立てたのだ。

「翔太の負けなんだよね、私の勝ちなんだよね。何があっても、必ずくるんだよね。そうなるんだよね」

安心したような桐子の声が耳に響いたとき、裕三の脳裏に何かが閃《ひらめ》いた。わかった。ようやくわかった。そう、何があっても、必ず相手はくるのだ、必ず。胸の奥がすうっと軽くなった。

館内が暗くなり、スクリーンが明るくなった。サイモンとガーファンクルの、あの歌が流れ出し、ダスティン・ホフマンの若々しい顔が画面を横切っていった。

裕三の目は画面よりも、二列前の康子の後ろ姿に注がれている。必ず何かをやるはずだ、必ず。康子の右手が動いた。そっと右隣の席に向かって動いた。あれは多分……ほっとした気分で、裕三は画面を見ることに専念した。

隣の桐子が泣いているのがわかった。

最後のシーンだ。

ダスティン・ホフマンとキャサリン・ロスが手に手を取って教会から逃げ出すシーンだ。そして二人はバスに乗りこみ……二人の顔のアップに。

それから、サイモンとガーファンクルの『サウンド・オブ・サイレンス』の曲が静かに流れ出して……映画は終る。

灯りがついた。

館内の客はそれぞれ席を立って帰っていくが、康子は動かない。やはり隣の席には誰の姿もない。

「何？　やっぱり誰もこなかったじゃん」

桐子が素頓狂な声をあげた。

「きたんだよ、桐ちゃん。前に翔太君がいったように現れてはいないけど、ちゃんと」

裕三が優しく声をかけると、翔太が笑顔を浮べるのがわかった。

「翔太君の仮説は、いつ成立したんだ」と訊くと、

「一昨日、康子さんがきて、隣の席に相手の男性がくるとはっきりいったときですね。そして、おそらくと感じていた、ご主人の死……あれですべてのピースが繋《つな》がって単なる思いつきから、ちゃんとした仮説に昇格しました」

しんみりとした表情でいった。

「いったい、何がどうなっているんですか。私の目にはあの席には誰もいないように見えるんですが、それでも誰かきたんですか」

いつのまにきたのか、中居が怪訝《けげん》な面持ちで翔太に訊ねた。

「きたのは、康子さんのご主人の澄男さんですよ」

ぽつりと答える翔太の声にかぶせるように、

「何がどうなってるのか。わしらのように頭の悪い人間には、さっぱりわからねえよ」

源次が叫ぶようにいい、すぐに洞口と川辺がそれに同調してうなずいた。

「とにかく、康子さんの席のほうに、行ってみましょうか」

裕三の先導で、独り身会の面々と中居は康子の席の前に移動する。

「ありがとうございました。これで私の胸のモヤモヤも晴れたような気がします」

その場に立ちあがって、康子は頭が膝につくほど深々とおじぎをした。

「やっぱりきてたんですね、ご主人は」

翔太が康子の隣の席を指差した。

小さな指輪があった。多分これは澄男がはめていた結婚指輪だ。康子はその指輪を隣の席に置いて映画を見ていたのだ。

「二十五年前、この映画館の隣の席に座ったのもご主人。そういうことですよね」

翔太の言葉に、康子は小さくうなずきを返した。

「すみません、早く話せばよかったんですけど。何もかも話せばすべてが演出っぽくなってしまって、私の気持が主人に届かないような気がして……ですから映画が終るまでは自分一人の胸に秘めておこうと、私と主人だけの秘密にしておこうと。すみません、勝手なわがままを押し通して」

と康子はイスに腰をおろし、ぽつぽつと事の真相を語り出した。独り身会の面々と中居も前の席にそれぞれ腰をおろし、康子の話を黙って聞いた。

二十五年前の、あの夜――。

映画を見終った康子が、ふと隣を見るとそこには婚約者の澄男がいた。

「ごめん、あんまり様子が変だったので、あとをついてきた」

澄男はこういって、康子の涙の原因を訊いてきた。康子は結婚を前にして気分が沈みこんだ状態をつつみ隠さず、澄男に話した。泣きながら話す康子の顔を澄男は黙って凝視し、一言も口を挟まなかった。そして康子の話がすべて終ったあと、

「康子さんは僕をどう思っているかわからないけど、僕は康子さんのことが大好きだ。だからこの先、康子さんを大事にして決して不幸にしないことを約束する。幸せにするために一生懸命頑張る。だから五年、いや十年一緒に暮すことに耐えてほしい。そしてもし、その時点で康子さんが僕に不満を持っていたとしたら、そのときはまた考えよう」

すがりつくような目でこういった。

「十年……」

ぽつりと言葉を返すと、

「あっ、ごめん。二十五年にしよう。ちょうどそれが、夫婦の銀婚式にあたるから」

慌てた様子で、澄男は二十五年といい直した。

「二十五年の約束って——何だか嘘《うそ》っぽいというか騙《だま》されているというか、そんな気がしてならないんですけど」

康子がこう反論すると、

「僕の本当の気持をいえば、五十年の金婚式にしたいくらいなんだから、そこのところはちょっと我慢して銀婚式……だから、お願い、お願いします」

訳のわからない理屈を澄男は並べたてた。が、澄男の一生懸命さだけは伝わってきた。要するにこの人は、ずっと自分と一緒にいたいのだ。それを痛いほど感じた。正直いって嬉しかった。そして楽しくなった。しかし、その思いは胸の奥に隠して、

「わかったわ。じゃあ、二十五年間、私は耐えることにします。だから澄男さんも、そのつもりで頑張ってください」

真面目くさった顔でこういい、二人の契約は成立した。

これが、あの夜のすべてだと康子はいった。

「すごい。羨ましいほど、すごい」

桐子が感極まったような声をあげて、手を叩いた。

「それで、肝心の結婚生活のほうはどうだったんです」

裕三はこう切り出した。

「一言でいって幸せでした。お金はあまりなかったですけど、あの人はいつも優しくて。そりゃあ夫婦のことですから喧嘩《けんか》をすることもありましたけど、折れるのはいつもあの人のほう。あの人は嘘のような、あの約束を守るため頑張ってくれました」

康子のほうはそんな訳のわからない約束など普段は忘れ切っていたが、澄男はそんな約束にでも責任を感じているのか、時々こんな言葉を口にしたという。

「なあ、幸せなのか、どうなんだ」

澄男の表情はいつも真剣そのものだったが、康子のほうはそれが面倒に感じられることもあり、さらに甘やかせてなるものかという気持も働いて、

「さあ、どうなんでしょうね」

と、いつも素気ない言葉を返していた。

そして、その言葉を聞くたびに、澄男はがっくりと肩を落していたという。

そんな状況が二十四年間つづき、澄男は二十五年目に呆気なくこの世を去った。

「幸せです」

という康子の言葉を一度も聞くことなしに。

「私はそれが悲しくて辛《つら》くて。本当は幸せだったのに、それを一度も口にしないで無視しつづけたまま、あの人を逝《ゆ》かせてしまって」

康子の全身は震えていた。

「ですから、今夜この席に座り、隣にあの人の指輪を置いて、映画を見ている間中、私は幸せでしたといいつづけていました。子供のようなまねかもしれませんけど、私はとにかくそれをやりたくて……」

康子の目から大粒の涙がこぼれ落ちた。

「子供のようなまねじゃない。立派すぎる行為だよ。眩《まぶ》しいくらい、立派な行為だよ」

桐子が潤んだ声で叫んだ。

「そうですよ。私もこの小屋の映画が役に立って、こんな嬉しいことは」

これは中居だ。

「もちろん、そうだ。そうに決まってる」

洞口が叫び、川辺も盛んにうなずきを繰り返していた。湊をすする源次の顔には、羨ましさのようなものがいっぱいに広がっている。

「どうですか、康子さん。ここで声に出して自分の気持を澄男さんに伝えてみたら。本物の銀婚式だと思って」

裕三の口から、こんな言葉が飛び出した。

「あっ、そうですね」

康子はすぐに大きくうなずき、

「幸せでした、本当に幸せでした。本心は一度もいわなかったけど、あなたと一緒になって本当に幸せでした」

声をつまらせながら叫んだ。

すぐに拍手の音が康子の体をつつみこんだ。

耳を澄ますと歌が聞こえてきた。

翔太が『サウンド・オブ・サイレンス』の歌を口ずさんでいた。

康子の泣き声が、館内に静かに響いていた。

翔太の片恋

腕時計を見ると六時半を回っていた。

翔太《しょうた》は店の前で気息を整える。

そっと扉を押してなかに入るとカウンターの向こうで、七海《ななみ》がぼんやりとした様子で立っていた。暗い表情のようにも見える。ひょっとしたら……。

「あら翔太君、いらっしゃい」

それでも、精一杯明るい声を七海はあげ、

「また、昭和歌謡——今日はどんなレコードを探してるの」

ほんの少し笑ってみせた。

「今日は上條恒彦《かみじょうつねひこ》さんの『だれかが風の中で』がないかと思って」

できる限り明るい声で答えると、

「あっ、テレビドラマの『木枯し紋次郎』の主題歌になった曲ね——でも珍しいわね、どちらかというと、暗いかんじの歌が好きな翔太君にしたら。あれはテンポも良くて、旋律も明るい気がしたけど」

さすがに七海は穿《うが》ったことをいう。

「それはそうなんですが、あの歌はそれまで暗くて湿っぽいものが多かった時代劇の主題歌の殻を破ったというか、エポック・メーキングというか——だから、けっこう興味をそそられて」

「そういうことなんだ。でも……」

七海は少し考えるような素振りをして、いかにも申しわけなさそうな声を出した。

「私の記憶では残念ながら、うちにはあの歌は入ってない気がする。単なる私の思い違いかもしれないけど」

「じゃあ、とにかくざっと見させてもらいます。ひょっとしたらということも、ありますから」

翔太は笑顔を浮べて七海の前を離れ、奥の中古レコードのコーナーに歩く。七海が入っていないというのならその通りなのだろうが、そんなことより翔太は七海の様子のほうが気になった。レコード棚の陰に隠れ、カウンターのなかの七海の様子を窺《うかが》い見る。やっぱり表情は暗い。その暗さのなかに何となく悲しげなものが、あれは……。

翔太の脳裏に中年男の顔が浮ぶ。思い出したくない顔だった。

あの男から何か連絡が入った。そうとしか考えられなかった。

翔太は両の拳を握りしめて七海の横顔をしばらく凝視してから、ゆっくりとカウンターに向かって歩いた。

「七海さん——」

できる限り優しい声を出したつもりだったが、翔太を見る七海の顔に一瞬、怯《おび》えのようなものが走るのがわかった。

「間違ってたら謝りますけど、ひょっとして溝口《みぞぐち》さんから、また連絡が入ったんじゃないですか」

真直《まっす》ぐ顔を見ていった。

とたんに七海の顔が歪《ゆが》んだ。

両眼が潤んだ。が、七海の口は開かない。

「七海さん」

叫ぶような声をあげた。

七海の視線が床に落ちた。こくんとうなずいた。

少女のような仕草だった。

「いつ……」

喉につまった声が出た。

「昨日の夜、ケータイに。一度会いたいってあの人が」

七海は溝口のことを、あの人といった。

「それで七海さんは溝口さんと、会う約束を――」

たたみかけるようにいった。

「一度ぐらいはと思って……」

蚊の鳴くような声を七海は出した。

「あんなに酷《ひど》い目にあわされたのに、七海さんはまだ、あの男のことを」

怒鳴るようにいう翔太に、いやいやをするように七海は首を振った。何度も首を振った。そのとき店の扉が開いて若いカップルが一組入ってきた。

「あっ、いらっしゃいませ」

疳《かん》高い声をあげる七海の顔の涙は止まっていた。いつもの顔に戻っていた。

「会うのは、いつ」

カップルが店の奥に歩くのを見届けて、押し殺した声を翔太は出す。

「明後日《あさって》の夜――」

ぽつりと七海がいった。

「会わないほうが、あの男とは会わないほうが」

と翔太が声をあげると同時に、また店の扉が開いた。

「おう、相変らず仲が良さそうじゃの」

能天気な声が響き、そっちのほうに目をやると、なんと源次《げんじ》である。後ろには裕三《ゆうぞう》もいる。

「ちょっと七海さんに話があってやってきたんだが、取りこみ中なのかな」

裕三が怪訝《けげん》そうな目を向けてきた。

「いえ、そんなことは。昭和歌謡の歌詞のことで意見の食い違いがあって、それで」

とっさに翔太がこういうと、合せるように七海がうなずくのが目に入った。

「それならいいが……」

ほんの少し睨《にら》むような目を向けてから、裕三は源次と並んで翔太の隣に立った。

「実は、パン工房の丈文《たけふみ》君のことでね」

裕三が話を切り出し、単刀直入にこんなことをいった。

「近頃、人相の悪い二人連れが丈文君の店に入りびたって、客が迷惑をこうむっているという噂《うわさ》を耳に挟んだんだが、七海ちゃんはそのことを知ってるのかな」

「私もそのことは耳にしています。どんな事情でそんなことになっているのか、きちんと丈ちゃんに糺《ただ》してみなければと思ってはいたんですが、返ってくる答えが怖くて。それでなかなか腰が上がらなくて延び延びに……すみません、お二人に丈ちゃんを紹介した私がこんな有様《ありさま》で」

七海は首をたれた。

「そんなにしょげることはねえよ。あのときは渡りに船と、わしらのほうも有難《ありがた》がって丈文を受け入れたんじゃからよ。そのあたりはお互い様で、そんなに責任を感じることはよ。七海ちゃんだって、この商店街のために、よかれと思ってやったことじゃろうし」

いたわりの声を源次が出した。

「とはいえ、放っておくわけにもいかないから、そのあたりの事情を丈文君に訊《き》いてみようと思ってね。以前、丈文君はそういったあれこれを、俺たちに説明するともいってたし。そうなると七海ちゃんも、その場に同席したほうがいいんじゃないかと思って、ここにきたんだが」

柔らかな声で裕三がいった。

源次にしても裕三にしても七海に対してはかなり優しい。おそらく七海の母親の恵子《けいこ》が二人の初恋の相手だからということなんだろうが……その恵子は現在もオーストラリアに行ったきりで帰ってはいない。自由奔放に動き回っている。

「これから行くつもりなんですか」

ちょっととまどったような顔で、七海が訊いた。

「そのつもりで仕事をさっさと終えて、すぐに出てきたんじゃがよ。七海ちゃんの都合はどうかいの」

のんびりした口調で源次がいうと、

「はい、私のほうも個人営業なので、何とでもなりますけど」

神妙な顔つきで七海は答えた。

「それなら、僕も一緒に行っていいですか」

翔太は間一髪、話に割って入った。

七海はかなり、丈文という高校の同級生だった男に入れこんでいた。それが気になった。二人の間がどんな状況なのか、それが翔太は知りたかった。嫉妬……そんな言葉がふわっと胸の奥をよぎった気がした。

「大歓迎だ。頭のいい翔太君が一緒に行ってくれれば、鬼に金棒。いうことなしだ」

機嫌のいい裕三の声が耳を打った。

「あっ、ありがとうございます。じゃあ一緒に行かせてもらいます」

頭を下げる翔太の胸は複雑だ。どう考えても動機が不純なのだ。しかし自分はいまだに七海のことを……諦めきって胸の奥深くに封印したはずの恋心だったけど、それが。

そんなところへ、先程の若いカップルがドーナツ盤《ばん》のＥＰレコードを一枚手にしてカウンターにやってきた。ジャケットには西島三重子《にしじまみえこ》の『池上線』のタイトルが踊っていた。翔太も好きな曲だった。

丈文がやっている『宝パン工房』の閉店時間は七時。ちょうど終ったころで、丈文は店の後片づけをやっていた。

裕三たちの姿を見た丈文は一瞬、ぎょっとした表情を浮べ、張りのない声をあげた。

「すみません。十五分ほどで一段落つきますので、それまで奥のほうで待っていてもらえますか」

パン焼き機の脇にあるパイプイスに腰をおろし、四人は丈文のくるのを待った。さすがに機械の周りは暖かく、寒さはまったく感じられない。しばらくすると神妙な面持ちの丈文がやってきて、四人の前のイスに体を竦《すく》めるようにして座った。

「人相の悪い連中がこの店に入りびたり、客に迷惑をかけているという噂を耳にしてね。今日はそのことやら、以前少し待ってほしいと丈文君がいっていた、あれこれの話を聞くためにここにきたんだが。どうだ、正直に話してくれるだろうか」

ずばりと裕三がいった。

丈文は少しの間、無言でうつむいていたが、やがて「はい」と小さな声を出した。

「その二人はいったい何じゃ。おめえが昔つるんでいたワルどもなのか、どうなんじゃ。名前はなんというんじゃ」

ドスの利《き》いた声を源次が出した。

「そうです。府中の競馬場で知り合ったワルたちで矢坂《やさか》と浜田《はまだ》という男たちです。その二人と、この店が開店する直前に偶然出会って――それで」

肩を落す丈文に、裕三がはっきりした口調で訊いた。

「例の失踪騒ぎだな。あれはいったい何だったんだ。原因はそもそも、どういうことなんだ。それを教えてくれないか」

「原因は金です。あいつら、それを返せと脅しにかかって……」

「お金って、いったいいくらなの」と七海が疳高い声を出すと、

「それは、五千円です」

意外な数字を丈文は口にした。

「五千円じゃと――そんなもの、おめえ。熨斗《のし》をつけて返してやれば簡単にケリはつくんじゃねえか」

素頓狂な声を源次があげるが、事はそう簡単ではないようだ。

丈文がワルたちの前から姿を消す三日ほど前だという。当面の金に困っていた丈文は、矢坂という男から五千円を借りた。それまでも貸したり借りたりを繰り返していて、金の出入りはいいかげんで、丈文もかなりの額を矢坂と浜田からは踏み倒されていた。

そんなこともあって、五千円の借金は丈文の頭からすっかり消え去っていたが、偶然顔を合せた矢坂はそれをネタに因縁をつけてきた。

「バックレる寸前に金を持ち逃げしたのが気に入らねえ。裏切り料、迷惑料、利息――

諸々《もろもろ》元利合せて五十万払えよ、てめえよ」

無理難題をふっかけてきた。

「そんな金は、とても」と頭を振る丈文に、二人は脅しをかけた。

「なら、店をぶっ壊すか。かなり、いい音がするだろうな。胸のすっとする音がよ」

丈文にとっても商店街にとっても、大事な店だった。従うしかなかった。丈文は金策に走りまわった。ようやく十万円ほどを工面して二人に渡し、「これで勘弁してほしい」と懇願したが「残金四十万を持ってこい」と散々殴られて放り出された。

それがあのときの顚末《てんまつ》だと、丈文はいった。

「五千円が五十万か。実にいい商売じゃのう。わしも、あやかりたいのう」

話を聞き終えた源次が首を振ると同時に、七海が大声をあげた。

「それでその二人と縁が切れるなら、お金は私が立替えます」

翔太の胸が、ざわっと音を立てた。

四十万もの大金を七海は丈文のために……七海はやっぱり丈文のことを。しかし、そうなると溝口はどういう立場になるのか。わからなかった。きちんと論理立てのできる話なら得意だったが、男と女の話は苦手だった。特にどろどろの男と女の話は。

「それで、その矢坂と浜田という二人は店に入りびたって金の催促というか、嫌がらせというか――丈文君をいたぶって喜んでいるのか。何とも救いようのない連中だな」

吐きすてるようにいう裕三の顔を見て、源次が嬉《うれ》しそうに口を開いた。

「となると、わしの出番じゃの。久しぶりにちょっとシメてやるかの。もちろん、七海ちゃんが四十万を払う必要はまったくない。そんなことをしようもんなら、馬鹿どもは今度は七海ちゃんを標的にしかねないしの」

「シメてやるって、相手はガタイもでかいし喧嘩《けんか》なれもしてるし――それをシメてやるって、そんな小さな体で」

源次の強さを知らない丈文が震え声を出した。

その丈文の最後の言葉に源次がすぐに反応した。

「丈文、喧嘩の基本は度胸と馬力。命のやりとりの基本は技と運――体の大きさは関係ねえと昔から決まっておる」

むっとした顔つきでいい放った。

「はあ、そうなんですか。でも、あの、あいつらのバックにはヤクザがいるって。二人はそんなことをいってましたけど」

唖然《あぜん》とした表情で恐る恐る口にする丈文に、

「ヤクザ、けっこう。大いに腕が鳴るのう。楽しみじゃのう」

雀《すずめ》の巣のような頭を、源次はばりばりと掻《か》いた。

そんな様子を見ながら「丈文君」と裕三が真面目な口調でいった。

「その二人の口から、芹沢重信《せりざわじゅうしん》という名前が出たことはないか。どうだろう」

あの三合瓶の口を斬り落した、皺《しわ》男だ。

「さあ、そんな名前は一度も……」

怪訝そうな表情を丈文は浮べる。

「じゃあ、顔中に皺のある男というのは」

「ああ、そういう人の話なら聞いたことが。俺たちには凄腕《すごうで》の皺男が用心棒としてついているとか何とか――そんなことを二回ほど聞いたことがあります」

そういうことなのだ。これでワルたちが一本につながった。そうなると源次は――あの男とやはり闘うことに。源次でさえ恐れを抱いた、あの冨田《とだ》流の小太刀の達人と。翔太の胸に不安感が湧き起こる。源次は翔太にとって、唯一憧れのヒーローだった。

「源ジイ、そういうことだ。これでいよいよ源ジイは、あの神技ともいえる太刀筋《たちすじ》の男と、いずれ命のやりとりをすることになるようだぞ。そして、どうやら、その男たちがこの町で何やら悪さをしているのも確実のようだ。それも食い止めないとな。大事になってきたな、源ジイ」

裕三の重い声に、源次がわずかに顎を引くのがわかった。

「この町で悪さって――丈ちゃんは、その人たちが何をしてるのか聞いてないの」

七海が怖い顔で口を開くが、丈文はすまなそうに首を横に振るだけだ。

「となると、あとは翔太君の領分だな。といってもまだ情報が少なすぎて、さすがの翔太君でも五里霧中だろうけどな」

裕三の言葉に七海が翔太の顔を見た。

「あっ。小堀《こぼり》さんのいう通り、まだ情報不足で何が何やら……」

七海の視線に顔が火照《ほて》った。

何か気の利いたことをいいたかった。

「まず、丈文さんの問題を解決しないと。そのためには源次さんに、その二人をやっつけてもらって、できる限りの情報を引き出す。そのお膳立てとして、丈文さん」

翔太は丈文に視線を向ける。

「その二人は何日ほどで店に現れるんですか。そして、何時頃に現れるんですか」

「くるのは二、三日おきです。時間のほうは、決まっていません。ばらばらです」

丈文は真剣そのものの表情で答える。

「それなら今度現れたときに、こういってやってください。次の日の七時すぎに店にきてほしい。残金の四十万が工面できそうだからと——店の閉店時間ですからお客さんに迷惑はかけませんし、その時間帯なら小堀さんも源次さんも、そして僕も余裕を持って店で待ち受けることができますから」

「なるほど。金ができそうだといえば、やつらは必ずやってくるか。そこで待伏せとは名案じゃな、翔太。さすがじゃな」

源次がすぐに賛同し、裕三も「それで行こう」とうなずいた。

「よかったら、そのとき七海さんも一緒に」

と翔太は素気ない口調で、七海に声をかける。

「そんな怖い所へは、私は——結果をあとで教えてもらえれば」

青い顔をして慌てて首を振る七海を見ながら、翔太はちょっと自己嫌悪《けんお》に陥った。

七海が断るのは予測できた。それでも翔太が七海に声をかけたのは——一種の意地悪としかいいようがなかった。このとき翔太は、七海を困らせたい衝動に強く駆られていた。子供のころ、好きな女の子を苛《いじ》めたように、むしょうに意地悪がしたかった。


このあと翔太と七海は裕三と源次と別れて、二人で夜の町を歩いた。しばらく無言で歩いていると、七海がふいに声をかけてきた。

「どこかで食事をしていかない、翔太君」

「あっ、いいんですか、僕なんかと」

また憎まれ口が出て、翔太は自己嫌悪に陥る。この夜の翔太の脳裏には、溝口と丈文の顔が常に浮んで揺れていた。

「翔太君とでないと、できない話だから」

何となく淋《さみ》しそうな口調で七海がいった。

「すみません。何だか意地の悪い、いい方をして。もちろん行きます、どこへでも」

素直に謝ったものの、七海のことになると、時として冷静さを失う自分を心の奥で叱った。恥ずかしかった。

「それなら、ジローのナポリタンでどう。あそこなら、そんなに高くないし」

七海の言葉に「はい」と翔太は答え、二人は『ジロー』に向かい、奥の席に腰をおろしてスパゲッティのナポリタンを頼んだ。

「翔太君、怒ってる?」と低い声で七海がいった。

「怒ってるって。僕は七海さんに対して、そんな立場にはいませんから」

また嫌みな言葉が口から出た。

「やっぱり、怒ってる。仕方がないとはいえるけど」

また翔太の胸が軋《きし》んだ音を立てた。

「僕はただ、七海さんが幸せになってくれれば、それでいいので、だから……」

慌ててこんな言葉を口にした。

「そうね」と短く答えて、七海は視線を膝に落した。

そんなところへナポリタンが運ばれてきて、二人はフォークを手にした。しばらく無言の食事がつづいた。何かを話さなければと思いつつ、翔太は黙々とフォークを使った。いつものように頭は働かず、カラ回りするばかりだった。

「あのあと、あの人、左遷されたわ」

低い声で、ふいに七海が口走った。

あのあととは、七海の悲願でもあった、一回目の歌声喫茶の開催後に違いない。そこで溝口が左遷されたということは……。

三カ月ほど前まで、七海とレコード会社の営業だった溝口とは不倫の関係だった。

父親を知らずに、母一人子一人の家庭で育った七海は中年男性に憧れを持っていた。それに乗じて溝口は優しい言葉を駆使して七海に近づき、二人は深い関係になった。七海は大人の大らかさを持つ溝口に夢中になった。だが溝口が優しかったのはほんの一時のことで、その後は七海を顎で使う、ふんぞり返った中年男の姿に戻った。

それを知った翔太は溝口の元に赴いた。

「惚《ほ》れてるのは七海のほうで、俺は七海のことなど何とも思っちゃいない――」

平然とこう嘯《うそぶ》く溝口に、翔太は額を床にこすりつけて土下座をし、七海と別れてほしいと懇願した。そのとき溝口は、こう翔太にいった。

「きちんと真面目に考えてやってもいい――その代り、お前。そのまま俺の靴を舐《な》めてみるか――」

翔太は溝口の靴を舐めた。

これで落着かと思ったが、溝口はこのあとも七海と別れようとはせず、持ちこむCDのすべての買取りなど無理難題を押しつけてきた。七海は途方にくれた。今度こそ別れなければと七海はあがいた。それでも七海は溝口が好きだった。

そんなとき、溝口が担当である新人歌手と深い関係にあることを七海は知った。溝口との電話で本人自身の口からそれを聞いた七海は、その場にうずくまった。そして、ちょうどその場にいた翔太にしがみついた。

「私を抱いて。私を押し倒して。そうすれば、あの駄目男と別れられるかもしれない。私を好きなようにして、翔太君」

しがみついた両腕に力をいれた。

だが、翔太は……まだ先月のことだった。

ようやく、ナポリタンの食事が終った。

「去年の歌声喫茶のとき、一緒に連れてきていた新人歌手との不倫が上層部にわかって――噂では、あの人のいいかげんな態度に新人歌手のほうが嫌になって、その人自身が上に訴えたということだったけど」

独り言のように七海はいった。

「そのために、あの人は本社の営業部から、千葉にある在庫管理の倉庫のほうに左遷。家族ともおかしくなって今は別居中だと、あの人はいっていた」

七海の目が真直ぐ翔太の顔を見ていた。

「持っていたものは、すべて失った。あと残されているのは私だけだと。だから自分を見すてないでくれって」

「だから七海さんは、あいつに会いに行くんですか。前のように、よりを戻すために」

翔太が口を開いた。震え声だった。

「違うわ――」と七海が叫んだ。

「あの人とはっきり別れるために、そのことを伝えるために私は行くの。でも」

七海の顔が悲しげに歪んだ。

「私は翔太君のように強くない。たった一人の身内のお母さんは自由奔放そのままで、いつもどこかに出かけていてそばにはいない。私の周りには誰もいない。私はいつも独りぼっち。淋しい、淋しい、淋しい……」

ちゅんと七海は洟《はな》をすすった。

「誰かによっかかりたい、誰かにすがりたい。でも、誰もいない、誰も……」

語尾が掠《かす》れて消えていった。

「七海さんには、丈文さんが」

この期に及んで、こんな言葉が口から出て、翔太の胸がまた軋んだ。

「丈ちゃんは単なる同級生。できるなら不幸な道を歩んでほしくないと、そう願ってるだけ。それに丈ちゃんは私の綺麗《きれい》な部分しか知らない……でも翔太君は私の醜い部分、嫌な部分、いやらしい部分。そんな、人の知らない部分をみんな知っている。翔太君と一緒にいると、私はとても落ちついた気分になれる。でも、翔太君は……」

七海はまた、でもといった。

「あのとき、私を抱いてくれなかった。翔太君が私を抱いてくれれば、私はあの男と別れられる気が……勝手ないい分なのかもしれないし、まだ高校生の翔太君に、こんなことをいうのは間違っているとも思う。でも、私は本当にそう思っている。本当に」

七海の両目は潤んでいた。

「それは……」

翔太の喉がごくりと鳴った。大好きな七海だった。

好きで好きでたまらない、七海だった。

「それは、何？」

七海の目には涙が溢《あふ》れ、きちんと両手を置いた膝の上にこぼれて落ちた。


アパートに戻ると、母親の郷子《きょうこ》が帰っていて食事をしていた。

「あら、お帰り。有難く、翔ちゃんのつくった夕食をいただいてるわ」

夕食の仕度は翔太と郷子が交互でやっていた。郷子が早く帰れるときは郷子、そうでないときは翔太が受け持った。今夜は翔太のつくる番で献立はソース焼そば。電子レンジに入れれば、すぐに食べられる状態にしてあった。

「今日の焼そば、とってもおいしい。何だか味がいつもより濃厚な気がする」

機嫌よくいう郷子に、

「ソースを液体のものから粉末のものに変えたから。だから、麵へのからみがよくなって、味が濃くなったんだと思う」

すらすらと答えながら、翔太も食卓のイスにそっと腰をおろす。

玄関を入ったところにある、この食堂兼台所の板間と、その奥につづく六畳の和室だけという、古ぼけたモルタル造りのアパートだった。

保険の外交をしている母親の郷子は今年四十四歳、十年ほど前に離婚をしてから、翔太と二人きりでこの時代遅れのアパートに住んでいる。

「ところで、何か浮かない顔をしてるようだけど、何かあったの」

箸を動かす手を止めて郷子が訊いてきた。

「あっ、別に」と翔太はちょっと口ごもってから、

「学校から帰ってくるとき、この地域の新聞配達をしている人の姿を見て、ちょっと悪いなあと思って。だからね」

とっさにこんなことをいった。が、これは嘘《うそ》である。しかし新聞配達の姿は見てはい

ないものの、翔太が申しわけなく思っているのは事実だった。

自分の配達する区域なら朝刊と夕刊の両方を引き受けるのが普通だったが、翔太は多めの朝刊を配達するという条件で、夕刊は免除してもらっていた。やはり、学校から帰ったあとは自由な時間がほしかった。わがままかもしれなかったが。

「ごめんね。小さいころから、翔ちゃんには苦労のかけ通しで。本当にごめん」

すまなそうな声でいって、郷子が頭を下げた。

少しでも家計を助けようと、翔太が新聞配達を始めたのは中学生のときから。それ以来、一言の泣きごとも口にせず、翔太はずっと新聞を配りつづけている。

「あっ、いや、そういうことじゃ決してないから。こんなの別に苦労だなんて、僕は思ってないから。普通のことだから」

慌てて顔の前で手を振った。郷子がこんな反応を示すとは考えてもいなかった。

「それにしたって……」

と、なおも口にしようとする郷子に、

「心配しなくてもいいよ。僕はいつでも何の不自由もなく、ちゃんと、きちんと生きてるからさ」

思いきり顔を崩した。

「そうね。翔ちゃんはいつも、ちゃんと、きちんと生きている……それが逆に、ちょっと悲しくなることもね。もちろん、これは贅沢《ぜいたく》すぎる思いだけどね」

郷子はほんの少し笑ってみせた。

何となく淋しそうな笑顔に見えて、それが逆に綺麗だなと、翔太にふと思わせた。

取り立てて美人というほどではないが、郷子の素直な目鼻立ちと贅肉《ぜいにく》のついていない、すっきりした体つきは見る者に清潔感を抱かせた。そんなところが七海に酷似していると、翔太は密《ひそ》かに思っている。

「じゃあ私、隣にいるから」

食事を終えたあと、台所でしばらく洗い物をしていた郷子はこういって奥の六畳に入っていった。

新聞配達で朝の早い翔太の部屋が手前の台所兼食堂で、奥の六畳間が郷子――いつのまにかこんな部屋割りができていた。

一人になった翔太は食卓に頬杖《ほおづえ》をつきながら、さっき別れてきた七海との会話をせわしなく反芻《はんすう》する。

あのとき――。

「それは、何?」と泣きながら訊く七海に、翔太はこんなことをいった。

「もし、そういう関係になったとしたら、僕は七海さんを忘れられなくなって、一生引きずることになるし、七海さんは」

ごくりと唾を飲みこみ、

「七海さんは、淋しさを紛らわせるために高校生の僕を利用したことを、一生後悔することになると思う。だから――」

低い声だったが、はっきりいった。

「利用だなんて、私は翔太君と一緒にいると心が落ちつくし、翔太君のことは誰よりも大切に思っているし。何より、私は翔太君のことが大好きだし」

「だから、勘違いなんです。七海さんは今の状態から逃げ出すために、誰かに背中を強く押してもらいたいと、そう思っているだけなんです」

「逃げ出すためにって……」

七海が高い声を出した。

「確かに七海さんは、あの男と別れようと思っている。でも最後の何か――踏ん切りのつかない澱《おり》のような何かが足を引っ張っていて、思いきった行動ができない。その何かを断ち切って逃げ出すために僕を」

いいたくなかったが、いわなければ自分も七海も駄目になるような気がした。

「そんなこと……」といって濡《ぬ》れた目で七海が見つめた。

「確かに利用しているといわれれば、そうかもしれないけど、私は本当に翔太君のことが好きで、だから」

声を荒げた。

「それが勘違いなんです。好きの質が違うんです。男と女の感情ではなく、七海さんが僕に対して抱いているのは家族愛のようなもの。それを勘違いしてるだけなんです……」

翔太は「悲しいですけど」という言葉を喉の奥にのみこむ。とたんに、

「違うっ」と七海が言葉を出した。

「家族愛なんかじゃないわ。それが証拠に翔太君が成人したら私は翔太君と——」

と、そこまでいったところで翔太が大きく首を振った。

「それ以上いっては駄目です。いったん口から出した言葉はその人を引きずります。良くも悪くもその人と、その周りを操ることになります。切羽つまっているのはわかりますけど、もっと冷静になってください。お願いですから、もっと冷静に」

懇願するようにいった。

「冷静に……」と独り言のように七海はいってから周囲を見回し、客がほとんどいないことにほっとしたような表情を浮べ、

「そうね、冷静にならないとね——だけど翔太君は、いつどんなときでも冷静なのね。どんな大変な状況におかれても」

ほんの少し、皮肉をまじえたようなことをいった。

そう、翔太はどんなときでも、常に冷静に思考するのが習い性になっていた。どんな

切羽つまったときでもその状況を俯瞰《ふかん》する自分がいて、後先をきちんと踏まえた、それに基づく客観的な行動をとった……実をいえば、それが非人間的に思えて、翔太は少し悲しかった。本当はもっと羽目を外して……。

「七海さん」と、できる限り厳かな声を翔太は出した。

「僕も七海さんも、親一人子一人の淋しい環境です。それならいっそ、兄弟になりませんか。そうすれば、セックスなんかしなくても絆《きずな》はうんと、強くなれるような気がします」

ひとつの提案をした。

「もちろん、法的には無理ですけど、お互いそう思いこめば立派な兄弟ができあがると思います。今の僕と七海さんなら、本当の兄弟以上の兄弟が。もちろん、今回の件でも兄弟である以上、僕は命を懸けてでも全面的に七海さんをバックアップするつもりです――兄弟なんだから、お互い何の気兼ねもなしということで甘えたり、支えあったり、馬鹿っ話をしたり、慰めあったり。いつでも自然に、助けあうことができます」

翔太はまるで暗示をかけるように、兄弟という言葉を連発した。

「兄弟か、いいかもしれないけど」

ぽつりと七海がいった。

どうやら七海の心は、かなり落ちついてきたようだ。

「じゃあ、私が姉さんで翔太君が弟――そういうことになるわけね」

少し楽しそうにいう七海に、

「違います」と翔太は、はっきり口に出した。

「僕が兄さんで、七海さんは僕の妹です」

真直ぐ七海を見つめて、妙なことを口にした。

「えっ、私が翔太君の妹なの」

ぽかんとした表情で翔太を見つめる七海に、

「できの悪い妹をどやしつけるのが、兄である僕の役目です。だから、どんなに甘えてもらっても、どんなに困らせてもらってもいいです。びしばしやりますから。駄目な妹が大切な人生から逃げ出さないように」

微笑《ほほえ》みを浮べていった。

「翔太君……」

掠れた声を七海が出した。

「翔太君って、やっぱり頭がいいんだね……でも急に妹になれといっても、やっぱり変というか、何となく恥ずかしいというか。プライドのほうがちょっと傷つくというか。何といっても翔太君はまだ、高校二年生で私のほうはもう、立派な大人の年齢だから」

神妙な顔をして七海はいった。

「もちろん、すぐにといってるわけじゃありませんから。でも、一度真面目に考えてください……じゃあ、この件はもう終り。そんなことより、明後日、あの男に会ってどうなったか、ちゃんと連絡してください。何たって、兄妹《きょうだい》なんですから」

おどけたような口振りで顔を崩した。


夜の七時半。

『エデン』の奥の席には、『独り身会』の面々が集合していた。

「翔太、どのくらい痛めつければいいんじゃ、そのクソ野郎をよ」

源次が野太い声をあげた。

「傷害罪にならない程度。切羽つまって、警察に駆けこまれても面倒ですから。でも、恐怖感だけは存分に与えてやってください」

低い声で翔太は答えた。

「傷害罪にならなくて、相手に恐怖感を与えるとなると、けっこう無理な注文のようにも聞こえるが、大丈夫か源ジイ」

裕三が心配そうな声を出した。

「まあ、何とかなるじゃろう」

ぼそっと源次は呟《つぶや》くようにいい、

「そうだな。瓶ビールと、普通より厚手のコップの用意を頼んでおくか」

店のオーナーである洞口《ほらぐち》に声をかける。

「普通より厚手だな、万事了解」

洞口だけはカウンターのなかだ。

「厚手のコップって、いったいそれで何をするつもりなんですか、源ジイ」

顔を窺うように川辺《かわべ》がいう。

「それは見ての、お楽しみといったところじゃの」

ぼそっという源次の顔に視線を向け、物騒なことを桐子《きりこ》がいった。

「そういう全女性の敵は、徹底的に痛めつけてやればいいのよ。それこそ骨の二、三本もへし折ってさ」

「それは駄目だよ、桐《きり》ちゃん。いくら悪人でも、そこまでされれば、恐怖よりも怒りのほうが先に立つことにも。恥も外聞も忘れて、警察へということも充分考えられるから」

やんわりというが、翔太の胸のなかは珍しく怒りが渦巻いている。そんな気持を抑えて隣に座っている七海の顔を見ると、今にも泣き出しそうな顔で、唇をぎゅっと引き結んでいた。

三日前、七海が溝口と隣町の喫茶店で会った夜。翔太の許《もと》へ七海から「すぐに店のほうにきて」という連絡が入った。

アパートを飛び出し、慌てて翔太が店に駆けこむと、住居につづく六畳間に放心状態の七海が座りこんでいた。

「七海さん、大丈夫ですか」

上がりこんだ翔太は、いちおう奥を窺ってみるが母親の恵子はまだオーストラリアらしく、人の気配はなかった。

「何があったんですか、あの男は七海さんに何をいったんですか」

肩を揺さぶって翔太は訊《たず》ねるが、七海は首を振るだけで話が聞ける状態ではなかった。

七海がそのときの一部始終を、ぽつりぽつりと話し出したのは、それから十分ほどが経《た》ってからだった。

約束の時間に隣町の喫茶店に行くと、奥の席に座った溝口が珍しく沈痛な表情で七海を見ていた。コーヒーを頼んで溝口の前に座り「大丈夫ですか、溝口さん」と七海が優しく声をかけると、

「何もかも失った。もう俺には、お前しか残っていねえ――こうなったら、お前と結婚してやってもいいと思っているが、異存はねえだろうな」

沈痛な表情は一変し、恩着せがましく溝口はいった。

「私は溝口さんの、持ち物じゃありません。勝手なことをいってもらっては困ります」

さすがの七海も癪《しゃく》に障《さわ》り、はっきりいってやると、

「ほう、偉くなったな、七海。俺にそんな口を利くようになったとはな。あれほど俺にベタ惚《ぼ》れしていたお前がな」

薄笑いを浮べて鼻で笑った。七海の答えを予期していたような様子ともいえた。

「だがな――」

といったとき、ウェイターが七海のコーヒーを運んできて会話は一時中断された。

「お前は俺の言葉に従うしか術はない。世の中ってのは、そういうふうにできている。お前に拒絶する権利はない」

ウェイターが去ったあと、溝口は七海に向かってこんなことをいった。

「それはどういうことですか。妙なことはいわないでください。私は今日、溝口さんときっちり別れるつもりで、ここにきたんですから」

一気にいった。

ようやく口にすることのできた、悲しいほどの重さを持った言葉だった。七海は大きく深呼吸した。そんな様子を溝口はやはり、薄笑いを浮べて見ていた。

「結婚するのが嫌なら、月々俺に三十万ほど回してくれるということでもいいぞ。瘦せっぽちのお前の体を抱いても、面白くも何ともねえからな」

とんでもないことをいい出した。

「なんで私が溝口さんに、三十万円もの大金を、月々払わなければいけないんですか。

そういう話なら帰らせてもらいます。もう、私の周りには現れないでください」

そういって席を立とうとすると、溝口は七海を呼びとめ、ポケットからスマホを取り出した。何やら操作をして、七海の前に写真の画面を突きつけた。

愕然《がくぜん》となった。

写真に写っているのは、全裸の七海だった。

どこかのベッドの上で、全裸で寝ているところを正面から撮ったものだった。無防備すぎる姿だった。七海は眠っているらしく両目は閉じられていた。

「事が終ったあと、うとうとしているお前を見て、急いでシーツをはがして撮ったものだ。何かの役に立つんじゃないかと思ってよ」

溝口が顔中で笑った。

七海の頭のなかは真白だった。こんな写真が撮られているとは、夢にも思わなかった。信じられなかったが、鮮明な事実が目の前にあった。

「俺の提案のどっちかを受け入れなければ、この写真をそこら中に、ばらまくことになる。ネットに流して、世界中の人間にさらすという手もある。そうなると俺も警察に捕まることにはなるだろうが、つい出来心でといい張れば微罪ですむはずだ。しかし、お前の写真は未来永劫《えいごう》、ネットのなかを動き回るということになる。楽しい話じゃないか」

いかにも嬉しそうに溝口はいい、七海を睨みつけて選択を迫った。

「どうだ。どっちの提案を受け入れる」

「あの、あの、少し考えさせてください。お願いします、本当に、あの」

これだけいうのが、やっとだった。これだけいって七海は店を飛び出した。

ついさっきの、ことだった。

七海の顔は、まだ真青《まっさお》だった。

「そんなことを、あの男が」

翔太の言葉も震えていた。

「こうなったら、道は二つしかない」

と翔太は七海にいった。許せなかった。許せるはずがなかった。

「警察に通報するか、それとも独り身会で処理するか、どちらかしかない」

はっきりした口調でこういってから、

「警察に通報してもよほどの証拠がない限り、知らぬ存ぜぬを押し通されたら、うやむやになってしまう可能性は高い。それよりも、七海さんも知ってるように、独り身会には源次さんという途方もなく強い人がいるから、その人に、あの男の処分をまかせれば確実に――」

七海に、この件を独り身会にまかせたほうがいいとすすめた。

「独り身会の人たちは口が固いから、この件が外にもれることは絶対にないから」

ともいって説得し、七海もこれを了承して今夜の集合ということになった。

溝口には、金額の件で相談があるからと七海に連絡を入れてもらい、八時にエデンで話をするということになった。


時間は八時十分前。

エデンの表には七時前から「本日閉店」の札がかけられ、誰も店には入れない状態になっている。

「さて、怪しまれるといかんから、そろそろ閉店札を外すか」

洞口がこういい、表にかけてあった札を手にして戻ってきた。

あとは溝口が現れるのを待つだけだ。

七海は店の中央のテーブルに奥に向かって座り、独り身会の面々は店の奥に陣取って待機——頃合いを見計らって源次が登場するという段取りだった。

溝口が顔を見せたのは、八時を十分ほど回ったころだった。

大きな体を揺らすようにして店に入り、薄ら笑いを浮べて七海の前に座った。「コーヒー」と怒鳴るようにいい、両腕をイスの背に回してふんぞり返った。

桐子がトレイにコーヒーを載せて溝口の席に持っていき、テーブルに置く。

「おう、可愛《かわい》い姐《ねえ》ちゃんだな。どうだ歌手にならないか。俺にまかせれば、スポットライトにつつまれて歌うことができるぞ」

冗談っぽくいうが、目は桐子の顔を舐めるように見ている。

「歌手はいいけど、オジサンの顔がいやらしすぎて、嫌っ」

桐子は大胆なことをいって、さっさと溝口の前を離れる。

「なんだ、あの娘は――まあ、ションベン臭い小娘なんぞ、どうでもいいけどよ」

溝口は憎まれ口を叩《たた》いてから、単刀直入に訊いてきた。

「さて、いくらならいいって、七海はいうんだ」

「まず、スマホを渡してください。金額の話はそのあとです」

はっきりいった。

「渡さねえよ、スマホは。これは担保として、一生俺が持ってるよ。渡したとたんに金をストップされても困るからな。そんな馬鹿なまねはしねえよ」

せせら笑うようにいった。

「そうですか。やっぱりそうして、一生私を食い物にするつもりなんですね」

「そうに決まってるじゃねえか。お前は俺の持ち物だ。その持ち物を、どう扱《あつか》おうと俺の勝手だ。何なら、どこかの金持ちにでも売り飛ばしてやろうか」

こう溝口がいったとき、翔太の隣にいた裕三が立ちあがった。

両の拳を握りしめて怒っているような……目は溝口の背中を睨みつけている。

「おい、裕さん。気持はわかるが落ちつけ。これからわしが出てって、あのクソ野郎を痛めつけてやるから。とにかく落ちついて静観していてくれ」

制するような身振りをして、源次がふらりと立ちあがった。

ゆっくりと歩いて、「はい、ごめんよ」と七海に笑いかけ、隣にとんと腰をおろした。

「何だ、あんたは」

溝口の顔に怪訝な表情が、さっと広がる。

「わしは七海ちゃんの親代りのもんというか、保護者のようなもんで、源次というクソジジイじゃがよ」

ダミ声ではあったが、飄々《ひょうひょう》と答える。

「そのクソジジイが、俺に何か用でもあるのか」

小柄な源次を舐めてかかったのか、溝口は居丈高にいって鼻をふんと鳴らした。

「そうさの。まあ、簡単にいえば、若い女子《おなご》を食い物にする鬼退治。そんなところかいのう」

源次がにまっと笑ったところで、桐子が瓶ビールとコップを持ってやってきた。ビール瓶をとんとテーブルに置いてから、

「はい、源ジイご希望の、厚手のコップ」

そういってコップを瓶の隣に置き、翔太の好きな『圭子《けいこ》の夢は夜ひらく』の鼻歌を口にしながら戻っていった——確かに厚手のコップだった。普通のものの二倍以上あるよ

うな。これを源次はいったいどうしようと。

「おい、鬼っていうのは俺のことか。チビジジイ、俺を舐めるんじゃねえぞ。これでも俺は一度も喧嘩には負けたことのねえ男だ、それを、チビジジイ」

溝口が吼《ほ》えた。が、源次はその言葉を無視して左手でビールをつかみ、右手の中指と人差指を立てて、無造作に瓶の口に叩きつけた。鈍い音がして瓶の口が吹っ飛んだ。

溝口の顔色がすっと蒼《あお》ざめた。

「何の手品だ、それは。何の余興だ」

それでも上ずった声をあげた。

「わしは手品などは、まったく知らんわい」

源次は軽くこういって、首の吹っ飛んだ瓶から厚手のコップにビールを注いだ。

「さて、ご馳走《ちそう》になるかの」

呟くようにいって、源次はコップのビールを喉に流しこんだ。

「何だかガラスの破片が混じっているようじゃが、まっいいか」

怖いことを口にしながら全部を飲んだ。

コップはまだ、源次の左手だ。そのコップの縁を源次の右手がつまんだ。力を入れた。

パキッという音と共に、コップの縁が折れた。折れるはずのない厚手のコップだった。そのコップの縁を何度もつまみ、次々に源次は折っていった。あとに残ったのは、縁をすべて折られた、ギザギザのコップのみ。

呆然《ぼうぜん》とした表情で、溝口がそのコップを見ている。

「おいっ」と低い声で源次がいった。

「それを全部、飲め」

溝口の前に置いてある、コーヒーカップを顎で差した。カップのなかにはコーヒーがまだ、半分ほど残っていた。

「あっ、はい」

溝口は怯えたような声を出してカップを手に取り、一気に飲みほした。

そのカップを源次は左手でつかんだ。エデンのコーヒーカップは磁器ではなく、ごつごつした厚手の陶器だった。そのカップを睨みながら源次は人差指を一本立てた。

カップの腹を、とんと突いた。

信じられないことが起きた。

カップの腹に穴があいた。

いつのまにか周りに集まってきていた独り身会の口から、どよめきがあがり、翔太は思わず、自分の人差指を見た……。

「おい、おめえよ」と源次が溝口の顔を正面から見た。

目の前に巨大な松ぼっくりのような、ごつごつした拳を突き出した。

「わしは、鬼一法眼《きいちほうげん》様が起こした京八《きょうはち》流の古武術者で、この商店街の用心棒じゃ。わしの拳は相手の骨を砕き、わしの貫手は相手の内臓を破裂させる。そのわしとおめえ、命のやりとりをする気があるか、どうじゃ」

ぎろりと溝口を睨んだ。

「いえ、そんな、私は用心棒様とそんなことをする気は毛頭。そんな滅相もないことは私は、とてものことに」

歯の根が合わないほど、溝口の声は震えていた。

「いい心がけじゃが、聞けばおめえ。わしたちの可愛い七海ちゃんに脅しをかけているというが、そういうことじゃな」

「あっ、それは何かの間違いと申しましょうか。何といったらいいのか、そういうことはなるべくしないほうがと、常日頃から、いい聞かせていると申しましょうか、何とか用心棒様にはご迷惑を、おかけしないようにと申しましょうか」

溝口は、訳のわからない言葉を並べたてた。

「出せよ、おめえよ、スマホをよ」

ぼそりと源次はいう。

「はい、ただいま。スマホを、出しますので、何とぞ、何とぞ」

慌てて内ポケットに手を入れるが、指が震えているらしくなかなかつかめないようだ。ようやくつかみ出したスマホを源次は七海に渡して声をかける。

「七海ちゃん、しっかり確認をよ」

受け取った七海は、席を立った源次の脇を抜けて店の隅に行き、あちこちと操作をし始める。やがて、

「はいこれです。このスマホに間違いありません。ありがとうございます」

大声をあげて頭を下げた。

「念のために、おめえに訊いておくが、写真はあのスマホの一枚だけか。他にもあるんじゃなかろうな」

溝口の前にしゃがみこんだ源次が、ドスの利いた声をあげた。

「そんなことは全然、あれ一枚で他には写真はありません。本当に本当です」

泣きそうな声を出して、溝口は全身を左右に振った。

「もし、今いった言葉が嘘じゃったら、わしはおめえを殺すことになる。それも普通の殺し方じゃねえ。まず右腕を引きちぎり、次に左腕を引きちぎり、鼻をつぶし、目玉をえぐり、そのあとに首をへし折る。わかるなおめえ、わしのいってることがよ」

睨みつけた。ただの目ではない。獣の目だ。源次が時折見せる、野獣の目だった。

「ひゃい、もちろん」

溝口の発音が変になっていた。同時にズボンの股間にあたる部分が黒くなるのがわかった。失禁した。黒いシミはどんどん大きくなった。

「ああっ、誰が掃除するんだよ」

とたんに、桐子が顔をしかめるのがわかった。

「なら、ここらで解放というわけにはまだいかん。女子を苛める鬼には、それなりの仕置きをせんとな、鬼にふさわしい仕置きをの」

源次はこういってから、

「おめえはもう、自分には何も残ってねえといったそうじゃが。まだ残ってるじゃろ、命というやつが。それがなくなって初めて、何も残ってねえということになるんじゃろうが」

不気味な言葉を溝口に投げかけた。

すっと源次の右手が溝口の顎に伸びた。

「自分の骨の、軋む音を聞くがいい」

両顎を万力のような手がつかんだ。

「許してください、お願いですから許して……」

溝口は泣いていた。

涙が滴《したた》って服の上に落ちた。

構わずに源次は右手に力をいれた。

が、すぐに顎から右手を外した。

「いかんの。顎の骨はやわすぎる、ならば」

今度は右手がすっと上に伸びた。

溝口の左右の顳顬《こめかみ》をぐっとつかんだ。

力を注ぎこんだ。

「どうじゃ聞こえるか。骨の軋む音が、骨の泣き声が」

溝口は無反応だ。目は虚《うつ》ろになっており、涙だけがその目から流れていた。

ぴしっという微かな音が聞こえた。皮膚の裂ける音だ。顳顬の皮膚が破れて血が流れ出した。顔が赤鬼のような形相に変った。

「源ジイ、もうそろそろ、いくら何でもちょっとそれは」

オロオロ声を裕三があげた。

「おう、わしもちょっと心配になったところじゃ。物には限度というものがあるからな」

内心は心配だったらしく、源次も慌てて溝口の顳顬から右手を外した。が、溝口はぐったりとして体を起こそうともしない。

「死んじゃったんですか」と川辺が嬉しそうな声をあげる。

「馬鹿いえ。ちゃんと手加減はしておる。気絶しているだけで心配ない。むろん、骨も砕けてはおらん。顔面の血は顔中に広がって大事に見えるが、実際は大したことはねえ、ただ――」

源次は少し言葉を切って、

「この男は自分の耳で、確かに自分の骨の軋む音を聞いたはずじゃ。もう二度と悪さはしねえじゃろうよ」

厳かな声でいい、溝口の頰を軽く右手で叩《たた》き出《だ》した。

少しして溝口は気を取り戻した。すぐ目の前の源次の顔を見て「ひぇい」と奇声をあげて、背中を壁に押しつけた。

桐子が「はい、顔、どうぞ」とオシボリを差し出した。おずおずと受け取った溝口はそれで顔を拭き、赤い血の色を目にして、さらに背中を壁に強く押しつけた。

「これに懲りて、二度と悪さはせんことじゃ。むろん、七海ちゃんにも二度と近づくな。今日は余興じゃ、わしを本気で怒らせるな。本物の鬼にさせるな」

源次は穏やかな調子でいい、溝口に向かって顎をしゃくった。

「なら、帰れ。仕置きはこれでもう終りじゃ」

のろのろと溝口は、体を起こして立ちあがる。みんなが溝口の通り道をあける。通路に立った溝口は突然、脱兎《だっと》のごとく走り出して、入口の扉にぶつかった。転げるように扉を開けて外に飛び出した。大きな吐息が、独り身会の面々からもれた。

「じっちゃん、これ」

遠慮ぎみに桐子が、溝口の汚したイスと床を洞口に目顔で差した。

「お前の仕事だ。きちんと掃除しとけ」

洞口は桐子の言葉を一刀両断にし、

「しかし、コーヒーカップに指で穴をあけるとは――凄《すご》いな源ジイ、あの術は」

心底驚いたような口調でいった。

「そうだな、あれには俺も驚いた」

追従するように裕三が声をあげる。

「いやあれはよ。コップの縁を折る術に較《くら》べたら簡単なことでよ。陶器のカップは磁器のものに較べたら表面が柔らかいから、その一点に集中して力を加えれば、ごく自然にな」

雀の巣のような頭を掻きながら、源次はいう。

「それにしたって、普通の人間には」

と洞口がいったところで「あの……」という声が聞こえた。七海だ。

「あの、本当にありがとうございました。これで本当に楽になりました。どういって、お礼をいったらいいのか、本当に私」

腰が折れるほど、七海は頭を下げた。

「いやいや、これであの男も七海ちゃんにはもう近づくことはないじゃろ。いやあ、よかった、よかった――ところで、お母さんはまだ、オーストラリアかいの」

しれっと訊いた。

「はい、何が気に入ったのか。ちっとも帰ってきません。困ったものです」

七海の言葉に源次が肩を落すのがわかった。

「ところで源次さん。ビールにガラスの破片が混じっているといってましたけど、大丈夫なんですか、体のほうは」

気になっていたことを翔太は訊いた。

「ああ、あれな。まずいなとは思ったけど、あの状況では飲まんわけにはいかんからな。それで、飲んじまったけど……まあ、小さなガラスの屑《くず》みたいなもんだったから」

ひしゃげた声を源次は出した。

源次はステージ・フォーの胃癌《いがん》だった。

「源次さんがそういうんなら、安心ですけど」

「そうだな。これですべてが丸く収まって、大団円。いやあよかった、本当によかった。なあ、七海ちゃん、よかったなあ」

翔太の言葉にかぶせるように裕三が大袈裟《おおげさ》な喜びの声をあげて、七海の顔を見た。そんな様子に七海もぺこりと頭を下げる。

「こうなると、あとはパン屋の丈文君の件だけということか――あっ、これも七海ちゃんがらみで、何だかここのところずっと七海ちゃんデーといったところだな」

無邪気にこんなことをいう裕三に、

「すみません。本当に私がらみの、アクシデントばかりで」

七海はまた神妙に頭を下げる。それから翔太の前にきて、

「翔太君、ありがとう。これで私は何の心配も迷いもなく、新しい道を歩いていくことができる。それもこれもみんな翔太君のおかげ。本当にありがとう」

翔太の手をぎゅっと両手で握ってきた。

「あっ、僕なんかの力はしれたもんだから。でも七海さんの迷いが消滅する結果になって本当によかった。僕も肩の荷が下りて、すっきりした気分です」

といったところで、七海の両手が翔太の手からすっと離れた。

これでもう七海は、自分のことを好きだとも、抱いてくれとももいわない。年相応の誰かを見つけ、新しい自分の人生をしっかり切り開いていくはずだ。それはそれで嬉しいことだったが、やはり一抹の淋しさはあった。

そう思いつつ、視線をそっと横に向けると桐子の目とぶつかった。さっと顔を横に向けて表情を取りつくろったが、七海とのやりとりの一部始終を桐子はずっと……。

そんなところへ洞口から声がかかった。

「おおいみんな、お祝いといったら何だが、これからエデン特製のナポリタン・スパゲッティをつくるので、それを食べてから帰ってくれ」

盛大な拍手が湧き起こった。

アパートに帰ると、台所の食卓の前に座った郷子がコーヒーを前にして棚の上のテレビを見ていた。

「あっ、お帰り」

と郷子はいってから、まじまじと翔太の顔を見てきた。

「何かあったの、翔ちゃん」

怪訝な面持ちで訊いてきた。

「何かって、どういうこと」

「ここのところずっと顔色が冴《さ》えなかったけど、今日は何だかそれが抜けて、さっぱりした顔に見えるから」

さすがに母親の勘は鋭い。

「うん、女の子に振られたから」

何でもないことのように翔太はいう。

「えっ、女の子に振られると、翔ちゃんはさっぱりした顔になるの」

「そういうことも、あるんじゃないかな」

「やっぱり変ってるね、翔ちゃんは。それで、その女の子ってどこの、どんな子なの」

興味津々《きょうみしんしん》の顔で訊いてきた。

「どこの誰かはいえないけど、性格や容姿はお母さんによく似た……」

そのとき、テレビのドラマがヤマ場だったらしく一際《ひときわ》大きな音楽が流れた。

「えっ、何ていったの。お母さんがどうとかって聞こえたけど……」

少し身を乗り出してきた。

「お母さんが知らない人だからって、いおうとしただけだよ」

理由はわからなかったが、ごまかした。

その瞬間、翔太の脳裏に七海の顔が鮮やかに浮んだ。大好きな顔だった。笑っていた。笑ってはいたが、もう遠い人。

翔太はやはり淋しかった。


裕三から例の二人組が丈文の店に金を受け取りにくるという連絡を受け、六時半頃、翔太はアパートを出て『宝パン工房』に向かった。

店に入ると、丈文は後片づけの真最中だった。簡単に挨拶をかわして、奥の作業場に入るとすでに裕三と源次、それに意外にも七海がいた。

「怖いからこないっていって、いってたはずだけど」

翔太が声をあげると、

「そう思ってたんだけど、考えを直すことにしたの。翔太君からいろいろ話を聞いて、何があっても逃げ出すのはいけないということに気がついて……だから今日も怖さを封印してここにくることに。何といっても、これも私がらみのことだから」

簡単ではあったが、理路整然と七海は話した。

「ああ、それはいいことだと思う。それは七海さんが前向きになった証拠だから。その気持で毎日を生きていけば、必ず幸せになれるはずです」

当《あ》たり障《さわ》りのない、それでも正論じみたことを翔太は口にした。

「何だか紋切型《もんきりがた》の言葉のようで、翔太君には似合わないかんじ。でも、ありがとう」

素直に七海が礼をいうと、すぐに源次が声をあげた。

「何でもいいから、わしが危なくなったら、七海ちゃんを守るのは翔太、おめえの役目だからよ。裕さんは年寄りだし、おめえの他に若いやつなんぞは――」

といってから首を捻《ひね》り、

「あっそうか。肝心の丈文を忘れておった。わしもそろそろ認知症なのかいね。何でもいいから励め、翔太」

「あのね、源次さんが、その二人に負けるわけがないでしょ。目をつぶっていたとしても、簡単に料理できるでしょ。悪い冗談だけはやめてください」

強引に話をまとめる源次に、翔太は珍しく文句をいった。

何となく気が昂《たかぶ》っていた。

「まあまあ、翔太君。源ジイも悪気があっていったことじゃないんだから。ここはやっぱり、みんなで足並を揃《そろ》えて」

裕三が中に入り「悪かったな、翔太。ちょっと、はしゃぎすぎた」と源次が口にしたところで、丈文が店の片づけを終えて作業場に入ってきた。

「もうそろそろ、くるころですけど。本当に大丈夫なんですか。相手はガタイもでかいし、喧嘩なれもしてますけど」

ちらっと源次の小さな体を見ていった。むろん丈文は、源次の強さを知らない。

そのとき店から声が響いた。

「おおい丈文、きてやったぞ。金を持って出てこいよ」

さすがに機嫌のいい声だ。

「すみません。奥の作業場のほうにきてくれますか」

丈文が声をあげ、すぐに作業場の扉が開いて、二人がなかに入ってきた。

「何だ丈文、この四人は。いったいどういうことだ。てめえ、本当に金を払う気があるのか、俺たちを騙《だま》したのか」

二人の目の色が険悪なものに変った。

「あのなあ、金を払うのは、おめえらのほうじゃろうが。おめえら、五千円の借金で丈文から十万円も奪い取ったじゃろ。払いすぎの九万五千円をしっかり返せよ、馬鹿どもが」

源次が一喝した。

「何だ、この、ちっさいおっさんは」

一人が前に出て、源次の胸倉を右手でつかんだ。そのとき源次の右手が男の左手を下からつかみ、こねあげるようにしゃくった。

男の体は吊りあげられた格好で爪先立ちになり、背中を反らせた。源次の右手が空中で円を描いた。男の体は一回転して背中から床に落ちた。

源次は片手だけで、ガタイの大きな半グレを投げ飛ばしたのだ。

「てめえ、この野郎っ」

もう一人の男が拳を振りあげて、突っかかってきた。軽くさばいて脇腹に正拳をぶちこんだ。男は物もいわずに崩れ落ちた。あっというまの出来事だった。

口をぽかんとあげて、丈文が源次を見ていた。現状が理解できないらしく、放心状態だ。

「さて本番は、これからだんべ」

妙な訛《なま》りで言葉を出し、気絶している男はほっといて、源次は投げられてうずくまっている男の前にしゃがみこむ。

「おめえが、矢坂か」

源次の問いに男は首を振り、

「矢坂はあっちで、俺は浜田……」

気絶している男を目顔で差して、早口でいった。

「なら浜田、おめえたちはいったい、この町で何をやらかしてるんじゃ。正直にいえ。正直にいえば、いちおう無傷で帰してやる。じゃが、嘘をいったり黙りこんだりすれば。おめえの頭蓋骨は砕けることになる」

源次の万力のような右手が、浜田という男の左右の顳顬をつかんだ。あれだ。あれをまた、やるつもりなのだ。翔太は思わず身を乗り出した。

源次がぐいと右手に力をこめた。

浜田が悲鳴をあげた。

骨の軋む音を聞いたのだ。

「いう、いうから、その手をどけてくれ」

無造作に源次が右手を離すと、浜田はよほど痛かったのか、左右の顳顬に自分の両手を押し当てた。

「いえっ」と源次のドスの利いた声が響いた。

浜田の体がびくんと震えた。

「オレオレ詐欺の講習所……」

とんでもないことを口にした。

「オレオレ詐欺の講習所じゃと――」

源次は独り言のように呟き「裕さん、どうする」と、裕三に意見を求めた。

「まずは知っていることを全部話してもらい、そのあとは警察の仕事ということになるな……例の皺男の件は別としてもな」

警察という言葉が裕三の口から出たとき、隣に立っている七海の口から安堵《あんど》のような吐息がもれた。ゆっくりと口を開いた。

「丈ちゃんの件もこれで丸く収まりそうだし、警察が全面的に介入すれば……」

ぷつんと言葉を切って、七海は覗《のぞ》きこむように翔太の顔を見た。

「この商店街も平和になるね……ねっ、翔太兄さん」

恥ずかしそうにいった。

翔太の胸の鼓動が速くなった。

七海は今、確かに翔太兄さんといった。

このとき翔太は、ささやかではあったけど、幸せの音を聞いたような気がした。

何処へ

少し遅くなった。

裕三《ゆうぞう》は今夜の集合場所である『志の田《しだ》』に急ぎ足で向かう。足元から冷気が這《は》いあがってくる。年寄りに冬の寒さは辛《つら》い。

店の前に立って引戸を忙《せわ》しなく開けると暖気が、わっと顔をつつみこんだ。

「いらっしゃいませ」

すぐに里美《さとみ》の愛想《あいそ》のいい声が耳に響く。

軽く会釈《えしゃく》を返してカウンターを見ると、数人の客のなかに例の椎名《しいな》がいた。一人でゆっくりと盃《さかずき》を口に運んでいる。

「もうみなさん、お揃《そろ》いですよ」

里美の言葉に小あがりの突きあたりにある小部屋を見ると、なんと襖《ふすま》が開けっぱなしになっていて川辺《かわべ》が手を振っていた。

「じゃあ、お世話になります」

裕三は里美に声をかけ、小あがりから六畳の座敷《ざしき》に入りこむ。テーブルの上にはまだ、おでんや飲物は出ていない。

「裕さん、遅い。待ちくたびれた。私は今日ぐらい、おあずけされた犬に親近感を抱いたことはなかったよ」

桐子《きりこ》のなじるような声に、

「すまんな。塾生の一人が中学校の不良連中に、ぼこぼこにされたって泣きそうな顔で話すのを聞いていたら、こんな時間にな」

いいながら裕三は源次《げんじ》の隣に「どっこいしょ」と口に出して座りこむ。

「おい、裕さん。中学校の不良連中にって――ぼこぼこにされたのは弘樹《ひろき》かいの」

すぐに源次が反応した。

「そうだよ、弘樹だよ。話には隆之《たかゆき》も加わって、とにかく源ジイに早く道場を開いてくれるように、しっかり頼んでほしいと――そういう話を延々とな。だから源ジイ、何とかしてやれよ」

どやしつけるように背中を叩《たた》くと、

「武術馬鹿の、あの青年も、近頃治療所のほうに頻繁に顔を出して、弟子にしろとうるさいし……」

太い腕をくんで独り言のように呟《つぶや》いた。

梁瀬守《やなせまもる》だ。以前、源次に勝負を挑んで押し殺しという術で失神させられた、柔道五段の——あの若者もやってきているのだ。となると……。

「それはまあ、ともかくとして。なんで襖が開け放してあるんだ。暖房が効いてるから寒くはないだろうが、普通は閉めるだろう。まさか俺のくるのを見張るために」

頭のなかを切り換えて怪訝《けげん》な声を裕三が出すと、

「違う、違う、あれだよ」

洞口《ほらぐち》が目顔で川辺を差した。

とたんに出入口側の、いちばん端っこに座っている川辺の顔が赤くなるのがわかった。

「なるほど、そういうことか。襖を閉めてしまうと、カウンターの里美さんの顔が見えなくなるから開け放して……それでお前はカウンターの見える、いちばん端っこの席に陣取っているのか」

裕三の言葉に、川辺は耳のつけ根から首筋まで真赤に染めた。

「川辺、お前は中学生か」

洞口がひやかすようにいうと、

「今時、中学生だって、そんな純情な男子はいないじゃんね」

桐子が、追い討ちをかけるように口にした。

「純情じゃなくて、純粋——私はそう思うけどな。ねえ、若頭」

声をあげたのは山城組《やましろぐみ》の冴子《さえこ》だ。隣には若頭の成宮透《なりみやとおる》の姿も——この二人が加わったために、小あがりでは座りきれなくなって、この六畳にしたのだ。

「はい、自分もそう思います」

掠《かす》れた声で答える成宮の顔も、ほんの少しだが赤くなっている。成宮が冴子に対して一途《いちず》な気持を抱いているのは『独り身会』の誰もが知っていた。

「純情じゃなくて、純粋……」

それまで口を閉ざしていた翔太《しょうた》がぽつりといったところで「失礼しまあす」と割烹着《かっぽう》姿の里美が、おでんのつまった土鍋を両手にして部屋に入ってきた。すぐに川辺がテーブルの中央にあるガスコンロに火をつけ、鍋はその上にそっと置かれた。

「足りなくなったら、いつでも声をかけてくださいね」

里美はそういってカウンターに戻り、今度はビールなどの飲物を盆の上にのせて運んできた。そして戻り際、川辺の横にしゃがみこみ、ささやくほどの小さな声で何かを耳元でいい、頭を下げて部屋を出ていった。

川辺の顔はこれ以上はないといえるほど、赤一色に染まっている。

「おい、川辺っ」と源次がダミ声をあげた。

「里美さんはお前に、いったい何といったんじゃい」

「ええと、それは。カウンターのほうに、あとでちょっときてほしいって……」

上の空という様子で川辺は答えた。

一瞬、周りが静まり返った。

「それは、あれだよ」

静けさを破ったのは桐子だ。

「お金の話に決まってるじゃん。どれぐらいの予算で、どんなものを出したらいいかって、それがいちばん、肝心なはずだからさ」

周りから大きな吐息がもれた。すぐに源次の得心したような声。

「なるほどの。いわれてみれば、それが店にしたら、いちばん大事なことに違いねえ」

「そりゃあ、そうだ。あんな美人がそれ以外、川辺の野郎に用事があるわけがねえ。何たって俺たちは、いい年こいた、しなびたおっさん軍団なんだからよ」

洞口の辛辣な言葉に川辺はしょげたものの、ようやく宴会の始まりとなった。

まず乾杯ということになり、裕三が音頭《おんど》をとることに。

「今夜の宴会は、オレオレ詐欺集団からこの町を守ったという、まことにめでたい祝いの宴《うたげ》であり、そして、その席にこうして山城組のお二人にきてもらったのは――」

裕三は成宮と冴子の顔を見て、笑顔でうなずく。

「実はこの件の真の功労者は、山城組の透さんではないかということで。というのも、俺の快気祝いをやったとき、透さんはかなり重要なことを口にしていたから」

そのとき成宮は、こんなことをいった。

「この店のさらに裏手にあるマンションですが、近頃やたら若い男女の出入りがあって、自分はそれが妙に気になるというか、訳がわからないというか——」

そんな成宮の疑念を一刀両断にしたのは、桐子だった。桐子はこれを婚活の集まりだといい、みんなもそれに納得した格好になり、この件は落着となった。

裕三のこの話を耳にしたとたん、桐子が顔を赤くしてうつむいた。今日はみんなが、よく顔を赤くする夜でもあるようだ。

「あのとき透さんの意見を、みんなで掘り下げていれば、この件はもっと早くに落着したはずなんだが、如何《いかん》せん、俺たちにはその知恵がなかった。今にして思えば、さすがに山城組を束ねる若頭の眼力は凄《すご》い——ということで、何はともあれ、まず乾杯」

裕三の言葉にみんなもコップを掲げて「乾杯」と声を張りあげる。桐子もウーロン茶の入ったコップを膨《ふく》れっ面《つら》で持ちあげて、何やらぼそっと声に出したようだ。

「しかし、今回の警察の動きは早かったですね」

先ほどのダメージからは立ち直ったのか、川辺が感心したような口振りでいった。

「そりゃあ、看視役の半グレ二人が急にいなくなったんだから、相手も警戒するに決まってる。迅速に動かねえと、へたをすれば雲を霞《かすみ》と逃げちまうことになるからな」

洞口が大きくうなずきながら、説明するようにいった。


あのとき――。

源次に詰問《きつもん》された浜田《はまだ》という半グレは、この町でやっているのは、オレオレ詐欺の講習所だといった。場所は成宮の指摘した雑居ビルの一室で、そこにネット募集で群がった若者二十人ほどを相手に、オレオレ詐欺のノウハウを教えこんでいたという。

講師は自称弁護士を含む、元役者、元教師の三人で、集められた若者たちは電話のかけ子、現金をかき集める受け子、それに介添役の三組に分けられ、それぞれの応対の方法を徹底的に叩きこまれることに。

脅し役も強面《こわもて》の屈強な男が二人いて、泣き言を口にする者、のみこみの悪い者には容赦なく暴行が加えられ、そこはまるで戦場のような有様《ありさま》だと浜田はいった。

そして、その講習をクリアした者はどこか別の場所に連れていかれ、実際にオレオレ詐欺の勧誘に取りかかるのだとも。浜田と矢坂《やさか》の二人は、その組織の使い走りのようなもので、それ以上のことはよくわからないということだった。

「その組織の大元はどこなんだ。いずれどこかの暴力団だとは思うが」

と裕三が訊《き》くと、泣き出しそうな顔で浜田が口を開いた。

「知らないっすよ、本当に。俺たちもネットを見て、ひょっとしたら金になるかと参加しただけで。そこで半グレの身分を買われて、みんなの見張り役になっただけで。本当にそれだけなんす」

「なかには現状についていけず、落ちこぼれる者や逃げ出そうとする者もいただろうが、そういう連中はどうしたんだ」

さらに裕三は声を張りあげる。

「強面の二人が徹底的に脅しにかけるっすよ。このことを、もし誰かにちくったら、コンクリートづめにするか、一生つきまとって食い物にするかの、どちらかだと……言葉と力で徹底的に恐怖心を植えつけて、やっと解放っす」

ぶるっと体を震わせる浜田に、

「なるほど、恐怖心をの――」

ぼそっと源次は呟き、目を剝《む》いた。

「それで、あの芹沢《せりざわ》という皺《しわ》男は、どういう存在なんじゃ」

「あの人は全体の用心棒という存在だったはずで。懐《ふところ》には、いつも刀を忍ばせてましたし、強面二人も、あの人だけには妙に低姿勢で怖《おそ》れているようでしたし……それ以上のことは、俺たちには」

浜田はまた、体をぶるっと震わせた。

「そういうことじゃそうだが、どうする裕さん――わしはいつ、殴りこんでもいいけどよ」

怖いことを、源次は何でもない顔で口にした。

「おそらく、今いった以上のことは、この二人も知らんだろうし。さて今回は、殴りこみのほうは――」

後を裕三がつづけようとすると、

「駄目です。今回は僕たちの出る幕はありません。警察にまかせないと絶対に駄目です」

叫ぶように翔太がいった。その横では青い顔をした七海《ななみ》が裕三を見ていた。

「そうだろうな。今回ばかりは、殴りこみは無理だな。そんなことをしようもんなら、世間からも警察からも袋叩《ふくろだた》きにされるだろうな。そういうことだ、源ジイ。暴れたい気持はわからんでもないけどな」

「わかってるべ。いくら頭の悪いわしでも、今回だけは無理だってことはよ」

ちょっと拗《す》ねたような口調で源次はいい、

「なら、この馬鹿どもを、ブタバコに叩っこむか」

小さな吐息をもらした。

このあと二人は警察に引き渡され、次の日にはもう、問題の雑居ビルに警官たちがなだれこんだというニュースがマスコミ各社から流れた。

逮捕・確保されたのは、強面の二人と講師三人、それに浜田たちと同じ見張り役の二人と、講習に参加していた若者二十一人の、計二十八人。どこでどう警察の動きを察知して姿をくらましたのか、皺男の芹沢重信《じゅうしん》の名前だけは逮捕者のなかに見当たらなかった。

これがオレオレ詐欺に関わる、一連の推移だった。

「だけど、ニュースの続報によれば、なかなか大元の暴力団にまでは手が届かないかんじですね。逮捕された、強面の男たちの口も固そうだということらしいですし」

竹輪を頬張りながら、川辺はやたら、視線をカウンターのほうに走らせている。どうやら、里美のところへ行く機会を窺《うかが》っているようだ。

「それに、あの皺男だ。いったい、どこでどうしているのやら」

抑揚のない声で源次がいう。

「皺男の芹沢重信か。いいじゃないか、あんな物騒な男。厄払いができたということで、万々歳の一件落着じゃないか」

なだめるように裕三がいうと、低すぎるほどの声を源次が出した。

「いや、落着じゃねえ。あの男は必ずわしに、果し状をつきつけてくる。わしを倒さん限り、あの男の血の騒ぎは収まらんじゃろうからよ」

宙を睨みつけた。

「やっぱり、そういうものなんですか」

ふいに翔太が声をあげた。

「そういうもんじゃの。厄介なもんじゃて、武術者というやつは。自分より強い者が、この世にいるのが許せんのじゃな」

源次は蒟蒻《こんにゃく》に、かぶりついた。

「でも、もし、あの人と闘えば源次さんは……」

「あの、目にも見えん太刀筋《たちすじ》を、どう見切る。無理じゃな、翔太。どう知恵を絞ってみても、闘いの方法は見つからん。わしの負けじゃ。つまりは死ぬということじゃ」

ぼそりといった。

泣き出しそうな声を翔太は出した。源次は翔太の、唯一無二のヒーローだった。

「死ぬって、そんな」

「たったひとつの方法は、左腕でやつの剣を受け、その瞬間、やつの顔面に渾身《こんしん》の右正拳突きを見舞うことじゃが、左腕を斬り飛ばされたわしに、その気力が残っているかどうか」

怖いことを源次は、さらっといった。

「左腕を斬り飛ばされるって――それならいっそ、源ジイも刀を手にして皺男に向かったらどうですか。以前、半グレのアジトに殴りこんだとき、源ジイは鉄パイプを手にして、ばったばったと相手を打ち倒していたじゃないですか」

川辺が正論を口にした。

「剣と剣の闘いでは、腕が違いすぎる。わしの得意は無手。生半可な腕で武器を手にして立ち向かえば、それこそそれが逆に作用して、あっというまに一刀のもとに斬りすてられるじゃろ」

源次も正論で返した。

「それじゃあ、打つ手はやっぱり」

喉につまった声を翔太はあげた。

「左腕一本――」と、はっきりした口調で源次はいった。

沈黙が周りをつつみこんだ。

沈黙を破ったのは桐子だ。

「そんなら、さっさと逃げればいいじゃんね。それですべては、ちゃんちゃん」

何でもない口調でいい放った。

また沈黙が周りをつつみこみ、桐子はきょとんとした表情を浮べる。

「えっ、私、何か凄いことといった。えっえっ」

周りを見回して薄い胸を張った。

「凄いことじゃなくて、馬鹿らしいことだ。逃げればいいことなど、誰にでもわかる。それができんから、こうして頭を抱えているんだろうが。まったく、お前は」

洞口に一喝されて桐子はわかりやすく、しょげた。

「あの……」と冴子が心配げな声をあげた。

「その皺男というのは、いったい」

事情を何も知らぬ冴子は、率直な問いを口にした。

「皺男というのは、芹沢重信といって――」

と裕三は、芹沢と源次の関わりから『のんべ』で、一瞬のうちに日本酒の瓶の口を斬り落したことなどを詳細に冴子に語った。

「冨田《とだ》流の小太刀の達人ですか。そして得物《えもの》は正宗十哲《まさむねじってつ》の一人で、来国次《らいくにつぐ》――いたんですねえ、そんな人が。この世の中に、まだ」

話を聞き終えた冴子が、遠くを見るような目つきでいった。

「もしも――」と突然、冴子が身を乗り出した。

「源ジイと、その人が闘うことになったら、私に検分を許してもらえますか」

すかさず隣の成宮も腰を浮せた。

「自分もぜひ。その場に」

二人とも両目が、ぎらぎらと熱をおびていた。やはりこの二人は、源次と同じ種類の人間なのだ。闘う人間なのだ。

みんなの目が源次に注がれた。

「いいべ」

ぽつりといった。

「じゃあ、僕もお願いします、絶対に」

これは翔太だ。次に川辺が名乗りをあげ、洞口に桐子、それに裕三も加わって結局この場にいるすべての人間が、検分役ということになった。

「じゃが、ひとつだけ、わしのいい分を聞いてくれるか」

源次は周りをぐるりと見回し、

「もし、わしが血反吐《ちへど》のなかに倒れたら——そのときは、絶対にやつには手を出すな。黙ってその場を去らせてやれ。特に喧嘩《けんか》師の透さん、相手は冨田流の達人じゃ。その達人が真剣を手にしていることを忘れんように。刃を手にした達人の前では、無手のわれらは無力。そのことを肝に銘じて絶対に忘れんでほしい。それだけじゃ」

淡々と諭すように口にした。

「わかりました。無駄死には、決していたしません。そうですね、姐さんも」

成宮の言葉に冴子も無言でうなずく。

「よしっ、それならこの話はこれでもう、おしまいじゃ。せっかくの祝いの席なんじゃから、あとは盛大に飲んで食ってよ」

源次が話を締め括り、このあとは無礼講の宴となったが、川辺だけは落ちつかない様子で、開け放った入口からカウンターをちら見している。

どうやら里美の様子を窺っているだけではなく、他にも理由があるような……と考えを巡らせて裕三は、ようやく気がついた。あの椎名という男の動向だ。川辺はあの男が帰るのを待って里美のところに行くつもりらしいが、肝心の椎名が、なかなか腰を上げないので苛《いら》ついているのだ。

その椎名が立ちあがった。川辺の体に緊張が走った。

「毎度、ありがとうございました。お気をつけて」

という里美の声に送られて、椎名はようやく外に出ていった。とたんに川辺の苛つきが、そわそわ感に変った。行こうか、どうしようか迷っている。それから五分ほど後——。

「あっ、あのう、それではちょっと里美さんのところに行ってきますので」

上ずった声をあげた。

「何だ、川辺。金の話をしに行くのに、そんなにそわそわしていてどうする。もっとしゃんとして、できるだけ安くあがるように交渉してこい」

ひやかすようにいう洞口に、

「里美さんは、そんな、ぼるような代金の取り方をするような人じゃありませんから、大丈夫です」

このときばかりは、はっきりした口調で川辺はいって洞口をじろりと睨み「どっこいしょ」と掛け声を出して中腰の姿勢をとった。そのままよろけるように開け放った出入口を通り、今度は襖をぴしゃりと閉めてしまった。

「あっ、あの野郎。やるに事欠いて、きっちり襖を閉めやがった。何てえ野郎だ」

愚痴るようにいう洞口の顔には、何となく羨ましげな表情が浮んでいた。洞口はコップに残っていたビールを一気に喉の奥に流しこんだ。喉を鳴らして飲みほした。

出ていった川辺は、なかなか戻ってこない。

すでに二十分近く経《た》っている。

「いったいあいつは、何をしてるんだ」

苛ついた様子で洞口はいい、四《よ》つん這《ば》いになって襖のところまで行き、ほんの少し開けてカウンターのほうを覗《のぞ》いた。

「おい、あいつは何をしてるんじゃ」

面白そうにいう源次に、

「あの野郎、嬉《うれ》しそうに里美さんと話をしてやがる」

悔しそうにいって襖をぴしゃりと閉め、気落ちしたように自分の席に戻った。

「嬉しそうに話をしてるんなら、けっこうじゃないか。これで少なくとも高い代金をとられることはないだろう」

「けどよ裕さん。俺たちはみんな、しけたクソジジイの寄り集まりなんだぜ。それをあの、しなびた川辺だけが、美人の里美さんにちやほやされるってえのは、いったい、どういうことなんだよ」

　洞口はけっこう酔っているようだ。

「洞口さんも里美さんが、お気に入りなんですね」

　冴子が笑いながら、さりげなくいった。

「お気に入りってことはないけど、やっぱり里美さんは美人だからな。男だったら夢ぐらいは見るよな」

　なかば本音らしき言葉を洞口が口に出したとたん、桐子が唇を尖《とが》らせた。

「じっちゃん、いやらしい」

「いやらしくはないわよ、桐子さん――男でも女でも、それぐらいの夢をもつのは普通のこと。そうじゃないと長い人生、とても前には進めない。何十年も生きていくって、とても辛いことなんだから。年を取っても、夢をもてるって、凄いことだと私は思うわ」

　嚙《か》んで含めるように冴子が口を挟んだ。

「それは、そうかもしれないけど」

　桐子は掠れた声を出してから、

「おい翔太、何とかいったらどうだ」

　と翔太に嚙みついた。

「僕も冴子さんの意見に賛成するよ。妙な表現だけど、生きるというのは容易だけど、生きていくっていうのは大変だと思うよ」

なだめるようにいう翔太に、

「生きると、生きていくって、どっちも同じことじゃんか」

ぽかんとした表情を桐子は浮べる。

「それは……僕もそうだけど桐ちゃんはまだ若いから、生きていく辛さがわからないだけだよ。それに桐ちゃんは、人並以上に綺麗《きれい》だから、そのあたりの苦労の実感が少ないんじゃないかな」

珍しく翔太が桐子の容姿を誉《ほ》めた。

「えっ、何――」と桐子は上ずった声を出し、

「そりゃあまあ、頭のいい翔太がそういうんだから、そういうことだとは思うけどさ。そうか、私はもう少し、苦労をしたほうがいいのか」

上機嫌でこういってから、にまあっと笑った。

そんな問答のようなことをしていると、出入口の襖がすっと開いた。まず、満面を笑みにした川辺が入ってきて、そしてその後ろには、おでんの入った鍋を持った里美がつづいた。

「みなさあん、新しいおでんを入れますからね」

里美はこういってテーブルの土鍋のなかに、見つくろったおでんダネを手際《てぎわ》よく入れ

「じゃあ茂《しげる》さん、お願いしますね」と声をかけ、襖をぴたりと閉めて戻っていった。

「茂さん、なあ……」

ぼそっと洞口が口に出すと、川辺の顔が真赤に染まった。

「おい、川辺。おめえ、こんなに長いこと、いったい里美さんと、何を話してたんだ」

「何をって、代金の話はまったくなしで、単なる世間話をしてただけですよ」

仏頂面の洞口を見ながら、いかにも楽しそうに川辺はいう。

「単なる世間話だけで、おめえはそんなに喜色満面の顔をするのか。ちょっとおかしいんじゃねえのか」

「いやまあ、他のことも多少はですね」

顔中に春がきたように、川辺の表情がぱっとほころんだ。そして「実は」と声に出してみんなの顔を嬉しそうに眺めてから、驚くべき言葉を口にした。

「里美さんと、ケータイ番号の交換をしました」

一瞬時間が停止したように静かになり、そのあと、どよめきが走った。

「ケータイ番号の交換って、それはいったいどういう料簡《りょうけん》……」

洞口の声が途切れた。

「料簡も何も。ただ、茂さんは常連中の常連だから、もっと親しくなれるように番号を交換しましょうって、里美さんが」

川辺の過ぎるほどの高ぶった声を聞いて、がくっと洞口が首を前に倒した。

珍しく川辺から招集が、かかった。

それも志の田ではなく、のんべで会おうというものだった。

指定された夜の八時に裕三がのんべに行くと、奥の小あがりにはすでに、いつもの独り身会の面々が顔を揃《そろ》えていた。

「あっ裕さん、ご苦労さんですね」

いかにも嬉しそうな顔で川辺はいい、その場に立ちあがって裕三を迎えいれた。

「どっこいしょ」といって、これもいつものように裕三が源次の隣に座ると、早速川辺が声を張りあげた。

「お忙しいなか、わざわざ私の呼びかけに応じていただきまして、まことにありがとうございます。ちょっと独り身会のみんなにご報告したいことがありまして、こうして足を運んでもらいました。もちろん極めてプライベートな私的なことですので、ここの勘定はすべて私持ちということで、大いに飲んで食べていただければ幸いかと」

やけに、しゃっちょこ張った挨拶に、源次がすぐに声をあげる。

「おい、何だべ。その極めてプライベートな私的なこととというのはよ」

「それはまあ、飲物と料理を注文して、みんなで乾杯をしたあとということで。ですからみなさん、好きなものを頼んでください」

川辺の言葉に店の者を呼んで、それぞれが思い思いの料理と飲物を注文する。そしてテーブルの上に飲物が届いて、川辺の音頭で乾杯がすんだあと——。

「実は私、みんなにちょっと、ご報告が」

上ずった声をあげて、みんなの顔を川辺は意味ありげに見回す。

「こら川辺。勿体《もったい》ぶらずに、いいたいことがあるんなら、さっさといえ」

苛立《いらだ》った声を洞口があげた。

「はい。実をいいますと、あれから里美さんからケータイに連絡が入りまして——」

ごくりと洞口が唾を飲みこんだ。

「三日前の日曜日、めでたく二人っきりでデートをして参りました」

顔をほてらせた川辺の得意げな言葉に周りの空気がさっと固まり、洞口が肩をすとんと落した。

「デートって、いったいどこへ行ったのよ。川辺のおっさん」

桐子が身を乗り出した。

「私はディズニーランドへ行きたかったんですけど、あそこは人出も桁違いに多いし、園内も広すぎて茂さんには辛いんじゃないですかと里美さんがそういって——」

川辺はまた、みんなの顔を見回し、

「遊園地がいいのなら、浅草の花やしきにしませんか。あそこならのんびりと遊園地気分を味わうことができるはずですからと里美さんが。ですから浅草へ」

でれっと笑った。

「いい大人が二人して遊園地って——お前はやっぱり中学生か」

愚痴るようにいう洞口に、

「恥ずかしながら告白しますと、私はこの年になるまで、女性と二人で遊園地というところへ行ったことがなくて。それでずっとそういう場所に憧れていたといいますか、青春のやり直しといいますか。ですから……」

川辺は遠くを見るように口にした。

「俺だって女と二人で遊園地なんぞ、行ったことはねえぞ。なあ、裕さん、源ジイ。おめえらだってそうだろう」

洞口の吼《ほ》えるような言葉に、すぐに裕三が口を開いた。

「そうだな。昭和の男は意気がっていたから、そういうところへ行きたいなどとは、口が裂けてもいわなかったな」

「だろう。それが昭和の男の心意気ってえもんだ。そんな女子供の行く軟弱なところなんぞ、大の男がよ」

いくらか溜飲《りゅういん》が下がったような口振りの洞口に、

「痩せ我慢じゃよな——けどよ、いいかもしれんな、二人でディズニーランド」

ぼそっと源次がいった。羨ましそうな口調だった。

「私も男の子と二人では、ディズニーランドに行ったことない」

ふいに呟くように桐子がいい、

「どうだ、翔太。私と一緒に、ディズニーランドに行ってみるか——歩くのが嫌なら、川辺のおっさん御用達《ごようたし》の、花やしきでもいいけどな」

素気なく冗談っぽい口調でいった。

「あっ、桐ちゃんが行きたいんなら、行ってもいいけど」

驚いたことに、翔太が桐子に同意する言葉を口にした。

「えっ、えっ」と当の桐子が呆気《あっけ》にとられた声を出した。

「そりゃあ、まあ、翔太がどうしてもっていうんなら、行ってやってもいいけどさ」

「行こうよ、桐ちゃん」

ふわりといって、翔太が穏やかな笑みを浮べる。と、すぐ洞口が、また吼えた。

「で、そのあと、どこへ行ったんだ。川辺よ」

「浅草演芸場に寄ってから、日も暮れたので近くの鰻屋《うなぎや》に入って、二人で白焼きをつつきながらお酒をいただきました。すみません」

川辺はぺこりと頭を下げた。

「何でお前が謝るんだよ。いいよ別に、気を遣ってくれなくてもよ。白焼きは俺の大好物でもあるけどよ……しかし、何だってしょぼくれたお前が、あの美人の里美さんとよ、二人っきりでよ……」

洞口の言葉からは、すっかり覇気がなくなっていた。

「優しさだよ、じっちゃん。川辺のおっさんは優しいじゃんね、だからだよ。それとも何か他に理由といったら——まあ、結婚詐欺ぐらいのもんか」

桐子の悪気はないが辛辣な言葉に川辺の顔が、ほんの少し曇ったように見えた。が、このとき裕三の胸には、いうにいわれぬ悲しさが押しよせていて……。

「遊園地……秋穂《あきほ》を連れて……」

口のなかだけで裕三は呟いた。

「えっ、何かいったか、裕さん」

怪訝な表情を浮べる隣の源次に、掠れた声を裕三は出す。

「単なる独り言だ。気にするな」

「なら今夜はとことん、飲んで食ってやるから、覚悟しとけよ、川辺」

洞口がコップのビールを一気に飲みほし、賑《にぎ》やかな宴会になった。

三十分ほど経ったころか。

何となく異質な空気のようなものを感じ、刺身をつまむ箸を止めて裕三がふっと視線を斜め前に向けると、男が一人でコップ酒を飲んでいた。胸がざわっと騒いだ。皺男の芹沢重信だ。

「源ジイ――」

くぐもった声をあげると「わかってるべ、さっきから」という源次の低い声が聞こえた。周りのみんなも芹沢の存在に気がついたようで、洞口がその代表者になったように小声で口を開いた。

「どうする源ジイ。すぐ警察に通報して、きてもらうか」

「ちょっと待て。ここはやっぱり、昭和の男の心意気を見せてやらねえとよ。あいつは、わしに果し状を突きつけるために、ここに現れたはずだから、それ相応のよ」

源次は洞口を止めた。すぐに川辺が口を開いた。

「だけど、あの男と闘っても源ジイには勝目がないわけでしょ。それなら、警察に捕まえてもらったほうがいいと私は――」

「実をいうと策を、ひとつ考えた。苦肉の策ともいえるものを」

源次がやけに真面目な顔で答えた。

「本当ですか、源次さん。その策を用いれば、あの人に勝てるんですか」

翔太が身を乗り出した。

「勝てるかどうかはわからんが、やってみるより仕方あるめえ」

「その策というのは、何だ。源ジイ」

裕三は、たたみこむようにいう。

「やつに術をかける。心を縛る術をな」

いうなり源次は土間におり、草履をつっかけて皺男の前に行き、ゆっくりと腰をおろした。低すぎるほどの厳かな声を出した。

「久しぶりだの、芹沢重信さん」

「まさに一別以来、ようやくの——お主の顔を見て、体中が疼《うず》いておるな」

重信もきちんとした口調で答え、また時代劇のワンシーンのような問答が始まった。

「ということは、果し合いの申しこみ。そういうことになるのかの」

「さよう。左封じの書状はないが、この場でお主に果し合いを申しこむ。むろん、死ぬか生きるかの命のやりとりになるが、さてどうする」

重信が源次の顔を真直《まっす》ぐ見た。

「承って候《そうろ》う」

古めかしく源次は答えて「日時と場所は」と重信に訊いた。

「七日後の、この日の夜。刻限は日境いの十二時、場所は隣町につづく、稲荷神社《いなりじんじゃ》。ということでいかがかな」

「委細承知」と源次は短く答えてから、

「重信さんの得物は来国次、当方は無手——ということでよろしいな」

何でもないことのようにいうと、重信の顔に困惑の表情が浮き出た。

「羽生《はぶ》殿は京八流《きょうはち》の遣い手と聞いたが、それなら剣をもって立ち合うのが道理のような。それを無手とは、ちと無謀が過ぎる。それとも羽生殿は初手から死ぬつもりで——」

睨みつけるような目で源次を見た。

「はて、わしはそのようなつもり、一向に持ち合せてはおらぬがの」

源次は薄く笑ってから、

「ところで先般、重信さんには酒瓶の首を抜打ちで斬り落す技を披露してもろうたが、そのお返しといっては何だが、今夜はわしの技をこの場で披露しようと思うとるが、いかがなもんじゃろうかの」

さりげなく話題を変えた。

「おう、それは、ぜひ」

重信の言葉に源次は懐をまさぐって、何やら取り出した。十円硬貨だ。源次はあれをやるつもりなのか。しかし、いったい何のために、あれを——裕三は息をのむ。

源次は十円硬貨をテーブルの上に置いてから、小さく息を吸いこんで背筋をぴんと伸ばした。腹の上で両手をくんで印を結んだ。口から低い言葉がもれ出した。

「臨、兵、闘、者、皆、陣、烈、在、前……」

とたんに重信の体が、ぴくりと動いた。

「お主、忍びか……」

重苦しい声を出した。

「さよう。わしは鬼一法眼《きいちほうげん》様の京八流を受継ぐと同時に、役小角《えんのおづぬ》様を始祖とする木曾《きそ》流の忍法を継承しておる。そして、わしの得手は得物無用の忍びの術——じゃからの」

噛んで含めるようにいう源次に、

「なるほどの、そういうことか。ようやく得心がいった。となると——」

底光りのする目を源次に向けた。

「剣に対する防ぎは、鎖帷子《きこみ》——忍びの常道として、そういうことになるのか」

「重信さんの剣は、鎖を断ち切ることができるか否《いな》や」

重信の顔が、わずかに歪《ゆが》んだ。

「あと三寸長ければ……小太刀では少々重さが足りぬの。となると致命傷は、真っ向幹《から》竹《たけ》割りか首根への一撃」

独り言のようにいう重信に、

「じゃが、わしは鎖帷子はつけぬ。それでは尋常の果し合いとはいえんからの。そのかわり……」

源次はテーブルの上の十円硬貨を右手でつまみ、中指と人差指の腹の先端に置いた。

平たい硬貨の真中《まんなか》に親指をそえ、目を半眼にして呼吸を整えた。

「参る――」

低く呟いて両の指に力をこめた。

瞬間――指先の十円硬貨が二つに折れ曲がった。

「おうっ――」と重信の口から感嘆の声があがった。

「それが忍びの術か。凄いの、気を操ることができなければ、こんな技は。まさに神技、奇跡の術といったところだの」

重信の声を聞きながら、源次は二つに折れ曲がった十円硬貨をテーブルの上にそっとのせる。重信は、しげしげとそれを見た。子供のような無邪気で純粋な目だった。

「わしはそれを二つに折り曲げた。重信さんはそれを二つに斬ることが――」

「むろん、できる。容易なことだ」

うなずく重信に、源次は柔らかな声をかける。

「なら、わしは、その十円硬貨一枚で重信さんの一太刀を防ぎ、次の一撃で死に至らしめる。そして、それを阻《はば》むために」

重信の顔をじっと見た。

「わしは十円硬貨を斬り裂いて、次の一撃で羽生殿の首を刎《は》ねる」

信じられないことだが、重信の顔に笑みが浮んだ。

この男の、こんな顔を見るのは初めてだ。顔中のすべての皺が蠕動《ぜんどう》して、まるで顔全体が踊っているような表情だ。いつもの不気味さは、まったく影をひそめて見当たらなかった。裕三は呆気にとられた。

「いや、実に楽しい。このような展開で試合うことができるとは。生きていてよかった。羽生殿のような人に会えるとは、今度の果し合い、まことに嬉しい限り」

子供のような表情で口に出すが、それはそれとして源次と重信の果し合いは命のやりとりに変りはない。死を懸けた闘いだった。

「重信さん……」

ふいに源次が重信の名前を呼んだ。

「なぜ、あんたほどの人がヤクザの用心棒に。それが、わしには……」

「それは——」と重信の顔が大きく歪んだ。

「いくら強うても、それだけでは飯は食うてはいけんからの、それでな」

いうなり重信は立ちあがった。

「ならば、後日——」

軽く頭を下げて、さっと背中を見せた。

淋《さみ》しげな背中に見えた。

帰りは方向の同じ源次と連れ立って、裕三は商店街を家に向かった。

かなり冷えこんできていて、人通りもまばらだ。やはり年寄りには、冬より夏のほうが暮しやすい。特に一人暮しには――。

「ところで、さっきの芹沢とのやりとりなんだが。あれはいったいどういうことなんだ。源ジイと、あの男の間には意志が通じ合っているようだったが、俺たちはさっぱりわからん」

そうなのだ。二人の闘いに十円硬貨が、どんな働きを示すのか。どう考えても答えは出そうにもなかった。

源次と重信との、やりとりのあと――。

席に戻った源次に向かって川辺が、

「十円玉を、あの男の顔にぶつけるんですよね」

神妙な顔をしてこんなことをいったが、すぐに却下された。

「川辺、お前は里美さん惚《ぼ》けじゃ。もう少し頭を冷やして真面目に考えろ」

おまけにこう一喝されて首を竦《すく》めた。

「残念ながら、川辺と同じで俺にも理解できんのだが、確か源ジイは十円玉一枚っていったよな――十円玉一枚でいったい何ができるんだ」

すかさず首を捻《ひね》りながら裕三が声をあげると、

「一枚だから、あの男はある種の感動を覚えて、わしの言い分を受け入れた。まったく武術者というやつは、わしも含めて一途というか馬鹿というか真直ぐというか……しかし、それだからこそ、みごとに術にかかったともいえるんじゃがの」

思わせぶりなことを源次はいった。

「あれが術なのか、十円玉云々《うんぬん》というのが。何が何だかよくわからないが」

「そうじゃよ。十円玉を切り札にすることを、あの男に納得させる術を、あの会話のなかで仕掛けたんじゃよ」

ほっとした顔で源次がいうと、それまで黙っていた翔太が声をあげた。

「重信さんも、それが源次さんの術だということを知っていて、かかってみせたんですよね」

さすがに翔太は十円玉の意味を理解しているようだが――しかし源次が種明しをしない限り、いくらせっついても翔太が口を開かないのはわかっている。

「それはつまり、かかったふりをしたと、いうことなのか」

「ふりなどではなく、矜持《きょうじ》じゃな。武術者同士の暗黙の了解じゃよ。とにかく当日になれば一目瞭然――あまりの馬鹿馬鹿しさに、大笑いになるはずじゃから楽しみにしておいてくれ。わしの最後の、パフォーマンスになるかもしれねえことだしよ」

源次は薄く笑ったようだ。

「私、わかったような気がする」

そのとき、桐子が叫ぶようにいった。

「わかったけど、誰にもいわない。いえばまた、みんなに馬鹿にされるだけじゃんね。だから誰にも、翔太にもいわない」

ちょっと得意げに、ちょっと悲しげに桐子はいった。

「そうだな。いわねえほうがお前の身のためだ——それはそれとしてだ」

それまで黙って焼き鳥を頬張っていた洞口が声をあげた。

「二人の話のなかに出てきた、キコミっていうのはいってえ何なんだ。俺にはよくわからねえんだけどよ」

「キコミというのは鎖で編んだ防御衣で正式にはクサリカタビラ。これを着物の下につけておけば刀で斬られても、刃は弾《はじ》かれて肌には届かねえ。つまりは今の、防弾チョッキのようなもんじゃよ。かなり重いけどな」

簡単に源次が説明する。

「じゃあ、それを着て闘えば、おめえが勝つかもしれねえってことじゃねえか」

洞口の言葉に、翔太がすぐに反論した。

「それをつけないって源次さんがいったから、重信さんは術にかかろうと自分にいい聞かせたんです。あのとき、二人の心が通いあったということなんです」

「なるほど。出来レースってのは、そういうふうにして生まれるのか」

これでこの件は、先送りになったのだが。

「ところで、その訳のわからない十円玉で源ジイの勝率は、どのくらいあがるんだ」

商店街を並んで歩きながら、裕三は気になっていたことを源次に訊《たず》ねる。

「勝率か。十円玉がなければ一分、十円玉を使えば三分……そんなところだろうな」

「五分五分までは、いかないのか、そんな程度なのか」

叫ぶような声をあげると、

「残念ながらいかねえな。何だかだといっても相手は小太刀の達人じゃからの。得物を手にした達人は強い。仕方がねえな、そのときは死ぬしかよ……」

ひしゃげたような声が返ってきた。

源次もやはり怯《おび》えているのだ。

「死ぬって、源ジイ……」

喉につまった声を裕三はあげた。

「なら、裕さん。俺んところは、こっちだから、ここでよ」

分かれ道だった。「じゃあな」と源次は手をあげ、左側の路地に入っていった。

後ろ姿を見ながら立ちつくす裕三の胸に、秋穂の姿が浮んだ。幼い子供の姿をした秋穂の顔はのっぺらぼうだった。秋穂は水子のまま死んでいった裕三の子供だった。

二十三年前——。

裕三は十年間一緒に暮してきた妻の貴美子《きみこ》と、諍《いさか》いを繰り返していた。

性格の不一致、男女の考え方のズレということもあったが、一番の原因はバブルの崩壊とともに裕三の勤めていた工作機械の会社が倒産したことだった。

「どこでもいいから、早く勤め先を見つけて安心させて」

と貴美子はいうが、裕三はこの言葉に素直に従えなかった。裕三は工作機械会社の主要エンジニアだった。誇りがあった。不況のなか当然仕事は見つからず、裕三は自棄《やけ》になって荒れに荒れた。夫婦の生活は壊れる寸前だったが、そんななか貴美子がこんなことをいった。

「子供ができたら私たち、やり直せるかもしれない……」

互いの自由な生活を守るため、子供はつくらない——これがそれまでの二人の方針だったが、貴美子はこの危機を乗りこえるために、この考えをすてたようだった。拒む理由もなく、裕三はこの提案を受け入れた。

そんなとき、幼馴染《おさななじ》みで学年のアイドル的存在だった、小泉《こいずみ》レコード店の恵子《けいこ》と裕三は偶然出会い、話を交す機会を得た。

恵子の家も大変だった。

アパレルメーカーに勤めていた夫の勇治《ゆうじ》は浮気《うわき》の常習犯で、職場の女性に次々と手を出していた。勇治は長身で、誰が見ても二枚目だった。

「もう限界みたい。離婚しようと考えている……」

と疲れきった顔で恵子はいった。

裕三の心は揺れた。恵子は裕三の初恋の相手だった。どちらから誘うというでもなく、その夜二人は結ばれた。そんな関係が二カ月ほどつづいたころ「妊娠したみたい」と恵子はいった。そして、こんな言葉をつけ加えた。

「妊娠はしたけれど、これが裕三さんの子供なのか、あの人の子供なのかは正直なところわからない——あの人、仲が悪くなっても私の体だけは求めてきたから」

さらにこの時期、同時に妻の貴美子も妊娠したことを裕三に告げた。裕三は頭を抱えた。そして出したのが——妻と別れて恵子と一緒になろうという結論だった。しかしこれを聞いた恵子は、勇治とはきっちり別れ、子供も産むつもりだけれど、裕三とは結婚しないという言葉を口にした。

「——他の人を不幸にしてまで、私は幸せになりたいとは思わない」

こうもいった。が、裕三はこの言葉を信じなかった。いざとなったら、いくら恵子でも……そんな思いで裕三は貴美子に離婚を迫った。

「離婚って、じゃあ、子供はどうするの。どうしたらいいのよ」

叫ぶ貴美子を、裕三はこう説得した。

「堕《お》ろしたほうがいい。君はまだ若い。そのほうが、第二の人生もやりやすくなる。俺のようなぐうたらと一緒にいるより、新しい相手を探して一緒になったほうがいい」

勝手な言い分なのはわかっていたが、裕三の本音でもあった。こんないいかげんな人間と一緒にいるよりは誰か他の男と……むろん、その裏には恵子との結婚という打算があったのも確かだった。

何度かの修羅場の末、貴美子は子供を堕ろすことに同意し裕三と離婚した。恵子も勇治と別れることになったが、裕三の思い通りにはいかなかった。恵子は言葉通り、裕三との結婚を拒否した。

そして七海が生まれ、裕三と貴美子の子供は闇に葬《ほうむ》り去《さ》られた。殺したのは裕三自身だった。命日は十月の二十五日、貴美子が堕胎をした日だった。

恵子とはそれ以来体の関係はなく、元の幼馴染みに戻った。裕三は一人きりになり、このあと落ちこぼれの子供たちを相手にした『小堀《こぼり》塾』を開いた。裕三の贖罪《しょくざい》のようなものだった。

裕三はあのとき鬼だった。

自分のことしか考えていなかった。

堕ろした子供の名前は、秋穂。

裕三が勝手につけた名前……一度もこの世界を知らず、闇の奥に沈んだ子だった。愛《いと》しかった。悲しかった。不憫《ふびん》だった……その元凶は父親である裕三自身だった。

裕三は冷たい舗道にしゃがみ込んだ。

正座をして頭をたれた。

涙が湧き出た。

肩を震わせて裕三は泣きつづけた。


源次が果し合いをする前日の夕方。

また裕三のケータイに川辺から電話が入り、沈んだ声で、こんなことをいった。

「会いたいんですけど、できれば翔太君と一緒にきてくれませんか……」

翔太と二人で指定された喫茶店の『ジロー』に行くと、奥の席に悄然《しょうぜん》とした様子で川辺が一人で座っていた。

「どうした、川辺。何があった」

注文を取りにきたウェイトレスにホットコーヒーを二つ頼み、裕三は翔太をうながして川辺の前に座る。

「はい、それが」と泣き出しそうな声を川辺は出すが、なかなか話そうとはしない。結局、川辺が口を開いたのは、それから十分ほどが経ってからだった。

「じつは里美さんが――」

と、ぽつぽつと話し出した。

昨日の夜、川辺が志の田に行くと店は開いてはおらず、シャッターが閉まったままだった。妙だなとは思ったが、こういうこともあるかとその日はそのまま帰り、そして今日の夕方また行ってみると——。

「また、シャッターが閉まっていたのか」

裕三がぼそっと声に出すと、

「閉まっていました。志の田は日曜休みなので、今日を入れると三連休になってしまいます。これはちょっと変だと」

川辺は肩を落した。

「それで、そのまま帰ってきたのか」

「もちろん、そのまますごすごとは。これでもいちおう、ちゃんとした大人ですから」

そのあと川辺は近所の店に寄って、志の田の様子を訊きまわったという。

「そしたら、多分夜逃げをしたんじゃないかと、他の店の連中が口を揃えて」

悔しそうに言葉を吐き出した。

「以前から客足が減って、里美さんが困っているという話はお前から聞いてはいたが——しかしなぜなんだろう。里美さんは美人だし、愛想もいいし、そんな店が」

その間の事情が裕三には、まったく想像もできない。

「美人すぎたんです、里美さんは」

妙なことを川辺が口にした。

「あそこにくる者は、ほとんど里美さん目当て。それも、あわよくば自分の物にしようという魂胆の客がほとんどでした。しかし、里美さんという女性は極めて身持ちの固い人で、いいよってくる客には、はっきり拒絶の態度を示しました。ですから、そういった客は、こんな店にきていても時間の無駄ということで一人減り、二人減り、三人減りして客数のほうが。あとに残ったのは、私たちのような里美さんと一緒に楽しく過ごせればそれで満足という、常連中の常連だけ。これではやっぱり、店の経営は」

川辺は大きな溜息《ためいき》をついた。

「いっそ並程度の美人だったら、アタックするほうの一生懸命さも希薄になって、笑い話ですんだんでしょうが、里美さんは綺麗で可愛《かわい》すぎました。みんな目の色変えて本気で迫っていましたから、客同士のいざこざも、しょっちゅうで」

川辺の言葉に裕三も何となく納得することはできた。しかし、美女がからむと、男というものは見境いがなくなる生き物だと得心はしたものの、二十年以上も前のあの出来事が脳裏に蘇《よみがえ》り愕然《がくぜん》とした。考えれば、あのころの自分は、里美目当てにあの店にきていた男たちと変りはなかった。ただの獣だった……。

「あの、椎名さんっていう人は、どういう」

そのとき、翔太が初めて口を開いた。

「あの人はそういった連中とは違い、私と同じ里美さんの静かなファンだったとしかいいようが。それ以上のことは私にもわかりません」

掠れた声で川辺はいって、冷めたコーヒーをすすった。

「つまり、お前は。あの男と里美さんが恋仲であるかどうか、そのあたりはわからないということなんだな」

裕三が念を押すようにいったところで「あの」と翔太がまた声をあげた。

「僕をこの場に呼んだのは、おそらく里美さんの消えた理由を、何とか仮説を立てて読み解いてほしいということなんでしょうけど」

「そうです。天才少年の翔太君なら、何らかの説明が可能なんじゃないかと思って、それで。すみません」

遠慮ぎみにいう翔太に、川辺はすがるような目を向けた。

「謝らなければいけないのは僕のほうです。今の段階では、いかにも情報が少なすぎます。わかっているのは、里美さんはお金に困っていたこと。そして川辺さんのライバルである椎名という人と里美さんの関係は、ほとんど情報無しの状態。すみません、これではちょっと仮説の立てようがありません」

翔太は川辺に向かって頭を下げた。

ほんの少し沈黙が周りをつつんだ。

「実は……」と川辺が喉に引っかかった声をあげた。

「私、里美さんに、お金を貸しました」

蚊の鳴くような声でいった。

「金を貸したって。いつ、どこで、どれほど貸したんだ」

怒鳴るような声を裕三はあげた。

「あの、里美さんと一緒に花やしきに行ったあと、鰻屋で白焼きをつつきながら店の窮状を訴えられまして。それで――」

そのとき里美は肩を震わせ、

「お願いします。私が頼れるのは川辺さんしかいません。どうかこの場を何とか切り抜けるため。もちろん、お借りしたお金は必ずお返しします。五年のうちには必ず、いえ、三年のうちには」

目に涙をためて、こう懇願したという。

「あのデートには、そんなおまけがついていたのか」

裕三は独り言のようにいい、できる限り優しい声を出した。

「で、いくら貸したんだ」

「里美さんが三百万というので、それだけ」

ひしゃげた声で川辺はいった。

「三百万円ですか！」

翔太が驚いた声をあげたところで、川辺のポケットが音を立てた。ケータイの着信音だ。慌てて川辺はポケットからケータイを引っ張り出して着信画面を見る。

「洞口の修《しゅう》ちゃんからです」

沈痛な面持ちでそういって耳に押しあてる。しばらく話をしてから、

「今その件で、ジローにいます。裕さんと翔太君も一緒です。よかったら……」

掠れた声でいって川辺は電話を切った。

「志の田が閉まっているという話を聞いて、どうなってるんだと、私に電話を。修ちゃんたちには黙っていたかったんですけど、こうなったら、どうせいつかはわかりますから。それで、よかったらこっちへと」

「そうだな、いつかはわかることだな――それで、お前が教えてもらった里美さんのケータイはどうなんだ。当然、電話は入れているんだろう」

「入れました。でも電源が切られているようで、何度もかけたんですけど、つながりません。ひょっとして里美さん、自殺なんかを。私はそれが心配で」

沈みきった声でいう川辺に、

「死ぬつもりなら、お金の工面はしません。死んでいく人が、川辺さんに迷惑をかけようとするはずがありません。だから、今の局面では、その心配はないと思います」

翔太が否定の言葉を出し、すぐに今度は裕三が口を開いた。

「川辺、お前はいいやつだな。この期に及んで、まだ里美さんを心配するとは……三百万もの大金が絡《から》んでいるというのに。先日桐ちゃんがいった通り、お前の優しさは筋金入りだな。いや、頭が下がったよ」

しみじみとした調子でいった。

「私は妻にも先立たれ、子供も独立して今はあの公団住宅に一人暮しの身。無駄遣いをする気もありませんし、毎日の生活費もしれたもんです。だから、お金よりは里美さんの身。それしか考えていません」

といったところで、入口に洞口と桐子、それに源次の姿も見えた。やけに早かった。三人はコーヒーを注文し、裕三たちの隣のテーブルに席をとって座りこんだ。

「それで、どういう状況なんだ」

コーヒーがテーブルに並べられるのを待って、洞口が催促するようにいった。

それを受けて裕三が事のあれこれを三人に詳しく説明する。三百万の件では、さすがにみんなの顔に驚きの表情が浮んだ。

「だから、私、いったじゃん。結婚詐欺かもって――」

話が終るとすぐに桐子がこういい、洞口からじろりと睨まれて首を竦めた。

「話はわかった。で、翔太君の考えはどうなんだ。それを聞かないと話にならねえ」

洞口の言葉に、みんなの視線が翔太に集まる。結局のところ、何かが起きればやっぱり、翔太頼み。そういうことになるようだ。

「三百万円という新しい因子は増えたんですけど、その使い道がわかりません。それが借金を返すお金で、そしてまだ返済金が残っているようなら、そのうち銀行や闇金の業者が店の周りをうろつき出しますから。それはそれでひとつの因子にはなりますけど」

と翔太がいったところで、

「闇金業者が相手なら、わしの出番ということになるのう」

源次がさらりといった。

「何を呑気《のんき》なことを。源ジイには明日、死ぬか生きるかの果し合いが待ってるんだぞ。生きて帰れないかもしれないんだぞ」

叱りつけるように裕三はいう。

とたんに源次はベソをかいたような顔になって体を縮めた。

「今入っている情報を元に考えれば、里美さんは確信犯的に川辺さんからお金を借りた。これは確かな事実で、この行為を利用ととるか、甘えととるか。これによって里美さんへの評価は変ります。もしこれが単に川辺さんを利用するだけの行為だったとしたら、里美さんに救いはありません。でもこれが、川辺さんに対する甘えだったとしたら」

翔太が言葉を切ると同時に、洞口の言葉が飛んだ。

「甘えだったら、どうなるんだ翔太君。多少の救いはあるのか、川辺の三百万は返ってくるのか」

「わかりません。あるかもしれませんし、ないかもしれません。すみません、まだ情報が足りません」

翔太の言葉が終ったところで「あの」と川辺が小さな声をあげた。

「私のことは、どうでもいいんです。里美さんが私のことを便利に利用しただけだとしても、私はそれでいいと思っています。ただ私は、里美さんが何とか生きてさえいてくれれば、何とか人並みの生活ができていてくれれば……私はそれで本望です。他には何の望みもありません。私は里美さんのことを本気で、本当に本気で……」

川辺は洟《はな》をずるっとすすった。

「川辺のおっさん、偉い……」

ぽつりと桐子がいった。

とたんに川辺はしゃくりあげた。

肩を震わせて嗚咽《おえつ》をもらした。

子供のような、すすり泣きだった。

果し合いの日がきた。

十一時に『エデン』に集合ということで、店内には八人の人間が集まって、洞口の淹《い》れたコーヒーを飲んでいた。昨日の今日のことなので、ひょっとしたらこないかと思っていた川辺も参加して店の隅に一人で座り、ちびちびとコーヒーをすすっていた。

「川辺さん、こちらにきて、みんなと一緒にコーヒーを楽しんだらどうですか」

山城組の冴子が優しく声をかけ、例の愛敬《あいきょう》芸の極致ともいうべき気持のいい笑いを顔一杯に浮べた。川辺と里美とのいきさつは裕三の口から簡単ではあったが、冴子と成宮にも伝えてあった。その冴子の極上の笑いに誘われたのかどうかはわからないが、コーヒーカップを手にして川辺がみんなのところにやってきた。

「すみません、ちょっと考えごとがありまして、それで一人で」

弁解するようにいうが、顔は真面目そのものだ。

「考えごとって何よ。また、里美さん命といったような、切羽つまったこと」

桐子のあっけらかんとした言葉に、洞口が「おい、こら」と声を張りあげた。

「いえ、その通りなんです。その里美さんのことを、ちょっと」

「考えるなといっても無理だろうけど、今は何とか里美さんのことは忘れて……」

と裕三がいったところで、

「違うんです。そんな漠然としたことじゃなく……実は今日の夕方、その里美さんから手紙が届いたんです。それで」

とんでもないことを口にした。

周りが微妙に騒《ざわ》めいた。

「里美さんからの手紙って。それはいったい何が書いてあったんだ、川辺」

怒鳴るような声を洞口が出した。

「それは……」

細い声でいって、川辺は懐を探って一通の封書を取り出して、みんなに見せた。

表面には川辺の住所と名前が書いてあったが、裏面には志野田《しのだ》里美とあるだけで住所はなかった。

「おい、川辺。この手紙、まだ封が切ってないじゃねえか」

素頓狂な声を出したのは源次だが、その指摘通り手紙の封はまだ切られていなかった。

「封を切るのが、どうにも怖くて……もし、お詫《わ》びのために死んでみせますとか、もしくは私のことを笑い物にするような言葉が並んでいるとか。そんなことを考えると」

蚊の鳴くような声で川辺はこんなことをいった。

「何を子供みたいなことを。お前が開けられないんなら、俺が開けてやるよ」

洞口が川辺の手にしている手紙をとろうとすると、

「いえ、開けるのは自分でやります。ただ私、考えたんです。この手紙の始末は源ジイに託してみようかと」

妙なことをいい出した。

「わしに託すって、それは……」

怪訝な面持ちを顔一杯に浮べる源次に、

「今日の果し合いです。もし源ジイが勝ったらこの手紙を開けよう。しかし、源ジイが負けたら、これはこのままどこかの川に流してしまおうと」

淡々とした調子で川辺は語った。

「おい、そんな妙な役、わしには」

困惑の声をあげる源次に、

「いいじゃないか、それで。川辺が精一杯考えたことなんだから。負けたら川に流すんじゃなく、どこかにしまいこんでもらうということで。第一、お前が勝てばこの手紙は日の目を見ることになるというんだから、今夜の果し合いの励みにもなるんじゃないか」

噛《か》んで含めるように、裕三はいった。

「私はそれでいいです。川に流すのはやめて、どこかにしまいこんでも」

「わしもまあ、別にいいけどよ」

源次も同意して、この件は落着となった。

「ところで、源ジイ」と、また桐子が声をあげた。

「時間も迫っていることだし、そろそろ十円玉の種明しをしてくれてもいいんじゃないの」

「おう、あれな。そろそろ、そうするか」

その言葉にみんなの視線が源次に移る。

「見れば一目瞭然——まあ、こんなもんだ」

いうなり源次は、作務衣《さむえ》の左袖を肩までまくりあげた。とたんにみんなの口からどよめきがあがるが、これはどうやら途方に暮れた声のようだ。

確かに十円玉が一枚あった。前腕の中間あたり。そこに十円玉が一枚、セロテープで貼りつけてあった。ただ、それだけのことだった。

「源次さん、これは。まさか、ここで凄腕《すごうで》の一太刀を受けようとでも」

困惑そのものの言葉を、喧嘩師の成宮があげた。

「その通りじゃよ、若頭。重信さんの最初の一撃はこの十円玉に向かって繰り出されるはず。そしてわしは十円玉が真っ二つにされると同時に、間一髪で重信さんに向かって渾身の拳を繰り出す——そういうことじゃな」

何でもないことのように源次はいった。

どうやら源次は焦《あせ》りと恐れを、何とか克服したようだ。

「でも、そんな十円硬貨一枚で……」

震え声を出したのは冴子だ。

「この一枚を斬り裂く時間が、わしの命の時間じゃ。この一秒の何十分の一の間に行動を起こすことができれば、わしの勝ち。できなければわしの左腕は斬り飛ばされ、次の一撃は首根に走って血反吐のなかで、わしは死ぬことになるじゃろうな……いずれにしても勝負は一瞬、それで片がつく」

清々したような表情で源次はいった。

「凄いな、やっぱりお前は。そんな一瞬の死中に活を求めるとは。やっぱり源ジイ、お前は大した男だ。武人のなかの武人だ」

裕三の言葉に、みんなが盛んにうなずきを返した。無理もなかった。十円玉一枚に生死を懸ける人間など、源次以外にいるはずはない。やはり源次は本物の武人なのだ。

「源次さん」と、そのとき泣き出しそうな声があがった。

これは翔太だ。翔太だけは、この源次の方法を知っていたはずだった。

「死なないでください。僕は何の手助けもできませんけど、とにかく死なないでください。死なないで」

源次は翔太にとって、唯一無二の憧れの存在だった。翔太は泣いていた。

「泣くな、翔太。奇跡はどこにでも起こる。ほら」

桐子だ。桐子がセーターとシャツの左腕をまくりあげていた。そしてそこには――十円玉が一枚、セロテープで貼りつけられていた。

「私、わかってたんだ。源ジイの作戦は多分これだろうって。でも口に出せば、みんなに馬鹿にされることはわかってたから。こうして身仕度《みじたく》をして、源ジイの種明しを待ってたんだけど、ドンピシャリ。どうよこれ」

得意満面の顔で周りを見回した。

「どうよ、これって——まさか、セロテープで十円玉を腕に貼りつけるなんぞ、そんなことは、お前のような能天気な頭じゃねえと思いつかねえだろうが」

呆《あき》れ顔《がお》でいう洞口に、

「そこよ、そこ。誰もが思いつかないことを、私が思いついた。だとしたらこれは、奇跡そのもの。ということは、今夜の勝負にも奇跡が起きる。そういうことだと私は思うよ」

桐子にしたら上出来の論理だった。

「なるほど。今夜の勝負の件で桐ちゃんに奇跡が起きたのなら、連鎖反応で源ジイに起きても不思議じゃないかも——まさに幸先《さいさき》、その前ぶれかもしれないな」

なかば本気で裕三は桐子を誉めた。いや、桐子のいった通りであってほしかった。

「ほら、見ろ」と桐子が気勢をあげたところで、

「なら、そろそろ行くとするか。裕さんのいう、その幸先が消えんうちにの」

源次自身が話を締め括《くく》って、唇を引き結んだ。

十二時少し前。

八人は稲荷神社の前に勢揃《せいぞろ》いした。重信はまだ姿を見せてはいない。

「勝負は一瞬――」

　ぽつりと源次はいい、

「もし、わしが斃《たお》れたら。そのときは、この前もいった通り、へたな手出しはしないでそのまま重信を去らせてやってくれ。特に冴子さんと若頭」

　念を押すように冴子と成宮の顔を見る。

　二人は素直にうなずいてみせる。

　時間は十二時五分前。そろそろ重信が姿を見せてもいいころだ。

　源次の作務衣の左腕の部分は、きっちり肩の下までまくりあげられ、前腕部にはセロテープで貼られた十円玉が――。

「きた……」と洞口が声をあげた。

　常夜灯にぼんやり照らされた鳥居の下を、黒い人影がくぐって近づいてくる。重信だ。重信は裕三たちのところまでゆっくり歩いてきて、

「ほう、客が多いな」

　ぽつりと口にした。

「この連中は単なる検分役で、わしたちの勝負に手を出すことは一切ない。まあいってみれば、わしの看取《みと》り役だと思ってくれていい」

　ちょっと申しわけなさそうにいう源次に、

「なるほど——なら、わしが斃れたら、死骸はその辺りの隅にでも放り投げておいてくれればいいから」

そういって重信は、源次の左の前腕をじろりと見て、

「テープで貼ったか。何となく潔《いさぎよ》いような気もするの」

感心したようにいった。

「なあに、これしか思いつかなかっただけでな」

源次がこういい、二人はしばらく互いの顔を見つめ合った。

「ならば、そろそろ」と重信が低い声でいい、二人は左右に別れた。

間合は四メートルほど。

源次も重信も、両手をだらりと下げた自然体だ。

腰を落し、じりじりと間合をつめていく。三メートルに縮んだ。

ゆっくりと重信の右手が懐に入り、源次の両手も徐々に胸前に上がる。

間合が二メートルに縮まった。

一足踏みこめば攻撃可能な間合だ。

勝負は一瞬で決まるはずだ。

二人の体が同時に動いた。

低い気合が凍てた空気を裂いた。

二人の体がぶつかった。

そのまま動かなくなった。

どれほどの時が過ぎたのか。

裕三が二人に駆けよった。

つられたように残った者も、裕三のあとにつづく。

重信は来国次を手にして立っており、源次はといえば、右の正拳が重信の顔面三センチ手前で静止していた。

「寸止めとは、しゃらくさいことを」

重信はふわっと笑い、嗄《しゃが》れた声を出した。

「となると、当方の負けということかの」

「そうともいえぬな」

源次も嗄れた声を出し、重信の目の前に左腕をぬっと突き出した。真っ二つに斬られた十円硬貨がテープにくっついて、ぶらさがっていた。

「重信さん。あんた、十円玉だけを斬ったのか」

呆《あき》れたようにいう源次の左の腕を裕三が覗くように見ると、なるほど、ぶらさがった十円硬貨の下の源次の皮膚には傷などは、まったく見られない。

「何だか、むしょうに十円玉だけを断ち斬りたい衝動に駆られての」

楽しそうに重信はいった。

ということは、重信は動いている源次の腕の十円玉を目がけて刀を振りおろし、そして皮膚には傷をつけず、手応えだけで十円玉を真っ二つにした……そんなことができるとは。裕三の全身に鳥肌が立った。まさに神技。それ以外にいいようがなかった。

「重信さんが本気だったら、わしの左腕は斬り飛ばされていたんじゃないかの」

源次がゆっくり首を振ると、

「そのかわり、わしの顔面もその岩のような拳で砕かれていような」

重信も合せたように首を振った。

この二人は、よく似ているのだ。

その親近感が、今夜の勝負を無傷で終らせた。

そういうことだと裕三は思った。

「なら、分けということで」

と重信はいい、源次も素直にその言葉にうなずく。

「で、重信さん。あんたこれからどうするつもりなんじゃ」

心配そうな顔で源次がいうと、

「そうさの。源次殿と試合うこともできたし、一杯飲んでから自首でもするかの」

そういって重信は、くるりと背を向けた。

鳥居をくぐる後ろ姿に、淋しさはもう感じられないような気がした。

「何にしても、無事でよかった。なあ、源ジイ」

重信を見送った裕三は、ぽんと源ジイの肩を叩いた。

「無事なのはいいとしても、やっぱり出来レースじゃねえか」

ちょっと残念そうにいう洞口に、

「いいんです、何でも。源次さんが無事なら何でもいいんです」

むきになったように翔太がいった。

冴子と成宮は、さっきから源次の左の腕を凝視している。ぶらさがった十円玉の部分だ。

「あの闘いの最中に、十円玉だけ真っ二つにするなんて、そんなこと……」

呟くようにいう冴子に、成宮は盛んに首を捻っている。

「人間にはできませんよ、姐さん。あの小太刀の遣い手は化物としか……」

「さて、みなさん」

突然、大声をあげたのは桐子だ。

「引き分けではあったけど、ここはやっぱり川辺のおっさんの手紙は、ご開帳ということで締め括るのがいちばんかと――」

桐子はいったん言葉を切ってから、川辺の前に右手を差し出した。

「ほら、川辺のおっさん。里美さんからの手紙を私に、早く。ほらっ」

それにつられたのか、「あっ、はい」といって、川辺は懐から封書を出して桐子に手渡した。

「じゃあ、開封して読みあげまあす」

といったところで、裕三から待ったがかかった。

「桐ちゃん。それはやっぱり、まず川辺が読むのが本筋だから、主役は川辺だから」

そういって桐子の手から封書を取り、川辺に戻した。川辺はその封を丁寧に破り、なかから便箋を抜き出した。目をこらすが、しばらくして裕三に差し出した。

「すみません。よく意味がわかりません」

困ったような顔でいった。

「読んでもいいのか、川辺」

川辺がうなずくのを確認して、裕三は素早く手紙に目を通す。短い手紙だった。書いてあるのは四行のみ。文字は万年筆で書かれていた。

この町に、ずっといたかった
茂さん、ありがとう
わたし……
きっと、きっと

これだけだった。

裕三は唸《うな》った。訳がわからなかった。こんな簡潔な手紙を見るのは初めてだった。この短い文章を、いったいどう解釈したらいいのか。川辺同様、裕三もお手あげだった。

「裕さん、どうしたの。私たちにもわかるように、ちゃんと声を出して読んでよ」

そんな裕三の様子を見て我慢できなくなったのか、桐子がヤジを飛ばした。

裕三はちらっと川辺の顔を窺ってから、一字一字、丁寧に、ゆっくり声を出してみんなに読み聞かせた。

「何だよ、それ。短《みじ》かすぎるんじゃねえのか。誠意を伝えたいなら、もっと長い手紙を書いたほうがいいんじゃねえのか」

首を捻りながらいう洞口の言葉に、川辺の体が徐々に縮こまっていく。

「そうじゃよな。これじゃあ、何をどう伝えたいのかさっぱりわからん。特にわしのように頭の悪い人間には、暗号としか思えんの」

源次も首を傾《かし》げている。

里美の手紙は悪評のようで、冴子も成宮も途方に暮れた表情で突っ立っている。

「要するに、きっと、金は返すからという、単なる弁解の手紙だろ」

洞口の辛辣な言葉に、川辺はますます困惑の表情を浮べる。

「そうかなあ」と声をあげたのは桐子だ。

「私は何となく、温かさのようなものを感じたんだけど。どこがそうだといわれれば困っちゃうんだけどさ」

桐子のこの言葉を聞いて、裕三は「翔太君」と声をかけた。こうなったらやっぱり翔太だ。困ったときの翔太頼みだ。

「何とかこれを、読み解いてくれないか。いつもの仮説でいいから」

こういって裕三は翔太に手紙を渡した。

翔太はしばらく文面を睨むように見つめていたが、

「この手紙は好意的に読むか、そうでないかで大きく意味が違ってくると思います」

こんなことを、まずいった。

「これからいうことは、この手紙からだけの判断で、他の情報はまったくわからないため、それは加味しないということで話しますけど、それでもいいのなら――」

翔太の言葉に周りのすべての者が何度もうなずく。

それを確認してから、翔太はゆっくりと話し出した。

「これは弁解の手紙ではなく、礼状です。二行目を見てもらえばわかりますけど、茂さん、ごめんなさいではなく、ありがとうという言葉になっています。さらに一行目には、あの町にではなく、この町にという言葉が使ってあります。これは里美さんの心が、まだこの町にある証拠といえます」

みんなが翔太の言葉に聞きいっていた。

茶々をいれる者は一人もいない。黙って耳を傾けていた。

「そして、四行目のきっとですが——これは、きっと、お金は返しますの意味ではないのではと。お金を返しますなら、その上の言葉は必ずのほうがしっくりするはずで、じゃあ、きっとのあとは何なのか。それはおそらく、この町に戻ってきます。この言葉ではないかと。それも、きっとを二度使っているところを見ると、その思いは相当に強く、ここにも里美さんのこの町に対する愛情が深く感じられます。つまり簡単にいえば、里美さんの心は一行目の、この町にずっといたかった。この文言に要約される気がします」

翔太はここでほっと息をつぎ、

「最後になぜ里美さんは長い文章にしないで、こんな難解な短い文章にしたのか。その答えはただひとつ。里美さんが三百万円を持ち逃げしたという罪——この事実がある限り、長い文章を書けば書くほど、読む人には嘘《うそ》だと疑われ、弁解だと思われます。自分の心を述べるとき、長い文章ほど弁解、ごまかしが重なって胡散臭《うさんくさ》いものになってしまうことは多々あります。だから里美さんは誤解されるのを覚悟で、この文章を書いたのです。僕はそう思います。以上です」

翔太はほっとしたような顔で、みんなに頭を下げた。とたんに拍手が湧き起こった。

泣き出しそうな顔で川辺が懸命に手を叩いているのが見えた。

洞口も盛んにうなずきを繰り返し、川辺に頭を下げた。

「悪かったな、川辺。悪しざまにいいたててよ。駄目だな俺は、まだまだ修行が足らんな」

「いいですよ、そんなことは。悲しいけれど、里美さんがお金を持ち逃げしたのは事実ですから、これはやっぱり悪いことですから」

ずずっと川辺が洟をすすりあげたとき、

「ちょっと待ってよ、翔太。肝心なのがひとつ抜けてるんじゃないの。おかしいんじゃないの、それってさ」

桐子が翔太に嚙みついた。

「肝心なものって……三行目のわたしって言葉のことだよね」

困った表情でいう翔太に、

「そうじゃんね。あの、わたしの部分を翔太はみごとにすっぽかして知らん顔。それってやっぱり、おかしくない」

腰に手を当てて桐子はいった。

「あれは何というか、この手紙のなかで一番難解な部分というか。そう簡単に話せない部分というか、困った部分というか」

しどろもどろで翔太は答えた。

「何がそんなに難解で困るのよ。私にはよくわからないんだけど」

「結論は出してるんだけど、もし間違ってたらと思うとなかなか。人に迷惑をかけることにもなるし」

翔太はちらっと川辺を見た。

「何、迷惑がかかるのは、川辺のおっさんなの。それなら大丈夫だよ。川辺のおっさんは三百万円持ち逃げされたりして、踏んだり蹴ったりの迷惑にはとことん慣れてるはずだし、それ以上の迷惑なんてあるとは思えないし、ねえ、川辺のおっさん」

桐子の、あっけらかんとした呼びかけに、

「ええ、私なら大丈夫です。どうせこんな有様ですから、どんな迷惑がかかろうと平気です。だからいいたいことがあるのなら、どうぞ遠慮なく」

川辺はこういって翔太に頭を下げた。

「そうだ、いってやれよ。川辺もこういってるし、みんなも聞きたいだろうし」

裕三の言葉に周りから、小さな歓声があがった。

「じゃあ、いいますけど――でもこれはあくまで仮説ですから。もし間違ってたら、謝ります」

翔太はこう前置きをして、ぼそっとした声で後をつづけた。

「この手紙を一行目から簡単に訳せば――この町が大好きでずっといたかった。こんな悪い女だったけど、よくしてくれて茂さんありがとう。でも、きっときっと戻ってきますから、よろしくお願いします。こういうことになると思うんですけど」

「そうだよ。そういうことなんだろうけど、三行目のわたしはどうなってるのよ」

食ってかかるように桐子はいった。

「それが難しいところでは、あるんだけど——三行目のわたしの下に、もし入る文字があったとしたら、それは。わたしは茂さんが大好きです——この言葉のような気が」

はっきりした声で、今度はいった。周りから、どよめきがあがった。

「つまりこの手紙の文言はすべて、わたしは茂さんが大好きですからという言葉で始まっているんです。この言葉をすべての文章の上につければ、里美さんの本意が伝わってくるはずです。いい換えればこれは」

翔太が川辺の顔を見た。

川辺の顔は涙でべたべただった。

ぐしゃぐしゃに濡《ぬ》れきっていた。

「里美さんから川辺さんにあてた、ラブレターなんです」

きっぱりと翔太はいいきった。

わあっと川辺が泣き出した。

なりふりかまわず泣き出した。

まるで小さな子供のような泣き方だった。

「私、いつまでも里美さんを待っています。十年でも二十年でも三十年でも、私は死ぬまで里美さんを待っています。私は私は……」

川辺は地面に突っ伏して泣いた。

いい光景だと裕三は思った。

羨ましかった。

裕三は独りきりだった。

「秋穂……」

声がもれ出た。

ふいに目頭が熱くなった。

解　説

池上冬樹

『おっさんたちの黄昏《たそがれ》商店街』の続篇《ぞくへん》『おっさんたちの黄昏商店街 それぞれの恋路』である。東京都内北部、埼京線沿いの小さな町の昭和ときめき商店街が舞台の、連作短《たん》篇《ぺん》シリーズである。バブル崩壊のあとリーマンショックでとどめを刺され、店を閉める者が増えて、商店街の者たちがなんとか盛り返そうとする物語である。

物語の時間は、前作から二週間後で、前作の最後に置かれた半グレとの戦いを描く「八人のサムライ」の顚末《てんまつ》から語られる。

八人のサムライとは、町おこし推進委員会のメンバー五人に三人が加わったもの。まず町おこし推進委員は学習塾経営の小堀裕三《こぼりゆうぞう》、元区役所職員の川辺《かわべ》茂《しげる》、老舗喫茶店の経営者洞口修司《ほらぐちしゅうじ》、鍼医《はりい》の羽生源次《はぶげんじ》、それに顧問の高校二年生の五十嵐《いがらし》翔太《しょうた》である。一人だけ若者が入っているが、翔太は母子家庭で貧しいものの成績優秀で、英語は話すことも得意で、東大に入れるのではないかと噂《うわさ》されている。頭脳明晰《めいせき》でトラブル解消のアドバイスに秀《ひい》でていて、みんなから一目置かれている。この五人に、洞口の孫で、翔太の同級生の桐子《きりこ》が前作の物語中盤から仲間に入り、茶々をいれたり、きつい言葉をなげたりのムードメーカーである。そして町内で事務所を構える（律儀《りちぎ》な一家として町内に貢献している）テキヤの山城組の長の冴子《さえこ》と若頭の成宮透《なりみやとおる》が加わり、計八人だ。

まず、冒頭の「真白《まっしろ》な豆腐」は前作の最後の「八人のサムライ」の事後談からはじまる。シリーズ・キャラクターの一人である裕三が死ぬのではないかと思われたが、どうやら無事で（安心しましたね）、やがていつものように商店街の活性化の話に移り、豆腐屋の後継者問題が語られる。前作の「昭和ときめき商店街」に出てきた豆腐屋である。町の活性化に非協力的だったものの町おこし委員の熱意に押されて翻意。それでも懸案の後継者問題があり、今回は後継者候補として若い女性が登場する。勉強熱心で後継者として最適だったのだが、一つだけ問題があった。厚化粧である。なぜ厚化粧をするのかを探ると意外な真相が見えてくる。ラストの店主の言葉に思わず目頭が熱くなるのではないか。人情小説の見本のような快作だ。

二番目に置かれた「美顔パンをどうぞ」は、十日後にオープン予定のパン屋の主人が書き置きを残していなくなってしまい、メンバーたちが主人の問題を探り、開店にむけて奔走する話である。ここで重要なのはシャッターを降ろした店の再生であり、そのため商店街が資金を使って改装までしたことである。「黄昏商店街」シリーズが面白いのは人情譚《たん》ばかりではなく、いかに商店街を再生するのかというテーマがしかと見すえられ、そのために何をなすべきなのかというアイデアがきちんと打ち出されている点だろう。パン屋などいくらでもある。では個性的なパン屋とは何なのか、そしてどのように事件は着地するのかに新味がある。脇役として「小泉レコード」の七海《ななみ》が出てくるのにも注目。消えた主人は七海の高校時代の元同級生。元同級生をしかりつける七海の存在もいい。

三番目の「理髪店の娘」もまた後継者問題である。何とか自分の娘に跡を継いでほしいと願う店主に応えるべくメンバーたちが頭を働かせる話だ。理髪師になるには二年の専門学校に通うか三年の通信教育を受けるかして、国家試験に合格しなくてはならない。理容師になるには時間がかかるし、何よりも美容院が増えて理容室が激減しているなかでは、跡を継いでほしいというのも難しい。ではどうするのか？

ここで活躍するのが、冴子である。江戸の昔から香具師《やし》の家に代々伝わるある芸を披露することになるのだが、それは読んでのお楽しみ。「女性の最大の武器は笑顔」（143頁）「顔なんて、どうでもいいんです。女の子が本物の笑顔を浮べれば、男はみんな可《か》愛《わい》いと心を打たれるはずです。世の中の女性の顔は、すべてそういうようにできているんです。ほとんどの女性が気がついていないだけ」（144頁）とは金言だろう。面白いのは笑顔については男性にはあてはまらないことで、「男性の華は一心不乱に何かに打ちこんでいるとき」で「それがいちばん輝くときだ」（145頁）という。この話もいい。

余談になるが、この箇所を読んでいて宮本輝《みやもとてる》の『焚火《たきび》の終わり』（文春文庫）の一節を思い出した。人間が成功するうえで必要なものは何かという話である。運だけでは駄目、才能だけでも駄目、運と才能があっても駄目で、もうひとつ必要なものがあるという。

それは愛嬌《あいきょう》。「愛嬌がないところに福来たらず」ともいっている。まさに至言だろう。

四番目は「半グレ哀歌」で、ここから本書のタイトルになっている「それぞれの恋路」がせりだしてくる。この短篇は、「八人のサムライ」に戦いを挑んだ半グレグループにいた哲司《てつじ》が、山城組の冴子に思いを抱く話だ。哲司は三カ月前、兄貴分から命じられて冴子を拉致しようとしたことがあった。改悛《かいしゅん》して頭を下げた哲司は冴子から新しい仕事を依頼される。その場所は前作にも出てきた飲み屋である。ラストシーンの哲司の行動が切ない。

五番目は『卒業』である。前作の「初デートは映画館で」において再生なった映画館を舞台にした泣かせる人情譚である。かつて映画館で『卒業』を見たときに出会った男の人と約束がある、どうしても『卒業』を映画館で上映してくれないかという女性の願いに応える話だが、では、そのときの約束とは何か？　約束をめぐって推理をめぐらすくだりが楽しい。本書の最後におかれた「何処へ」もそうだが、日常系の謎のミステリとしても読める一篇だろう。

六番目は「翔太の片恋」で、これは前作所収「翔太の初恋」の続篇である。レコード店の店主七海の不倫問題は解決したかにみえたが、余燼《よじん》がくすぶり、新たな事件へと発展して、翔太は七海との関係にひとつの結論を出す。男のことを忘れる契機として翔太を利用する七海の欲望に応える手もあるが（それによって局面が打開される場合もある）、それを良しとしない翔太の純愛が眩《まぶ》しい。

巻末を飾る「何処へ」は、第一話から少しずつ語られてきた川辺茂とおでん屋「志《し》の田《だ》」の女将《おかみ》里美《さとみ》との淡い恋の結末である。興趣をそぐので曖昧に書くけれど、さきほど『卒　業』」でも言及したように、日常系の謎が前面に出てきた作品である。ある手紙の解釈をめぐって、まるで安楽椅子探偵のように翔太が推理をめぐらすくだりが、男女の機微をたくみについて隠された思いを発見するあたりスリリングである。

以上七作、やや細かく紹介したけれど、本書を読み終えた読者からは、源次の活躍を書いていないではないかといわれるかもしれない。そう節々で源次は術を見せつける。最大の敵ともいうべき皺男《しわおとこ》との息詰まる戦いもある。シリーズ・キャラクターのなかで最大の頭脳派が翔太なら、最大の肉体派が源次といってもいいだろう。胃癌《いがん》との共存関係もうまくいっている（出来るならばこのままでいってほしいものだ）。

なお、十円玉を指で曲げる話が出てくるが、そしてそんなことが出来る人間がいるのかと思う人もいるかと思うが、出来る人はいます。源次の繰り出す技や発言を聞いていると柔術家に生まれた友人を思い出してニヤリとする（ずっとニヤニヤしながら読んでいた）。前作の解説では変に思われそうなので触れなかったが、柔術家は、柔道や空手の達人もしくは格闘家を見ると、相手を何秒で倒せるかと考えてしまうものらしい。自分が世界でいちばん強いと思っているのだ（源次もそれに類したことをいっているが）。たとえば友人は、プロレスの選手二人と戦っても一分で倒せるという。弱点である脇の下そのほかに蹴りをいれると一発で倒せるらしい。でも簡単に倒せないのは相撲の力士だそうで、脇をしめてくるし、どこに蹴りをいれても肉布団《ふとん》なので衝撃を与えられないとか。

まあ、そんな話はともかくとして、黄昏商店街シリーズ第二弾を読んで、あらためて脂がのってきたというか、ますます住民たちの個性的な生活ぶりが伝わってきて親しみが増してきた。ずっと付き合っていきたい気分である。

たとえば「半グレ哀歌」に出てきた哲司（もし生きていれば）や「何処へ」の女性の再登場を望みたい。七海の母親で、かつて裕三と関係のあった恵子《けいこ》の登場も待ちたい。二作目の本書で絶対に出てくるだろうと思っていたのだが、出てこない。七海の出自はどう語られるのか、裕三との関係はどうなるのかも気になる。

気になるといえば、本書に出てきた翔太の母親の郷子《きょうこ》も印象深い。何か翳《かげ》りがあり、商店街のおっさんたちを巻き込むサイド・ストーリーが生まれそうな気がする。本書に出てきたパン屋の主人や豆腐屋に弟子入りした女性、さらには理髪店の娘のその後もどうなっているのか実に気になる。それほど端役《はやく》の一人ひとりまで生きているのだ。ぜひとも黄昏商店街シリーズの第三弾を期待したいのものである。いやいや第三弾どころか第四弾、第五弾と引き続き書き続けてほしいものだ。まちがいなく池永陽の代表作となるだろう。

本書はフィクションです。実在の人物、団体等とは一切関係ありません。
本書は、「潮ＷＥＢ」二〇一九年十二月から二〇二一年四月までの
連載「続・おっさんの黄昏商店街」に加筆・修正を加え、文庫化したものです。

池永 陽（いけなが・よう）
1950年愛知県豊橋市生まれ。98年、『走るジイサン』で第11回小説すばる新人賞を受賞。2002年、連作短編集『コンビニ・ララバイ』で注目を集める。06年、時代小説『雲を斬る』で第12回中山義秀文学賞を受賞。著書には『少年時代』『珈琲屋の人々』『青い島の教室』『下町やぶさか診療所』などがある。

おっさんたちの黄昏《たそがれ》商店街 それぞれの恋路

潮文庫 い－6

2021年 6月20日 初版発行

著　者 池永 陽
発行者 南 晋三
発行所 株式会社潮出版社
〒102-8110
東京都千代田区一番町6 一番町SQUARE
電　話 03-3230-0781（編集）
03-3230-0741（営業）
振替口座 00150-5-61090
印刷・製本 中央精版印刷株式会社

ISBN978-4-267-02292-0 C0193
JASRAC 出 2104248-101